Die Tote im Maar

Ina May wurde 1972 im Allgäu geboren und verbrachte einen Teil ihrer Jugend in San Antonio/Texas. Nach ihrer Rückkehr in die bayerische Heimat absolvierte sie ein Sprachenstudium und arbeitete lange Jahre als Fremdsprachen-Handelskorrespondentin und Übersetzerin für amerikanische Konzerne. Heute ist sie freischaffende Autorin und schreibt Kriminalromane, historische Krimis, zweisprachige Jugendbücher, Kurzgeschichten, Gedichte, Artikel für Journale und erarbeitet Konzepte für Brettspiele. Im Emons Verlag erschien ihr Kriminalroman »Tod am Chiemsee«.

INA MAY

Die Tote im Maar

EIFEL KRIMI

emons:

Bibliografische Information der Deutschen Bibliothek
Die Deutsche Bibliothek verzeichnet diese Publikation
in der Deutschen Nationalbibliografie; detaillierte bibliografische
Daten sind im Internet über http://dnb.d-nb.de abrufbar.

MIX
Papier aus verantwortungsvollen Quellen
FSC® C083411
FSC www.fsc.org

Umschlagfoto: Istockphoto.com/sandramo
Umschlaggestaltung: Tobias Doetsch
Satz: César Satz & Grafik GmbH, Köln
Druck und Bindung: CPI – Clausen & Bosse, Leck
Printed in Germany 2013
ISBN 978-3-95451-088-7
Eifel Krimi
Originalausgabe

Wochen zuvor

Es war ein schöner Frühlingstag, blühende Bäume um mich herum, und die allmählich ansteigenden Temperaturen, die vielleicht schon den bald nahenden Sommer einläuteten.

In meinem Herzen herrschte jedoch eine eher winterlich-ängstliche Kühle.

Mein Vater war seit zwei Jahren tot, und Stöbern war nicht meine Absicht gewesen, eigentlich hatte ich nur eine Adresse gesucht und mir gedacht, in seinem Verzeichnis würde ich sie bestimmt finden.

Ich hatte auch etwas gefunden, aber ganz und gar nicht das, wonach ich gesucht hatte. Die Visitenkarte jagte mir einen Schauer über den Rücken, und die dazugehörige Person erwartete mich jetzt in der Praxis in Trier.

Die grünen Hügel der Eifel flogen an uns, meinem Mini und mir, vorüber, teils bewaldet, teils von Weinbergen durchzogen. Das feucht-milde Atlantikklima zauberte zahlreiche Bäche in die Landschaft.

Ich hatte mich in meiner Heimat immer geborgen gefühlt und nicht einmal in Betracht gezogen, dass es einmal anders sein könnte, doch jetzt riss der Kokon auf.

Dr. med. Konstantin Höllrath – Psychiater.

Mir sagte der Name nichts, also musste er meinem Vater etwas gesagt haben. Psyche, das brachte ich immer mit der unsterblichen Seele in Verbindung und mit Problemen. Was könnten das für Sorgen und Probleme gewesen sein, hatte ich mich gefragt, doch bevor ich mich nur fragte und keine Antwort erhalten würde, hatte ich unter der Telefonnummer angerufen. Ich bat nicht um einen Termin, nur um ein Gespräch, was für den Analytiker geklungen haben musste, als würde ich um den heißen Brei herumreden. Sei's drum.

Konstantin Höllraths Praxis lag am Kornmarkt in Trier, unweit vom Georgsbrunnen. Der Mini passte in eine kleine Parklücke in einer der Seitenstraßen, und ich überlegte, ob ich mich vielleicht nach meinem Nicht-Termin in eines der Cafés setzen sollte.

Augenblicklich fühlte ich mich allerdings ein wenig wie eine der Brunnenfiguren. Der heilige Georg thronte auf dem Obelisken, sein Speer steckte im Leib des Drachen. Welchem imaginären Drachen würde ich gleich begegnen?

Ich hatte die Wahl, Aufzug oder Treppe, und wählte die Treppe.

Die Praxisräume waren freundlich und hell, die Bilder an den Wänden hatten etwas von naiver Malerei, was mir ganz gut gefiel, weil es nicht gestellt wirkte.

Doch ich hatte etwas Gestelltes, denn ich wollte dringend etwas wissen und konnte mir denken, dass der Arzt, dem ich gleich gegenüberstehen würde, mir nichts über einen Patienten sagen würde, auch nicht wenn ich seine Tochter war.

Konstantin Höllrath war groß, dunkelhaarig und an den Schläfen leicht ergraut. Er trug eine cremefarbene Leinenhose zu einem dunkelgrünen Polohemd. Meiner Schätzung nach musste er Mitte fünfzig sein.

Er wirkte nicht wie einer, der alle Antworten parat hatte, aber wie einer, der zuhören konnte – vielleicht waren es auch die leicht abstehenden Ohren, die diesen Eindruck vermittelten.

Sein Händedruck fühlte sich fest an, als er mich begrüßte. Meine Hand verschwand für ein paar Augenblicke vollkommen in seiner.

»Es geht nicht um mich ...«, begann ich, als er mich in sein Sprechzimmer bat. Die typische Couch, die man sich vorstellte, gab es nicht, aber bequem aussehende cognacfarbene Ledersessel – zwei davon. Vielleicht für die gefühlte Gleichstellung von Arzt und Patient.

Konstantin Höllrath deutete auf den einen und nahm in dem anderen Platz.

»Mein Vater hatte Ihre Visitenkarte in seinem Adressbuch. Roman Friedrich, vom Bestattungsinstitut in Schalkenmehren.« Gerade dachte ich mir, wie dämlich sich das anhören musste und warum ich es überhaupt gesagt hatte, ich hätte mir besser ein paar Sätze zurechtgelegt. Etwas Sinnvolleres. Außerdem hatte ich den Namen meines Vaters schon am Telefon erwähnt. Auf Konstantin Höllraths aufgeräumtem Schreibtisch lag eine Karteikarte. Nicht sehr umfangreich, dachte ich und war ein kleines bisschen erleichtert.

»Ihr Vater hat mich einige Male aufgesucht. Aber er war keiner meiner Patienten. Möchten Sie mit mir reden?«, fragte er mich. »Isabel, richtig?«

Die Sonne war ein Stückchen weitergewandert, und der Drachentöter auf seinem Obelisken warf einen langen Schatten, als ich Konstantin Höllraths Praxis verließ. Hatte ich vorher noch mit einer Süßigkeit in einem Café geliebäugelt, wollte ich jetzt nur noch nach Hause. Meine Augen waren gefährlich nahe daran zu fluten und ich gefährlich nahe daran überzuschnappen.

Auf der Rückfahrt durch das leicht hügelige Gelände der Wittlicher Senke ließ ich meine Gedanken wandern, so wie es seitlich von mir ein paar Leute auf dem Maare-Mosel-Radweg taten. Nur war diesen bestimmt leichter ums Herz.

Ich war durcheinander, und ein Besuch im Café wäre wirklich keine schlechte Idee gewesen, zum Nachdenken und um zu begreifen, was ein mir völlig Fremder von meinem Vater erfahren hatte.

Wenn er nicht gestorben wäre, hätte er mir irgendwann davon erzählt?

Aber auf diese Frage würde ich nie mehr eine Antwort bekommen.

Meine Nase lief, und ich schnüffelte. Irgendwo musste ich doch eine Packung Taschentücher haben. Ich beugte mich seitwärts, um an das Handschuhfach zu kommen, den Schatten nahm ich erst im letzten Moment wahr. Ein Tier? Ich konnte es nicht richtig erkennen, es ging zu schnell. Ich riss das Lenkrad herum und schoss über einen Abhang. Ich glaube, ich bremste, aber der Mini verstand mich falsch. Der Wagen überschlug sich. Alles drehte sich, vor meinen Augen tanzten helle Flecken, und ich musste an meinen Vater denken. Er hatte mich hintergangen.

Dann verlor ich das Bewusstsein.

1

Er hatte ihm versprochen, seine Tochter nach Kräften zu schützen. Doch das erwies sich als immer schwieriger.

Für ihn war Zeit längst nicht mehr wichtig, sie war absehbar. Für den Freund, dem er das Versprechen gab, war sie das Wertvollste gewesen, und ausgerechnet sein Herz hatte aufgehört zu schlagen, bevor er das Ende der Geschichte kannte.

Das Ende der Geschichte … Um an ihren Anfang zurückzukehren, würde Galen Blocher eine Leiche ausgraben müssen. Er argwöhnte, dass sein Freund ihm nicht alles erzählt, ihn über einige Dinge bewusst im Unklaren gelassen hatte.

Die Zeit lief immer schneller. Noch diesen einen Sommer, das Fallen der Blätter im Herbst würde er auch noch miterleben, aber bereits die Winterkälte würde er nicht mehr spüren.

Was dann? Sollte er Isabel das verlorene Stück Erinnerung zurückgeben? Sie wusste es nicht mehr, und nicht zum ersten Mal fragte sich Galen, ob das tatsächlich möglich war. Jemandem beim Sterben zuzusehen und danach alles in sich zu verschließen, weiterzumachen, ohne diese Erinnerung im Gehirn jemals wieder zu aktivieren. Was, wenn das nicht die einzige Erinnerung war, die auf diese Weise verschwand?

Er hatte nie erfahren, was genau in jener Nacht geschehen war, und wenn er ehrlich war, hatte er es auch nicht wissen wollen. Das viele Blut zeugte von etwas zu Schrecklichem.

Aber jetzt musste er eine Entscheidung treffen, für Isabel, für sich und für den toten Freund.

Davor fürchtete sich Galen Blocher mehr als vor allem anderen.

★★★

Konnte man jemanden erschrecken, der vor einer Leiche stand und sich gerade über sie hermachte?

Und wie man konnte.

Die Berührung, ein leichtes Tippen an der Schulter, war kaum beängstigend, und doch zuckte ich zusammen, weil ich hier nicht mit jemandem rechnete, der noch einen Puls hatte.

»Bin nur ich, niemand von deinen Leblosen«, hörte ich hinter mir eigenartig verschwommen jemanden sagen. Die Stimme identifizierte ich als die meiner besten Freundin Luise.

»Hältst du dir etwa die Nase zu?«, fragte ich. Ganz bestimmt tat sie das, und wahrscheinlich kniff sie auch noch die Augen zusammen.

»Isabel, ich brauche deine Hände. Er sieht nicht gut aus.«

Sie brauchte meine Hände, weil jemand nicht gut aussah. Ich wiederholte es in Gedanken. Zwei- und mehrdeutig bis verwirrend, das war Luises Art. Wir kannten uns seit unserer gemeinsamen Schulzeit. Luise war rothaarig wie Zora, nur nicht so mutig, und sie konnte eine Nervensäge sein, dafür war sie aber treu bis ins Mark wie mein Labrador Johnny.

Ich traute mich zu wetten, dass Luise wie immer beinahe alles von sich unter einem langen, weiten Kleid versteckte. Dazu trug sie höchstwahrscheinlich Stiefel. Wir hatten Ende März. Ohne Minustemperaturen.

Neben ihr wirkte ich meist ziemlich geordnet. Mein glattes dunkles Haar hatte ich mit zwei langen Stäbchen hochgesteckt, die aussahen, als würde man mit ihnen besser chinesisch essen. Aber sie waren nützlich und hielten die Strähnen schön am Hinterkopf fest.

Ich hatte den »Touch«, wie Luise einmal belustigt bemerkt hatte. Das besondere Fluidum, das manchen zu eigen ist. Luise dachte bestimmt nicht so philosophisch, vielmehr meinte sie meine Fähigkeit, den Verstorbenen den so offensichtlich grau scheinenden Tod vom Gesicht zu nehmen.

Und gerade stand ich über einen Körper gebeugt, und meine Hände waren damit beschäftigt, fahle Totenhaut wieder ein wenig erblühen zu lassen. Zelda Krieger war neunzig geworden und sicher nie eine Schönheit gewesen, aber ein bisschen schummeln musste erlaubt sein. Es war ihr letzter Gang, und ich hatte ihr versprochen, sie würde schön aussehen. Eigentlich hatte ich es mir versprochen.

»Es geht um eine Beerdigung«, sagte Luise. Sie hatte diese hehren Hallen also betreten, um einen Tod zu vermelden.

Da war sie bei mir genau richtig, denn meine Klienten waren samt und sonders tot. Ich führte das Bestattungsinstitut Roman Friedrich, seit mein Vater vor knapp zwei Jahren ganz plötzlich verstorben war. »Institut« klang, als wäre es ein riesiger Bau, womöglich noch mit Glaselementen, um das Licht hereinzulassen. Doch das war es nicht, nur ein schön gestaltetes Fachwerkhaus mit einigen Anbauten. Schließlich brauchten wir Präsentationsräume für die Särge, auch ohne Leichen drin.

Luise hatte sich umgedreht, ich mich auch. Wette gewonnen. Eingemummelt, mit Stiefeln.

Ich erfuhr, dass Kleiner Bär das Zeitliche gesegnet hatte. Ich schlug nicht die Hand vor den Mund, denn meine Finger steckten in dünnen Handschuhen. Meine Lippen verzogen sich kurz, und ich ließ ein »Oh« vernehmen, ich hatte Kleiner Bär gerngehabt.

»Unnatürliche Todesursache?«, riet ich.

»Ziemlich sicher. Er sieht irgendwie mitgenommen aus. Man erkennt sogar die Spuren der Tatwaffe auf seinem Körper. Ich könnte wetten, da hat jemand immer noch Winterreifen aufgezogen.« Luise hatte sich schräg positioniert, um keinen Blick auf meine Leichenbahre werfen zu müssen.

Ich hätte sagen können, dass da gerade jemand vor mir stand, der etwas Ähnliches tat. Winterkleidung im Frühling. Luise drehte den Kopf andeutungsweise in meine Richtung, was komisch aussah, weil sie sonst keinen Muskel bewegte.

Ihre Wimperntusche war verschmiert, was Auskunft darüber gab, dass sie zumindest ein paar Tränen vergossen hatte.

»Wie geht es Fabian?«, fragte ich, doch meine Frage wurde überhört und stattdessen eine dringendere gestellt.

»Könnte man ihn in einem der Kraterseen bestatten? Eine Fahrt übers Wasser in einem Bett aus Blumen und dazu vielleicht noch ein paar Schwimmkerzen? Es ist Frühling.«

Das war ihr also schon aufgefallen.

Wenn man bedenkt, dass diese Seen aus feuerspeienden Vulkanen entstanden sind, die bei ihrer Explosion Krater, Berge und Täler schufen … Es musste ein gigantisches Schauspiel gewesen sein, und das erst vor ungefähr elftausend Jahren. Ich mochte die Kraterseen, und ich mochte die Geschichten dazu. Und ich fand es völlig unpassend, einen toten Kater übers Wasser zu schicken. Himmel noch mal!

»Keine gute Idee«, sagte ich überzeugt. »Auf die Art wird Kleiner Bär nirgendwo ankommen. Sein Körper wird auf seinem Wasserbett verrotten, stinken … tja, und dann kommen die Aasfresser.« Alles Weitere unterschlug ich, da gab es andere, die sich schon vorher an Kleinem Bär gütlich tun würden.

Luise zog eine Schnute, dass ich lachen musste.

Wir diskutierten noch eine Weile, doch ich ließ mich nicht dazu überreden, in meinem Institut einen Kater einzubalsamieren, auch wenn Fabian, Luises achtjähriger Neffe, aus Trauer angeblich kurz vor einem Hungerstreik stand, was ich keine Sekunde lang glaubte. Fabian war nicht unbedingt ein schlankes Kind. Ein Streik, der inwieweit auch immer mit Verzicht auf Süßigkeiten zu tun hatte, war so wahrscheinlich wie eine Horde lila Kühe.

Irgendwann war das Thema erschöpft, und ich war erschöpft vom Thema. »Ich schau mir den Kater nachher an«, versprach ich. »Wir finden im Garten bestimmt ein nettes Fleckchen für ihn.« Mein Blick warnte sie, ja nicht wieder von einer Seebestattung anzufangen. Der Garten musste genügen.

Luise schien festgenagelt, sie stand noch immer am gleichen Fleck. Es gab also noch etwas …

»Wie geht's dir? Alles in Ordnung, können wir wieder mal ein Glas irgendwas trinken, was ist mit deinem Kopf?«

Sie schoss die Fragen ab wie ein Bogenschütze seine Pfeile, und jetzt wandte sie sich mir direkt zu und schaute mich an. Sorge lag in ihrem Blick.

Mein Kopf. Sie fragte jedes Mal danach, dabei war der Unfall schon einige Wochen her. Aber er wirkte sich immer noch auf mein Leben aus.

Mir war schleierhaft, wie ich es geschafft hatte, mich auf der Beifahrerseite durch das Fenster des Minis nach draußen zu quetschen, denn alles andere war zerquetscht. Die Karosserie war nur noch ein Metallknäuel inmitten von Gestrüpp und Ranken hinter Wittlich.

Ich konnte mich an nichts erinnern. Nicht, wohin ich gefahren war. Nicht an den Unfall selbst, und nur schemenhaft, dass ich den Abhang, über den ich zuvor mit dem Wagen geschossen sein musste, anschließend auf allen vieren wieder hinaufgeklettert war.

Und dort am Straßenrand hatte mich dann irgendwann jemand aufgelesen. An den entsetzten Schrei der Frau, die angehalten hatte, konnte ich mich erinnern. Er war als Einziges überdeutlich in meinem Gedächtnis haften geblieben. Mein Blut sickerte aus hundert kleinen Wunden, und ich fühlte mich, als hätte mich etwas in Stücke gerissen.

Ich kam wieder in Ordnung, allmählich, nur hatte es den Anschein, als wäre etwas in meinem Verstand verloren gegangen. Mir fehlten einige Stunden vom Tag. Was hatte ich unternommen, mit wem hatte ich mich getroffen – falls ich jemanden getroffen hatte …

Und solange mir niemand sagen konnte, wohin ich unterwegs gewesen war, blieb ein kalter, leerer Raum zurück.

Ich hätte meine Freundin beunruhigen können, vielleicht würde ich es noch tun, aber dann müsste ich ihr von den Bildern erzählen, die mich heimsuchten, und das konnte ich nicht. Der leere Raum war dabei, sich zu füllen. Mir gefiel nicht, womit.

»Ein spätes Picknick?«, schlug ich vor. »Irgendwo, wo wir unter uns sind, auf einem Hügel mit Ausblick. Ich organisiere das Essen und du die Getränke. Vielleicht den leckeren Weinbergpfirsich-Likör.« Luise war die nicht unvermögende Tochter eines der größten Winzer in der Gegend. Und dieser Geschmacksvulkan stammte aus eigenem Anbau.

»Überall, nur bitte keine Laufarbeit«, sagte Luise.

»Also überhaupt nicht überall«, gab ich zurück. Dabei sollte ein bisschen Stock und Stein in ihren Stiefeln doch wirklich kein Problem sein. Und jetzt sollte ich auch noch über den Ort unseres Treffens verhandeln. Dabei hatte Luise mich zuerst gefragt, was sie gerade elegant beiseitewischte.

»Vielleicht bei mir, im Pavillon. Nach der Beisetzung, wenn es dir angenehm ist. Ich bin für den neuen Champagner.«

Sie meinte wohl die Beisetzung des Katers. Ich würde dazu nichts sagen. Ich mochte den Pavillon. Und ich hatte nichts dagegen, neuen Champagner zu trinken, was auch immer mit dem alten passiert war.

»Was ist mit Kleiner Bär? Ich ertrage den Geruch des Todes nicht.« Sie verzog angeekelt das Gesicht.

»Luise Sonnenschein … was versuchst du mir zu sagen?« Es hatte ein bisschen gedauert, aber allmählich bekam ich eine Ahnung.

»Ich komme grade nicht an den Likör. Der Getränkekühlschrank ist indiskutabel, wirklich.«

»Und dort ist der Champagner nicht«, vergewisserte ich mich.

»Nein!«, rief sie ehrlich entsetzt. Was für eine Frage.

»Hast du den Kater wenigstens in eine Schachtel gelegt? Du hast ihn doch nicht einfach so in die Kühlung gestopft?«

Ein zögerliches Schulterzucken sagte mir, doch, sie hatte. Wahrscheinlich mit verbundenen Augen, stellte ich mir vor.

Wir verabredeten uns für den Abend. Bis dahin würde Zelda Krieger frisch wie der junge Frühling aussehen, und ich hätte es auch geschafft, in meiner Lieblingsmetzgerei mit dem leuchtenden Namen »Sterntal Fleisch und Wurst« eine leckere Pastete und die selbst eingelegten Gurken zu kaufen, die Luise und ich so gern aßen. Sie passten eigentlich nicht zum Champagner, aber wir hatten schon Schlimmeres kombiniert.

Luise war nicht die Einzige, der das Institut nicht behagte.

Johnny mochte den Geruch des Todes auch nicht, darum hatte er sich in sein Reich zurückgezogen und lag ausgestreckt da, was für den Betrachter unbequem anmutete, denn seine Beine schauten hinten aus der Hütte heraus. Aber für den Labrador funktionierte es offenbar.

Die Hundehütte lag im Schatten unserer alten Linde, die sich jedes Jahr zögerlich wieder dazu entschloss, noch ein wenig länger durchzuhalten. Als ich mich jetzt gegen den Stamm lehnte und seine raue Rinde an meinem Rücken spürte, überkam mich das beruhigende Gefühl, dass es Lebensformen gab, die Bestand hatten.

Noch ein paar Minuten meiner Mittagspause, noch ein paar Gedanken, wie ich die »Angelegenheit Kleiner Bär« am besten löste, untermalt von den Kirchturmglocken unserer Pfarrkirche St. Martin, die aussah, als hätte man ihr einen spitzen Zauberhut übergestülpt.

Johnnys Hinterläufe bewegten sich, als wäre er auf der Jagd seines Lebens, und dazu drang ein sattes Rasseln aus der Hütte – er schnarchte. Würde ich jetzt auch gern, aber ich sollte die Arbeit an Zelda Krieger beenden.

Dass ich die Augen für einen Moment geschlossen hatte, musste unbewusst geschehen sein. Plötzlich stand Galen Blocher vor mir, sein lahmes Bein ein wenig ausgestellt, um die Balance besser halten zu können, mit seinem typisch schiefen Totengräbergrinsen im Gesicht.

»Nicht erschrecken.«

Seine Stimme war warm und angenehm tief. Damit erschreckte er niemanden. Galen war das Faktotum meines Vaters gewesen, und jetzt war er mein Gehilfe. Er hatte es als selbstverständlich angesehen, der Tochter des Mannes unter die Arme zu greifen, für den er mehr als zwanzig Jahre gearbeitet hatte. Und ich gestehe, ich war froh, ihn an meiner Seite zu haben. Außer ihm gab es im Institut noch Conny – eigentlich Cornelius – und Paula; verlässliche Mitarbeiter, der eine zuständig für den Leichentransport und den Aushub der Grabstellen, die andere für die Büroarbeit, ein paar Stunden in der Woche. Der Tod, der dem Leben ein Schnippchen geschlagen hatte, wollte bezahlt werden, und ich mochte mich nicht mit diesen kalkulativen Konsequenzen des Sterbens herumschlagen.

Ich schaute in Galens zerknautscht aussehende Züge.

»Kein Neuzugang, aber Pfarrer Wagner sieht verdammt ungesund aus, er hat etwas im Gesicht, und dieses Etwas hat er abgeklebt. Es ist ziemlich viel Etwas.«

»Der Pfarrer *ist* das ungesunde Etwas«, sagte ich und versuchte mein Möglichstes, dem Mann nur ja nichts an den Hals zu wünschen ... obwohl, vielleicht die Krätze? Wagner war ein unangenehmer Mensch, um es freundlich auszudrücken. Galen lachte. Was so ein kleines Lachen doch bewirkte, es konnte ein Gesicht komplett verändern. Ich verstand, was er mir zu verstehen gab.

»So sollte er in nächster Zeit nicht auf den Friedhof, der Pfarrer«, sagte ich. »Und Zelda Krieger hat einen Termin. Wie wär's stattdessen mit einem Trauerredner?«

Kein Nullachtfünfzehn-Segen, sondern schön gesprochene Worte. Mir gefiel die Vorstellung, würde sie auch meiner Klientin gefallen? Aber vielleicht würde ihr ein beklebter, pusteliger Pastor noch weniger schmecken.

»Such bitte jemand Passendes für Zelda aus«, sagte ich und wusste, dass Galen eine gute Wahl treffen würde.

Pusteln im Gesicht ließen auf eine Allergie schließen; ich hatte auch schon gehört, dass Stress ein Auslöser dafür war. Nur fragte ich mich, welchen besonderen Stressfaktoren unser Pfarrer ausgesetzt sein konnte. »Yersinia pestis«, überlegte ich laut mit einem schelmischen Grinsen.

»Lass das bloß niemanden hören«, riet mir Galen.

Würde ich nicht.

Die Pest hatte im 16. Jahrhundert an diesem Ort schlimm gewütet. Weinfeld war untergegangen. Nicht in den Wassern des Maares, doch die Bewohner, die überlebten, hatten ihre Häuser verlassen und waren nie zurückgekehrt. Der Kirchhof von Weinfeld war bis heute die letzte Ruhestätte der Bewohner aus Schalkenmehren. Von dort aus hatte man einen herrlichen Blick auf das Maar.

Heute konnte ich verstehen, dass man an der alten Tradition festhielt. Als Kind jedoch hatte ich es gruselig gefunden, wenn ich meinen Vater auf den Friedhof begleitete und die rotgoldene Sonne über dem Totenmaar – wie das Weinfelder Maar auch genannt wurde – sank.

Unweigerlich dachte ich an Blut, das im Wasser Schlieren zog, und der Graf fiel mir ein: Eine Sage erzählt von einem Schloss, das einst an genau dieser Stelle stand, und von einem Grafen und seiner geizigen Frau, die für die Armen nicht einmal ein Stück Brot übrig hatte und ihr Gesinde schikanierte. Eines Wintertages brach der Graf mit seinen Knechten zur Jagd auf. Er fror, denn er hatte seine Handschuhe vergessen, und schickte daraufhin einen seiner Leute zurück zum Schloss. Als dieser wiederkam, berichtete er dem Grafen, dass das Schloss nicht länger an seinem Fleck stünde, sondern sich dort stattdessen ein großer See befände. Der Knecht war völlig verängstigt, der Graf aber traute seinen Worten nicht.

»Eher scharrt mein Pferd eine Quelle aus dem Boden, als dass ich dir glaube«, soll er gewütet haben, und da begann sein Pferd plötzlich mit dem Huf zu scharren, und aus dem Boden sprudelte Wasser.

Das Schloss war verschwunden, seine Bewohner allesamt ertrunken, und auf dem See trieb eine Wiege, in der ein Kind schrie. Der Graf nahm es auf, gab dem Pferd die Sporen, und niemand hat ihn je wieder gesehen.

Und so nannte man das Gewässer fortan Totenmaar.

Schaurig, traurig, und so manch einer meinte heute noch, den geisterhaften Grafen am Totenmaar gesehen zu haben. Was natürlich nicht der Grund war, weshalb ich Kleiner Bär nicht übers Wasser schicken wollte. Mir wäre eine Seebestattung für einen Kater nur wie ein Frevel vorgekommen. Vielleicht war ich auch ein klein wenig abergläubisch. Die alten Geschichten besaßen noch immer Macht.

Galen bemerkte, dass ich mich irgendwo in der Vergangenheit verhakt hatte, und für einen Augenblick schien es, als wollte er etwas sagen. Dann war der Moment vorbei.

»Ich muss heute noch eine Totenmesse halten«, verkündete ich. »Und ich würde es gern ein wenig feierlich gestalten, obwohl das nicht so leicht ist, weil das Grab in einem Garten liegt.«

»In diesem Garten?«, fragte Galen. Vielleicht täuschte ich mich, und es war nur ein flüchtiger Eindruck, aber ich meinte, er wäre dabei blass geworden.

»Nein, natürlich nicht. Bei Luise.«

»Wen hat es denn ereilt? Schnüffli, Otto Hahn oder Kleiner Bär? Und warum hab ich noch nichts davon gehört?«

Ich hatte mich getäuscht, denn Galens Stimme klang belustigt. Er wusste alles über die aktuelle Menagerie von Luises Neffen. Kunststück, denn alle naselang stand entweder ein Termin beim Tierarzt an oder ein Trauerfall ins Haus. Galen war meist derjenige, den Fabian bat zu kommen. Ausschließlich weibliche Trauerbegleiter, das ging seiner Meinung nach gar nicht.

Schnüffli war ein Meerschweinchen, ein wirklich zähes Ding. Dauernd verschnupft, mit Triefnase, wenn man das bei Meerschweinen so nennen konnte. Otto Hahn war ein selbiger. Sein morgendlicher Ruf ertönte meist erst um die Mittagszeit, und er klang grässlich asthmatisch.

»Kleiner Bär wurde überfahren«, setzte ich Galen ins Bild. Luises Beschreibung ließ wenig Raum, etwas anderes zu vermuten.

Wir vereinbarten, dass Galen den Sargträger geben würde – den Kartonträger –, wenn der Kater erst aus dem Getränkekühlschrank überführt worden war.

»Das kann ich auch übernehmen«, bot Galen an. »Eine Rekonstruktion hast du sicher nicht vor.« Hatte ich nicht, kein offener Karton bei der Beerdigung. Eine Rekonstruktion ist nach Unfällen sinnvoll, wenn der Leichnam entstellt ist. Hier war der Leichnam auch entstellt, aber trotzdem blieb die Schachtel zu.

Wenig später hatte ich ein neues Paar Handschuhe übergestreift und widmete mich wieder meiner Klientin. Auf einem Tischchen neben der Rollbahre standen Dutzende Tiegel und Töpfe, in die ich meine Pinsel tauchte. Ich war die Visagistin der Toten.

Stille hüllte mich ein. Als ich einen Schlag und ein Splittern hörte, dachte ich zuerst, es wäre etwas zu Bruch gegangen. Dann sah ich in Zeldas Gesicht und … es gehörte nicht länger Zelda Krieger.

Der Pinsel flog aus meiner Hand und drehte eine Pirouette – ich hätte geschworen, dass die Zeit sich vor meinen Augen verlangsamte. Meine Arme sackten herab, meine Knie gaben nach, ich verlor die Kontrolle über meinen Körper.

Oder verlor ich die Kontrolle über meinen Geist?

Ich versuchte nicht, mich festzuhalten, ich versuchte gar nichts. Wie ein nasser Sack sank ich auf den Fliesenboden.

Ich hatte in das gequälte Gesicht meiner Mutter gesehen.

Und diesmal war es mir gleich, dass ich Handschuhe trug und gerade eine Tote berührt hatte, ich presste mir die Handballen auf die Augen, so fest, dass es schmerzte.

Was war los mit mir? Luise hatte nach meinem Kopf gefragt, ich fragte mich das Gleiche. Der Unfall hatte etwas ausgelöst. Warum sah ich ausgerechnet meine Mutter, warum Katharina? Ihre Augen hatten mich groß und angstvoll angeblickt.

Was war mir zugestoßen – und was Katharina?

Jetzt fürchtete ich mich davor, Zelda Krieger noch einmal anzuschauen.

»Wie konntest du von uns gehen ...«, drang es tragend über den Rasen, als Galen den Karton, der nicht mehr als solcher zu erkennen war, am sorgsam ausgehobenen Katergrab absetzte.

Xavier Naidoo trauerte hörbar. Ich glaube, der Song nennt sich »Abschied nehmen«, und ich konnte nur denken: »Auf wessen Konto geht die Musikauswahl?« und »Was steht uns wohl noch bevor?«.

Lampions waren entzündet worden und standen bunt und leuchtend nächtliches Spalier. Außerdem gab es Blumenschmuck.

Kleiner Bär fuhr nicht übers Wasser, dafür war er über duftenden Rosenblättern zu seiner letzten Ruhestätte getragen worden.

Ich wollte gerade ansetzen, ein paar nette Worte zu sagen, um Kleiner Bär gebührend zu verabschieden, da fluchte Luise unvermittelt los.

»Nimm Otto Hahn weg, oder ich schwöre, ich mache Frikassee aus ihm!«

Reichte ein Tod denn nicht?

»Er ist sicher auch traurig«, versuchte Fabian eine Beschwichtigung, während ich nach der Ursache des Zornesausbruchs suchte.

»Quatsch ist er, er hat auf meine Schuhe gekackt.« Luise trug eigens zur Beerdigung Ballerinas in Schwarz-Silber.

Ich räusperte mich umständlich. »Liebe Trauernde«, begann ich, nur um ein weiteres Mal unterbrochen zu werden.

»Das klingt doof, sag doch einfach was Schönes über Kleiner Bär.« Das Veto kam von Fabian. Wollte er mich ärgern? Undankbarer Bengel. Ich konnte auch anders, ihm zum Beispiel verraten, dass Fabian eigentlich Bohne bedeutet. Ich ließ es bleiben.

»Du könntest auch etwas sagen, es war schließlich dein Kater.« Ich war ein wenig beleidigt. Eine schöne Beerdigung musste zelebriert werden. Jetzt dachte ich schon wie Luise, fiel mir auf.

Galen sprang ein und knüpfte etwas lockerer im Ton an mein salbungsvolles Intro an.

»Wir werden ihn vermissen. Sein Schnurren und seine liebenswerte Art.«

»Ja, und wir wünschen dem Fahrer, dass ihm das Gleiche passiert«, rief Fabian.

»Das wünschen wir nicht!«, rügte ihn Luise und zog ihn am Ohrläppchen, woraufhin Fabian lachen musste.

Die Bestattung von Kleiner Bär war auf einen Wochentag gefallen, Fabian hatte am folgenden wieder Schule. Und auch wenn er uns wenig glaubhaft versicherte, die ersten beiden Stunden wären total unwichtig, weil sie nur Mathe und Deutsch hätten, schickte Luise ihn ins Bett.

Galen trank noch ein Glas des neuen Champagners, dann musste auch er gehen. Er strubbelte Fabian übers Haar, sagte ihm, er müsse baldigst mit der Sprache rausrücken, und verabschiedete sich.

Luise war hellhörig geworden.

»Moment«, sagte sie und zupfte Fabian am Pulli. »Worum geht's, führt da jemand etwas im Schilde?«

Irgendwie bewunderte ich sie. Luise kümmerte sich um Fabian, was nicht immer ganz einfach war. Mein saloppes »nicht einfach« war komplett untertrieben, und ich hätte nicht um viel mit ihr tauschen wollen. Fabian war der Sohn ihrer älteren Schwester, und diese war in den seltensten Fällen zu Hause, ebenso wie ihr Ehemann, Fabians Vater. Beide waren

Meteorologen und Klimaforscher. Wenn ich richtig informiert war, ging es derzeit um die Erderwärmung und die heftigen Regenfälle in Brasilien.

Einen tropischen Eindruck machte auch Luises Pavillon mit seinen Möbeln, die aus hellgrünem Bast gefertigt waren und, soweit ich weiß, aus Indonesien stammten. Dazwischen herrschte Dschungel, und gerade bemerkte ich, dass die Spitzen des Farns etwas abbekommen hatten. Die Spuren sahen verdächtig nach Otto Hahn aus.

»Also, wo Kleiner Bär jetzt tot ist, da brauchen wir dringend Ersatz, sonst rafft das die Übrigen auch noch dahin.«

»Was rafft?«, erkundigte sich Luise.

»Der Totenvirus«, erklärte Fabian ernsthaft.

»Es gibt keinen Totenvirus«, sagte ich. Ich musste es schließlich wissen.

»Gibt es doch. Der wohnt bei dir.«

Bevor ich etwas sagen konnte, stand Luise auf und scheuchte Fabian hinaus. »Zeit fürs Bett, Lesen mit Taschenlampe unter Strafe verboten, ich seh dich«, fügte sie, so ernst ihr das möglich war, hinzu.

Luise und ich ließen den Abend im Pavillon ausklingen. Wir gönnten uns meine kulinarischen Mitbringsel und einige Gläser Champagner. Vielleicht war das Rosé die Neuerung daran.

Bevor sie mich noch einmal fragen konnte, was mit meinem Kopf war, machte ich den Anfang.

»Mir fehlen einige Stunden von dem Tag, als ich den Unfall hatte. Ich kann mich nicht erinnern. Und in meinem Terminkalender ist nichts eingetragen.« Nichts Hilfreiches jedenfalls, relativierte ich die Aussage für mich.

»Wie kann man die Zeit vergessen?«, wollte sie wissen.

Das war es aber nicht. Die Zeit war weitergelaufen, nur ich nicht mit ihr. Was in meinem Kalender stand, hatte ich bislang nicht enträtseln können, aber es war meine Schrift, also hatte ich es eingetragen.

»Mit Dr. Freud reden«, und dahinter stand ein dickes Fragezeichen.

2

Es war nur so eine Idee gewesen.

Von Schalkenmehren war es nicht weit zum Weinfelder Maar. Die Seen sahen aus, als hätte jemand Kegel verkehrt herum in die Erde getrieben. Und jeder einzelne barg ein Geheimnis. Auf eines davon würden sie möglicherweise heute stoßen …

Doch um etwas im See ging es gar nicht.

Es war Christoffers Vorschlag gewesen. Er hatte den Artikel verschlungen, in dem von einem ehemaligen Steinbruch in Weinfeld die Rede gewesen war, einem Ort, den es längst nicht mehr gab. Dafür gab es in Steinbrüchen meist allerhand Zurückgelassenes, und genau dafür interessierte sich Christoffer, mit einem Hintergedanken, von dem er ganz sicher niemandem etwas sagen würde, bis sie es gefunden hatten. Die Neugierde seiner Freunde hatte er damit angestachelt, dass er behauptete, von einem Schatz gelesen zu haben. Die Aussicht, einen Schatz zu entdecken, war immer gut, um jemanden zum Mitmachen zu bewegen.

Er hatte sogar an eine Taschenlampe gedacht. Woran er allerdings nicht gedacht hatte, fiel ihm später ein, und er schimpfte sich einen Trottel.

Christoffer, Alex und Silvio stiefelten durch Schalkenmehren und wandten sich dann in Richtung des Wanderweges, der das Schalkenmehrener Maar umspannte.

Christoffer hoffte, ihnen würde niemand begegnen, und wenn doch, dass wenigstens keiner fragte, was sich in der großen Tüte befand. Ihm waren die Leute hier erheblich zu neugierig veranlagt.

Die kleine Gruppe war gut sichtbar, obendrein trug Alex ein knallgelbes Shirt. Um sie herum Wiesen und Felder, und Alex sah wie eine Butterblume aus. Christoffer musste bei dem Gedanken lachen.

Der Weg wurde breiter und führte vom Laubwald in den Nadelforst.

Zuerst einmal sah es nicht so aus, als könnte man hier irgendetwas entdecken. Vielleicht hatte er sich auch zu viel vorgestellt. Wenn, dann würden ihn seine Freunde verlachen, denn er hatte eine Metallsonde eingepackt. Silvio und Alex hatten gar nicht wissen wollen, wofür, und sich nur komische Blicke zugeworfen.

Aber dann fanden sie etwas.

Der Metalldetektor hatte ein anhaltendes Signal gegeben, dass sich dort unter der Erde etwas befand. Christoffers Hände waren nass vor Aufregung. Vielleicht waren sie auf genau das gestoßen, was er unbedingt hatte finden wollen. Wenn Silvio und Alex von einem möglichen Schatz ausgegangen waren, dann wäre es für sie eine Enttäuschung, aber für Christoffer wäre es ein Hauptgewinn. Das war auch richtig so. Sie waren zwar Freunde, aber Christoffer war der Anführer.

Nur brauchten sie jetzt einen Spaten, an den er nicht gedacht hatte.

Sie knobelten aus, wer zurückgehen und das Werkzeug holen sollte. Es traf Silvio, der sich augenverdrehend auf den Rückweg machte. Rennend. Christoffer und Alex nahmen derweil stabile Äste zu Hilfe und lockerten die Erde etwas auf.

Als Silvio zurückkam, außer Puste, aber mit einem Klappspaten unter dem Arm, übernahm Christoffer die Grabungsarbeiten.

Angespannt schaute er in das größer werdende Loch und hoffte, dass sie Sonde nicht gelogen hatte.

Dann traf der Spaten auf einen Widerstand.

»Das war einer von den Pestkranken, der hat seine Sachen noch in Sicherheit gebracht, bevor es ihn erwischte«, meinte Alex, und sofort pflichtete ihm Silvio nickend bei. Alex war derjenige von ihnen, der gern recht behielt, und natürlich war er cool. Die Kerbe in seinem Kinn unterstrich den Eindruck, den er von sich selbst hatte.

Silvio war der Zustimmer, blond und ein wenig farblos, keine Chance, da irgendwie Boden gutzumachen.

Es könnte sogar sein, dachte Christoffer, aber er hoffte, dass es keine Hinterlassenschaft eines Pestkranken war. Zu Zeiten der Pest hatte es sowieso noch keine Metallkisten gegeben, die mit einem Vorhängeschloss gesichert waren. Zumindest keine, auf der in Großbuchstaben der Name eines heimischen Unternehmens stand.

Das Schloss sollte kein Problem sein, meinte Christoffer, weil es nicht sonderlich stabil aussah, daher gelang es ihm mit seinem Schweizer Taschenmesser, es aufzuhebeln. Hinter sich hörte Christoffer gespanntes Luftholen. Er öffnete den Deckel, der in rostigen Scharnieren knirschte.

Schlanke Stangen tauchten im Licht der Taschenlampe auf.

»Einer von den Pestkranken, hm?«, spottete er. »Was hat der da wohl gebunkert.« Er ging in die Hocke. »Hey, ich sag euch, was das ist … Das ist Sprengstoff.«

Christoffer spielte seine Überlegenheit gern aus und ließ seine Freunde spüren, dass er eben eine Spur schlauer und einfallsreicher war als sie. Er wusste genau, was mit dem Dynamit zu geschehen hatte, oder besser, wofür man es benutzen konnte.

Einige der Alten glaubten daran, dass die Maare zwar schlummerten, aber das Feuer unter der Erde längst nicht erloschen war. Von Unruhe im Untergrund wurde erzählt. Warum also diese Unruhe nicht an die Oberfläche bringen?, meinte Christoffer. Der ewige Sermon, die Maare würden eines Tages explodieren, ging ihm auf die Nerven, und die schlimmste Vertreterin dieser Theorie war Sophia Schäfer, seine Nachbarin. Und das nur, weil ihr Bruder als Kind in einem der Maarseen ertrunken war. Jedenfalls hatte sein Vater mal so etwas erwähnt.

Tja, wie passend, denn sie war die Einzige, von der er wusste, welchen Spazierweg sie mit ihrem Köter jeden Morgen nahm.

»Wir lassen das Totenmaar explodieren«, sagte Christoffer betont locker.

»Krass!«, rief Alex. »Das Ding läuft womöglich aus und flutet Schalkenmehren.«

»Ja klar.« Christoffer stöhnte. »Aber es gibt eine Riesenfontäne.« Vielleicht, dachte er. Hoffentlich. Auslaufen würde das Maar sicher nicht.

»Wie soll das gehen?«, fragte Silvio, was Christoffer schon viel besser gefiel. Er erklärte es seinen Freunden.

»Das Zeug hier hochgehen lassen«, wiederholte Alex ungläubig, »das wird ganz schön Radau machen.«

Christoffer verschwieg, dass die Menge an Sprengstoff mehr als nur ein bisschen Radau machen würde, und grinste in sich hinein. Das war seine persönliche Herausforderung. Er interessierte sich für Chemie, seit er denken konnte. Verbindungen, Vorgänge und Reaktionen von Substanzen. Feste und flüssige Stoffe und Stoffgemische. Faszinierend. Er hätte auch selbst etwas Explosives zusammenstellen können, aber das hier war perfekt. Das Dynamit war trocken, und so alt konnte es noch nicht sein. Und das Beste war: Niemand würde das Zeug mit ihnen in Verbindung bringen.

Sie mussten sich nur verdammt gut absprechen.

»Okay … die Explosion und das Schäumen im Wasser müssen gleichzeitig stattfinden. Das Loch graben kann Silvio. Es darf nicht zu oberflächlich sein. Dann deponieren wir die Stangen, legen eine Zündschnur und schütten die Aushebung wieder zu.«

Christoffer hatte es sich so gedacht, dass die Sprengung den Effekt haben würde, als rumore es unter der Erde tatsächlich und als stünde eine große Explosion kurz bevor. Wenn es klappte, und das würde es, davon war Christoffer überzeugt, dann bekämen all diejenigen recht, die es ja immer schon geahnt hatten, und sie drei hätten einen Heidenspaß. Außerdem durften diese Schlaumeier mit ihren Prophezeiungen dann getrost rätseln, was weiter in naher Zukunft noch alles geschehen würde.

»Ich kümmere mich darum, dass der See schön schäumt.«

»Und warum das alles?« Alex zog seine aufgekrempelten Ärmel über die Arme, als wäre ihm mit einem Mal kalt geworden.

»Darum, weil wir es können und weil wir die Mittel haben«, sagte Christoffer und schnalzte mit der Zunge. »Die alte Sophia ist nur unser Transponder. Sie sieht es und erzählt es.«

»Transponder«, wiederholte Alex.

»Gemeint ist ein Gerät, das eingehende Signale aufnimmt und weiterleitet. In diesem Fall eben nur jemand, der gern klatscht«, erklärte Christoffer etwas genervt.

»Wie machen wir das mit dem Schäumen?«, fragte Silvio.

»Und woher wissen wir, dass deine Nachbarin zu der Zeit an dem Ort ist, an dem wir sprengen?«

»Es funktioniert folgendermaßen: Wir nehmen ein paar große Flaschen, füllen erst Wasser rein, dann Essig und Backpulver. Das Backpulver reagiert mit dem Essig, es entsteht Kohlendioxid, ein Gas. Durch den Druck, der sich aufbaut, schäumt es, und zwar mächtig. Alex, du kannst dir schon mal was ausdenken, womit wir die Flaschen auf den See bringen, am besten so weit in die Mitte wie möglich, damit es echt wirkt. Erschreckend echt, weil es aussehen soll, als käme der Schaum vom Grund des Sees.« Christoffer erklärte den komplexen Vorgang, der nur deshalb komplex war, weil die Freunde keine Ahnung hatten.

»Wow«, lautete Silvios Kommentar. Er war leicht zu beeindrucken.

»Und die alte Sophia wird da sein, weil sie mit ihrem Hund jeden Morgen diesen Weg langgeht – also warum ausgerechnet an diesem speziellen Morgen nicht?« Der Köter schaffte es noch jedes Mal, Christoffer mit seinem Gekläffe zu wecken.

»Und wann soll dieser spezielle Morgen sein?« Alex trat mit seinem Turnschuh nach dem Deckel, und die Dynamitstangen verschwanden wieder in den dunklen Tiefen der Metallbox.

»In zwei Tagen.« Christoffer gab Silvio die Schaufel. »Wir lassen das Dynamit hier. Grab es wieder ein und verpass der Stelle eine Markierung«, ordnete er an.

Sie mussten sich genügend Flaschen besorgen und überlegen, wie sie die Dinger unbemerkt transportierten, aber auch da würde ihm etwas einfallen.

»Leute, in zwei Tagen wird das Totenmaar explodieren!«

3

Kleiner Bär befand sich selig unter der Erde, wie ich hoffte, und ich mich im Eilschritt auf dem Weg ins Institut. Von Seligkeit keine Spur.

»Mit Dr. Freud reden«. Noch immer spukte die Notiz in meinem Kopf herum. Freud war der Begründer der Psychoanalyse gewesen. Sigmund Freud, dessen Thesen ich immer schon ein wenig beängstigend und, schlimmer, abartig gefunden hatte. Was also sagte mir das? Dass ich mir etwas notiert hatte, von dem ich annahm, es könnte mir … Angst machen?

Ich war an diesem Morgen nach der Beerdigung von Kleiner Bär noch nicht auf einen Klienten gefasst.

Und der Besucher war auch kein Klient, dafür schwarz gekleidet und mit Dutzenden kleinen fleischfarbenen Pflastern im Gesicht, unter denen man so ziemlich alles vermuten konnte. Pfarrer Wagner blickte mir entgegen.

»Hochwürden?«, sagte ich voll böser Vorahnungen. Ich nannte ihn sonst nie Hochwürden. »Wie kann ich behilflich sein?«

»Ich bin gekommen, um die Formalien zu besprechen. Frau Zelda Krieger war ja eines meiner Schäfchen in Christus.« Der Blick aus dunklen Augen flog auf mich zu und hakte sich fest. Kalt und nicht gerade angenehm.

Für das Schäfchen in Christus hatte ich schon etwas anderes geplant.

»Wir warten lieber noch ein kleines bisschen, bis Sie wieder gesund sind. In Ihrer misslichen Lage würde ich Ihnen raten, noch einige Zeit unter Verschluss zu bleiben. Für Zelda Krieger wird es eine schöne Beerdigung geben, dafür sorge ich.« Ich versuchte, so diplomatisch wie nur möglich zu sein, aber das Einzige, was ich deutlich von seinem Gesicht sehen konnte – die Augen –, verengte sich jetzt.

»Ich lasse mich von Ihnen nicht von meinem Gottesacker fernhalten!«, rief er aus, als hätte ich ihn im Klammergriff. Es schien ihm vollkommen gleichgültig, dass er die Menschen mit seinem Aussehen erschreckte. Er sah nur sich selbst, was er mir auch gleich bestätigte.

»Ich sehe keinen Grund zur Rechtfertigung, auch keinen, irgendjemandem die Symptome einer ganz normalen Hautkrankheit zu erklären. Ich kann mir das Getratsche denken, und es interessiert mich nicht. Selbstverständlich werde ich Zelda Krieger verabschieden.« Und damit rauschte er ab, sein Gewand aufgebläht wie seine Entrüstung.

Ich hörte Paula, meine Bürokraft, freundlich grüßen, doch eine Erwiderung des Gottesmannes hörte ich nicht.

Er war fort und sollte es bestimmt nicht bleiben.

Und *wie* ich vorhatte, den Pfarrer vom Gottesacker fernzuhalten. Wir würden die Bestattung vorverlegen, auf morgen am frühen Abend. Die Zeit bis dahin brauchten wir, um den Redner, die Blumen und die Musik zu organisieren, und weil Zelda Krieger keine Angehörigen mehr hatte, wollte ich außerdem für einige Trauergäste sorgen.

Obwohl der Himmel über uns nach Gewitter aussah, machte ich mich auf den Weg zum Friedhof und zur Kapelle. Galen und Conny hatten Zelda Krieger zur Aufbahrung in die Kapelle gebracht, vielleicht wollte sich ja noch jemand verabschieden. Ich fand, ich müsste zumindest Zelda Bescheid geben, und wenn ich Johnny mitnahm, sähe es nach einem Spaziergang aus.

»Der Pfarrer sieht alles«, erklärte ich dem Labrador augenzwinkernd. Als Mensch hätte er wahrscheinlich die Stirn gerunzelt, als Hund ließ er die Ohren fallen.

Wir nahmen den Uferweg oberhalb des Weinfelder Maares. An den Rändern wuchs Wollgras, dazwischen blitzten einige gelbe Veilchen. Doch das Gelb veränderte sich und wurde blasser, als ein großer Schatten darauffiel. Minuten später hörten wir auch schon das Grollen. An einen Schirm hatte ich nicht gedacht, viel eher, dass ich vor dem Gewitter wieder zurück sein würde.

Johnny murrte und zog mich schneller in Richtung Kapelle. Er gehörte zu den Hunden, die es nicht leiden konnten, wenn sie nass wurden, und da war ihm dann auch die Gesellschaft einer Toten einerlei, Hauptsache, sein Fell blieb trocken. Ein eitles Tier.

Das Dorf Weinfeld hatte ehedem östlich der Kapelle gelegen. Der Legende nach war es durch einen kleineren Vulkanausbruch zerstört worden. Wenn es Überreste gegeben hatte, dann war offenbar nicht gezögert worden, sich die Steine und alles Verwertbare zu holen. Wie bei einer Burg, die nach und nach verfiel und deren behauene Steine noch nutzbar waren.

Als dicke Tropfen aus dem schweren schwefelgelben Himmel ins Maar stürzten, fiel mir ein, was man sich noch erzählte. Weinfeld, zumindest Teile davon, lägen angeblich auf dem Grund des Totenmaares. Dieses unterirdische Reich hatte allerdings noch kein menschliches Auge gesehen; zumindest keins, das ich persönlich kannte.

Johnny riss mich mit sich. Er hatte offenbar keine Lust mehr, mit mir in das unergründliche Gewässer zu starren.

Er schüttelte sich aus, bevor wir zusammen das kleine Gotteshaus betraten. Es gab sogar elektrisches Licht, was ich aber lieber nicht einschalten wollte. Gewitter waren mir nie geheuer; ich hatte schon gesehen, welche Zerstörung Blitzeinschläge anrichten konnten. Und Zelda in ihrem Sarg störte die Düsternis nicht. Ihr leuchtete längst ein anderes Licht. Jedenfalls wünschte ich es ihr.

Johnny ließ sich an der linken Seite des dunklen Sarges nieder, an dessen Kopfende auf einem Podest ein Gesteck aus weißen Lilien arrangiert war. Zwei dicke batteriebetriebene Kerzen brannten für die Verstorbene. Der Schein war künstlich, und leider sah er auch genauso aus, aber Wachs und Feuer waren zu gefährlich. Ich hatte Zelda so zurechtgemacht, dass man sie anschauen und sich von ihr verabschieden konnte, was wohl kaum jemand tun würde. Ihre Freundinnen hatte sie überlebt.

»Morgen Abend geht die Reise los«, sagte ich. »Ich weiß, es sollte erst einen Tag später und am Vormittag sein, aber ich verspreche, es wird Ihnen gefallen«, sagte ich ihr. Mir war es wichtig gewesen, ihr das zu sagen, auch wenn Luise verständnislos den Kopf schütteln würde, und nicht nur sie. Mit meinem Versprechen lehnte ich mich allerdings ein wenig aus dem Fenster.

Ich hatte Paula gebeten, ein paar Anrufe für mich zu machen. Im Rathaus hatte man Zelda vor Kurzem ganz offiziell mit einem Blumenstrauß zu ihrem neunzigsten Geburtstag gratuliert, vielleicht wollte jemand auch zur Beerdigung kommen. Und Luise schuldete mir wegen Kleiner Bär etwas. Ich hatte sie um ihre Anwesenheit gebeten. Das letzte Geleit für Zelda. Schweigen war mir entgegengeflutet, bevor sie schnaufte und etwas sagte von wegen »öffentlicher Veranstaltung«. Es interessierte mich keinen Deut. Sie würde da sein.

Und Galen hatte mir mitgeteilt, es wäre für den Trauerredner kein Problem, morgen am späteren Nachmittag zu kommen, es gäbe nicht wirklich viel über Zelda Krieger zu sagen. Und somit auch nicht viel vorzubereiten.

Nicht wirklich viel. Die alte Dame war neunzig Jahre alt geworden, da musste es sogar ganz viel geben.

Er hätte aber ein paar Songs aus ihrer Jugend herausgesucht, die könne man begleitend spielen. Ich rechnete zurück. Es dürften die späteren dreißiger Jahre gewesen sein, also hatte man Dixieland und Swing getanzt. Das hörte sich für mich gut an. Vielleicht auch etwas von Count Basie.

Ich setzte mich in eine der Kirchenbänke und schaute mir die Wandmalereien an, ohne sie wirklich zu sehen. Wir würden den Regen abwarten, vorher war Johnny sowieso nicht dazu zu bewegen, den Heimweg anzutreten.

Plötzlich klang es, als würde jemand die Glocken läuten. Aber es gab in dieser Kapelle augenblicklich nur Johnny und mich und Zelda.

Soweit ich wusste, war eine der Glocken, die in der Turmspitze hingen, aus dem Metall der Schiffsglocke des Kriegsschiffes »Emden« gegossen worden. Man konnte sie von Hand läuten.

Die Toten läuteten den Toten? Der Gedanke war von irgendwoher gekommen, wahrscheinlich weil ich die Geschichte des Schiffs und der Glocke kannte.

Und das war keine Legende, zumindest keine, von der ich

schon gehört hätte. Ich sah zu meinem Hund, der den Kopf auf die Pfoten gebettet hatte. Er schien nichts zu hören.

Mein Blick glitt zum Gesicht von Zelda Krieger. Auch sie hatte sich nicht verändert. Doch *etwas* hatte sich verändert.

Blitze schossen vom Himmel. Ich konnte den hellen Schein durch die Fenster sehen und hörte den Donner grollen und die Glocken schlagen, dazwischen das Zischen des Sturms. Ich wusste, ich sollte in dieser Bank sitzen bleiben, vielleicht sogar die Augen schließen.

Die Atmosphäre war merkwürdig aufgeladen, und ich versuchte mir einzureden, dass mir hier rein gar nichts etwas anhaben konnte. Aber ich konnte meine Ohren nicht verschließen, es – was es auch war – war da.

Johnny winselte. Er hatte sich von seinem Platz erhoben und stupste mich an, leckte meine Hand. Im einen Augenblick spürte ich die Berührung noch, im nächsten verschwammen die Wirklichkeit und die Kapelle vor meinen Augen.

Ich schaute in einen Spiegel. Für einen Sekundenbruchteil sah ich uns beide. Katharina und mich. Dann explodierte der Spiegel. Das Blut lief in Rinnsalen über ihre Haut, und ich schrie: »Mama!« Ich streckte ihr meine Hände entgegen, doch die Splitter des zerstörten Kristalls verzerrten grausam das Bild.

Es hätte ein Alptraum sein können, aber ich erlebte ihn wirklich. Ich schaute auf meine blutigen Hände und versuchte sie an meiner Hose abzuwischen. Das Blut ließ sich nicht entfernen, es klebte auf meiner Haut. Ich schrie, schüttelte panisch den Kopf, um die Bilder loszuwerden. Aber was auch immer ich tat, sie waren da. Ob ich die Augen schloss oder nicht. Sie gingen nicht weg.

Ich wollte rennen, fort von dem Grauen, und stieß gegen etwas. Schmerz fuhr durch mein Bein, und ich konnte Johnnys Bellen hören …

Als ich wieder zu mir kam, hockte ich auf dem kalten Steinboden und fragte mich, wie viele Minuten oder Stunden vergangen waren und wann ich zuletzt ganz bei mir gewesen war. Jemand hatte mich gefesselt, dachte ich, und etwas Schweres saß auf meiner Brust. Genau so fühlte es sich an.

Ich war über die Hügel zum Landgut Sonnenschein gehetzt, zu Luise.

Der Regen hatte es geschafft, mich wieder zu mir zurückzubringen. Ich war völlig kopflos davongestürzt, in meinen Ohren klangen die verfluchten Glocken, und vor meinen Augen spielte sich ein Film ab, den ich anhalten musste, weil ich sonst verrückt würde. Vielleicht war das auch längst schon geschehen.

Eine Gehirnerschütterung war nichts Besonderes nach einem solchen Unfall. Aber jetzt wurde ich andauernd erschüttert. Als würde sich etwas in meinem Gehirn bewegen. Jedenfalls kam es nicht mehr zur Ruhe, und ich auch nicht. Unergründliche Fetzen kamen da zum Vorschein, waren es Erinnerungen, oder warf mein Verstand alles in einen Topf, was ich je gehört, gesehen, erlebt hatte? Ich verstand es nicht.

Womöglich war es Johnny gewesen, der Richtung Luise gelaufen war, weil er wusste, dass ihn dort Wärme und ein trockenes Fleckchen erwarteten.

In früherer Zeit hätte sie direkt auf Weinfeld und das Totenmaar hinuntergesehen. Den Kratersee könnte sie immer noch sehen, dafür müsste sie nur ein Stückchen laufen, genau bis zum Grundstücksende oder seinem Beginn. Über eine großzügig angelegte Auffahrt gelangte man zu dem imposanten Anwesen. Es war kein Schloss, aber es gab einen Turm, und der Vorgarten mit den getrimmten Rasenflächen wirkte, als hätte sich jemand ein bisschen englisch fühlen wollen. Hinter dem kleinen Tal grenzten die Weinberge an, erhöhte Terrassen, auf denen die Reben wuchsen, im Hintergrund Wiesen, Äcker und eine Plantage mit Obstbäumen.

Und natürlich Luises Pavillon.

Als sie die Tür öffnete, erkannte ich an ihrem Gesicht, dass ich aussehen musste, wie ich mich fühlte. Dann sah sie auf den Labrador.

»Johnny ist nass. Er hasst es doch, nass zu sein.« Es war wirklich und wahrhaftig das Erste, was Luise sagte. Ich war auch nass, ich hatte ja keinen Schirm mitgenommen, womöglich hatte ich bei meiner Flucht sogar die Tür der kleinen Kapelle offen gelassen.

»Was ist denn los? Du siehst aus, als hättest du einen Geist gesehen – oder gleich mehrere?« Luise strich mir die Haare aus dem Gesicht. Es war eine zärtliche Geste, die mir die Tränen in die Augen trieb. Ich lachte, aber mein Lachen hörte sich falsch an, jedenfalls klang es überhaupt nicht normal.

»Setz dich hin, ich hole Handtücher«, sagte sie. »Nein, ich hole nur für Johnny Handtücher. Du gehst unter die Dusche. Himmel, wo wart ihr denn? Bist du mit Johnny durchs Gelände gelaufen? – Du bist durchs Gelände gelaufen«, beantwortete sie sich die Frage selbst.

Johnny erinnerte sie mit einem leisen Winseln daran, dass sie doch endlich etwas gegen sein nasses Fell unternehmen solle.

»Schatz, alles in Ordnung. Föhnen?«, fragte sie.

»Fragst du den Hund oder mich?« Aber da schob sie mich schon ins Bad. *Schatz*. Alles war gut, denn Luise war Luise, und Johnny und ich waren in Sicherheit.

Ich blickte an mir herunter. Gräser reisten per Anhalter an meinen Schuhen und meiner Hose mit, und das Wasser lief mir aus den Haaren.

»Ich leg dir was zum Anziehen raus. Deine Schuhe hast du dir auch ruiniert. Isabel … ich frage nachher noch mal, was los ist.«

Sie schloss die Badtür hinter mir, nachdem sie zwei große Handtücher und den Föhn für Johnny mitgenommen hatte.

Ich fürchtete, dass ich nachher genauso wenig eine Antwort haben würde wie jetzt.

Ich zog die nassen Sachen aus, ließ das warme Wasser laufen und stellte mich unter den Strahl. Vielleicht könnte ich so auch das Blut von meinen Händen waschen, doch ich war ehrlich genug, um mir einzugestehen, dass es nicht klappen würde. An meinen Händen war kein Blut, weil es nur in meinem Kopf existierte.

Luise hatte für mich eines ihrer langen, hochgeschlossenen Versteck-dich-Kleider ausgesucht. Brombeerfarben und mit einem Gürtel um die Taille.

Ich zögerte das Unausweichliche noch etwas hinaus und schnappte mir Johnnys Föhn. Aber dann waren auch meine

Haare trocken. Irgendwann würde ich Farbe bekennen müssen, und das hatte rein gar nichts mit dem Brombeerkleid zu tun.

Luise schenkte uns Saft ein, aus den Obstgärten des Weinguts, wie ich vermutete.

»Setz dich und dann raus mit der Sprache«, wurde ich aufgefordert. Darum gab es keinen Wein, sie wollte mich nicht davonkommen lassen.

Johnny wartete gespannt, jedenfalls hatte ich den Eindruck. Blödsinn, und das wahrscheinlich gründlich.

Ich machte es mir neben Luise auf der Couch gemütlich. Brombeer auf Sand mit grünen Gräsern. Ihr Wohn- und Esszimmer war in zwei Ebenen unterteilt, was es gemütlicher erscheinen ließ.

»Pfarrer Wagner ist schuld«, sagte ich, weil ich jemanden brauchte, dem ich es in die Schuhe schieben konnte. Es, das war mein Ausflug zur Kapelle, um Zelda die Terminänderung mitzuteilen.

Ich berichtete Luise, dass er zu mir gekommen war, mit einer Beschwerde und Pflastern im Gesicht. »Seiner Erklärung nach ist es eine Hautkrankheit, aber im Ort hat sich die Diagnose vermutlich schon zur Pest ausgewachsen. Er sieht schrecklich aus, und ich will nicht, dass er so am Grab von Zelda Krieger steht. Das wollte ich Zelda sagen …« Kaum hatte ich es ausgesprochen, wusste ich, wie ich mich anhörte.

»Ist etwas mit Zelda Krieger?«, fragte mich Luise argwöhnisch. »Das ist doch die alte Dame, die gestern noch tot war und zu deren Trauerfeier ich gehen soll.«

»Sie ist immer noch tot«, sagte ich.

»Na ja, ich dachte, sie hätte sich vielleicht aus dem Sarg erhoben, so was gab es doch schon.«

Ich sah Luise strafend an. Nein, so was gab es nicht. Ich wusste von einem rechtsmedizinischen Institut, in dem sich eine Frau von der Bahre in der Leichenhalle erhoben hatte, aber niemand erhob sich aus dem Sarg.

»Du warst panisch und einen Tick hysterisch«, sagte Luise. »Was hätte ich denn glauben sollen?«

Ich trank einen Schluck Saft. Panisch. Hysterisch. Toll!

»Ich habe Angst.« Jetzt hatte ich es ausgesprochen, und es gab kein Zurück mehr. »Das Unwetter vorhin … Ich habe etwas gesehen … jemanden. Es war Katharina, und da war Blut.«

»Du hast sie aber nicht wirklich gesehen, oder? Und auch nicht das Blut.« Luise nahm meine Hand. Das hatten wir früher immer getan, wenn eine von uns Kummer gehabt hatte. Geteiltes Leid.

Ich schüttelte den Kopf. »Angefangen hat es nach dem Autounfall. Es sind kurze Szenen, ich weiß nicht, wie es zustande kommt oder wodurch es ausgelöst wird. Ich weiß nicht einmal, was ich da sehe.« Es gab niemanden mehr, den ich fragen konnte. Meine Mutter Katharina war lange fort. Mein Vater hatte mir damals erzählt, sie hätte einige Zeit mit sich allein sein wollen. Ich hatte sie das letzte Mal gesehen, als ich neun Jahre alt gewesen war. Sie war nie zu uns zurückgekommen.

Die Geheimnisse meines Vaters. Da war etwas, und ich bekam es nicht zu fassen. Und jetzt drehte sich in meiner Wahrnehmung alles wieder, und ich war auf verlorenem Posten. »Ich bin irgendwohin gefahren an dem Tag. Wenn ich nur wüsste, wo ich gewesen bin.« Ich sagte Luise, was im Kalender stand.

»Freud, das war der mit dem Über-Ich und den zahllosen Komplexen … So wie er aussah, kann er kein angenehmer Mensch gewesen sein«, kommentierte Luise. »Oh, und er war vier Jahre verlobt. Das hab ich irgendwo gelesen. Sagt mir, dass er nicht sonderlich entschlussfreudig war.«

Willkürlich zusammengewürfelte Informationen, aber sie brachten mich zum Lachen.

»Kann es sein, dass du bei so jemandem warst?«, wollte Luise von mir wissen. »Vor dem Unfall hat dir doch nichts gefehlt. Oder du hast nur nichts gesagt«, überlegte sie und drückte meine Hand fester. »Isabel, es hat vorhin nur geregnet, es gab kein Unwetter.«

4

Luise bestand darauf, den geföhnten Johnny und mich mit dem Auto nach Hause zu bringen. Zu Fuß hätten wir nur wieder über den Hügel, hinunter ins Tal und ein Stückchen auf dem Maarweg laufen müssen. Aber mit dem Kleid wäre es sicher kein Spaß gewesen, und so war ich ihr dankbar.

Wir hatten gerade das Ortsschild von Schalkenmehren passiert, als uns Pfarrer Wagner mit wehender Kutte entgegenkam. Luise verzog mitleidig das Gesicht. »Der Arme, was kann er denn haben?« Und als Nächstes kam die großartige Offenbarung, die sich bereits am Abend vorher angekündigt hatte. »Stell dir vor, Fabian will eine weiße Ratte. Er trauert um Kleiner Bär. Aber mit einer Ratte kann man doch nicht kuscheln, und sie überträgt Krankheiten. Ich muss ihn davon abbringen.«

»Unbedingt«, stimmte ich ihr zu.

Luise stieg aus und öffnete mir die Wagentür wie eine Chauffeuse, die eine Kundin gefahren hatte.

»Was ist los, warum steigst du nicht aus?«

»Wegen Brombeere«, sagte ich. »Ich weiß nicht, mit welchem Bein zuerst.« Das lange Kleid war eine Plage, der Baumwollstoff wickelte sich unerbittlich um meine Beine.

Während ich noch damit beschäftigt war, mich zu enthed-dern, flüsterte Luise: »Im Institut brennt Licht. Aber du bist doch schon am Nachmittag zur Kapelle gegangen. Das sieht verdächtig aus.«

Sie hatte recht. Ich konnte das mit dem Licht nicht gewesen sein, was nicht hieß, dass nicht einer meiner Mitarbeiter gerade noch etwas erledigte. Doch dem stand entgegen, dass außer Luises Wagen kein anderer hier parkte.

»Ich gehe da nicht mit rein«, teilte Luise mir mit. Ihr Kopfschütteln bereitete mir Sorge, aber nur weil sie empfindlich war – der vierte Halswirbel.

»In Ordnung.« Ich hatte doch gar nicht gesagt, dass ich begleitet werden wollte.

»Eben nicht«, beharrte sie und steuerte auf die Eingangstür zu.

Ich lief hinter ihr her. Was war eine Aussage wert, wenn man sie so schnell widerrief?

Luise hatte die Hand am Knauf und drehte ihn herum. Die Tür war unverschlossen, das Institut stand jedem offen, aber was sollte es schon zu stehlen geben? Das war Unsinn.

In letzter Zeit war ich jedoch ziemlich viel Unsinnigem begegnet; gerade eben erst wieder dem zugeklebten Gesicht von Pfarrer Wagner.

»Luise«, hielt ich sie zurück. Ich meinte, etwas gehört zu haben. Es klang, als würden Schranktüren geöffnet.

Das Licht und die Geräusche kamen aus meinem Büro. Als mein Vater noch lebte, war es sein Büro gewesen. Ich hatte seinen Schreibtisch so belassen und einfach einen zweiten in den Raum gestellt. Platz dafür war genug.

Im Büro war kein Geld, es gab auch keine Wertgegenstände. Der Bilderrahmen auf dem Schreibtisch meines Vaters war aus Silber, aber sonst …

»Wir dürfen die doch nicht entkommen lassen!«, sagte Luise energisch.

Wer *die* waren, blieb offen. Auch standen Luise und ich an der einzigen Tür – entkommen könnte, wer auch immer sich im Institut befand, nur durch ebendiese.

Luise straffte sich tatsächlich, und ich konnte hören, wie sie tief Luft holte. Ich wäre nicht sonderlich hilfreich, in dieser Brombeer-Aufmachung könnte ich nicht einmal einen Dieb verfolgen.

»Rufen wir uns in Erinnerung, was hier gestohlen werden könnte«, flüsterte ich, als wir den Flur betraten.

Johnny hielt sich zurück und trottete hinterdrein. Ich wandte mich um und sagte: »Sollest du nicht vorausgehen?« Er schien das anders zu sehen. Und so quetschten wir uns, plötzlich alle nebeneinander, den Gang entlang auf das Licht zu.

»Ich will gar nicht aussprechen, was man hier stehlen könnte«, sagte Luise. Umso mehr erstaunte es mich, dass sie sich erneut in die Hallen des Todes wagte.

Sie hatte, als ich auf ihrer Couch gesessen war, in mein Gesicht gesehen und darin meine Furcht überzuschnappen gelesen. Sie hatte meine Hand gehalten und mein Zittern gespürt. Luise würde für mich sämtliche widerwärtigen Alpträume in Kauf nehmen.

»Luise – lass mich bitte vorgehen.«

Und jetzt ertappte ich mich beim Schleichen. In meinem eigenen Haus. Zu Anfang war ich es gewesen, die sich wie ein Eindringling vorkam, weil es immer der Herrschaftsbereich meines Vaters gewesen war.

Etwas raschelte, dann hörte ich ein unterdrücktes Fluchen. Was kann die Person so dringend wollen?, fragte ich mich.

Luise und Johnny waren dicht hinter mir. Wir standen vor meiner Bürotür, diese war angelehnt, und ich drückte sachte dagegen.

Luise legte beschwörend einen Finger auf ihre Lippen. Wir hatten seit einer Minute kein Wort mehr gewechselt, und gerade wäre das auch nicht besonders schlau gewesen; wir wussten nicht, was uns erwartete.

Ich bedeutete Luise und Johnny, sie sollten bleiben, wo sie waren, und versetzte der Tür einen kräftigen Stoß.

»Bei allen untoten Wiedergängern«, rief Galen vor Schreck und ließ sich auf den Schreibtischsessel meines Vaters fallen.

Wir standen keinem Dieb gegenüber, obwohl ich es ein bisschen außergewöhnlich fand, dass Galen sich zur Abendzeit in meinem Büro zu schaffen machte.

»Untote Wiedergänger?« Das war Luise, die sich umsah, als würden ebenjene hinter uns her den Gang entlangschleichen.

Ich war beruhigt, dass es nur Galen Blocher war, und beunruhigt, dass er mir nicht sagte, was er suchte. Denn dass er auf der Suche nach etwas war, war ganz offensichtlich. Die Unterlagen aus Vaters Schreibtisch waren durchforstet worden.

»Galen?«, fragte ich. »Wie geheim ist denn deine Recherche?«

»Gar nicht geheim, und jetzt kann ich dich ja nach dem Codebuch fragen. Wo hast du denn gesteckt?« Er packte den Stapel wieder zusammen.

»Jetzt bin ich ja da.« Und wäre es nicht, wenn Luise und ich das Licht nicht bemerkt hätten. Das Codebuch. Ich konnte mir denken, was er meinte, aber ich wusste nicht, ob ich es hatte, denn es hatte meinem Vater gehört. Codes hätte ich seine Notizen nicht unbedingt genannt; mein Vater hatte darin Besonderheiten, Eigenheiten und Wissenswertes über seine Klienten festgehalten. Eben für Situationen wie die aktuelle mit Zelda Krieger. Man konnte schließlich niemanden mehr fragen. Jetzt sah er mich erwartungsvoll an. Ich würde nachsehen müssen und wurde das Gefühl nicht los, dass Galen über die Störung nicht eben erfreut war.

»Ich dachte, ich finde in Romans Buch etwas über Zelda Kriegers beste Freundin. Sie müsste darin erwähnt sein. Dem Trauerredner fehlen noch einige persönliche Details, und ich weiß, dass Roman sich zu seinen Toten immer etwas aufgeschrieben hat. Dein Vater war ein geordneter Mann.« Über sein zerfurchtes Gesicht lief ein Lächeln der Erinnerung.

Johnny kam hereingetappt und legte seinen Kopf auf Galens Bein. Der Labrador war sicher genauso erleichtert wie ich, dass wir es nicht mit einem Einbrecher zu tun hatten. Aber war ich überhaupt erleichtert? Auf das Naheliegende kam ich zuletzt, nämlich meinen eigenen Schreibtisch. Dort lag das Büchlein in der ersten Schublade gleich obenauf, und ich sagte mir, dass es wohl kaum unauffindbar gewesen sein dürfte. Galen hätte es sofort entdecken müssen, wenn es das gewesen war, was er entdecken wollte.

»Ich hab es«, sagte ich und reichte es ihm. Es war eine eigenwillig-gespannte Atmosphäre, so empfand ich es jedenfalls.

Luise löste mein seltsames Gefühl schließlich mit einer Bemerkung auf. Entweder wollte sie tatsächlich eine Antwort, oder sie hatte es auch gespürt. Vielleicht etwas von beidem.

»Galen, ich brauche deinen Rat. Kleiner Bär war ein freundlicher Charakter und auch sehr hygienisch.« Das eine hatte mit dem anderen wohl kaum etwas zu tun, und Galen sah sie gespannt an, um Ernsthaftigkeit bemüht.

»Wie sauber können Ratten sein?«, wollte Luise wissen und schloss gleich danach ihre nächste Frage an. »Sie beißen bestimmt. Und Weiß bringt Unglück. Stimmt doch, oder?« Sie brauchte keinen Rat, Luise brauchte jemanden, der ihr genau das bestätigte, was sie befürchtete, damit nur ja keine Ratte die Nachfolge von Kleinem Bär antreten konnte. Das war jedenfalls meine Vermutung.

»Ratten«, sagte Galen und begann mit den Fingerspitzen auf den Tisch zu trommeln, »sind eigentlich sehr intelligente und liebenswerte Tiere.«

Das hörte sich an, als hätte er sich erkundigt. Und das konnte nur eines bedeuten, nämlich dass Luise nicht auf eine Bestätigung ihrer unglücklichen Theorie hoffen durfte und dass Fabian auf Galens Unterstützung setzen konnte.

»Es gibt Problemratten«, warf Luise ein, und ich war mir nicht sicher, ob sie das nicht gerade rundweg erfunden hatte.

»Er kümmert sich doch um all seine Tiere, und das ist mehr, als man über andere Kinder sagen kann. Sei nicht so streng, Luise.«

Sie murrte etwas.

Galen erhob sich schwerfällig aus dem Sessel. Das Codebuch meines Vaters steckte er in die Seitentasche seiner Jeansjacke.

»Habt ihr die Zeitung gelesen?«, fragte er in die kleine Runde.

Sicher meinte er den »Schalkenmehrener«. Wer hätte ihn auch ignorieren können, wir waren geradezu abhängig von diesen heimischen Informationen. Normalerweise las ich ihn, aber heute war ich noch gar nicht dazu gekommen.

»In alten Zeiten, als das Wünschen noch geholfen hat …«, begann Galen offenbar aus etwas Gelesenem zu zitieren. Er konnte nicht wissen, wie sehr auch ich mir gerade etwas wünschte. »In einem Artikel geht es um die alten überlieferten Geschichten, um Sagen und Legenden …«

Das wunderte mich überhaupt nicht. Diese Legenden besaßen eine seltene Anziehungskraft.

Mir hatte die Geschichte mit dem Heckenmännchen immer gefallen. Die Vorstellung, dass der kleine Gartengeist denjenigen kneift, der nach dem Obst in Nachbars Garten greift.

Doch darum ging es in dem Artikel sicher nicht. Die Maare

gaben zu so mancher Geschichte Anlass, und kaum hatte ich es gedacht, da sprach Galen davon, dass jemandem ein gespenstisches Rumoren im Totenmaar aufgefallen sein wollte.

»Im Maar rumort es?«, fragte Luise, bevor ich es tun konnte.

»Die Wissenschaft geht davon aus, dass in einem Vulkankrater durchaus unterirdische Bewegungen stattfinden«, sagte Galen.

»Sophia Schäfer«, meinte ich nur. Die alte Dame war, soweit ich wusste, an unserem Heimatblättchen finanziell beteiligt, und hin und wieder steuerte sie einen Artikel bei. Mir war sie immer ein wenig verdreht vorgekommen und traurig.

»Wenn man ihr glauben mag, reißt uns das Totenmaar irgendwann alle in die Tiefe. So wie ihren kleinen Bruder.« Galen tat so, als würde seine Hand etwas nach unten ziehen.

»Aber er ist doch ertrunken, daran war nichts Geheimnisvolles«, meinte Luise.

Gesehen hatte ich die Aufzeichnungen nicht, aber laut Sophia gab es sie. Am Tag, als ihr Bruder im Totenmaar ertrank, hatten seismographische Messungen angeblich Bewegungen aufgezeichnet. Ich hatte das Maar nie brüllen gehört, aber es wurde angenommen, dass sich tief unter der Eifel eine heiße Zone befindet. Vulkanismus.

Ich hatte das Institut abgeschlossen, Luise verabschiedet, die mir zuflüsterte, sie würde mir gern in den nächsten Tagen die Karten legen, und Galen hinterhergeschaut, wie er, das Codebuch in seiner Jeansjacke, davonmarschierte.

Wie konnte mir etwas fehlen, das ich nie beachtet hatte, weil es mir nicht gehörte? Ein Buch, in das ich keinen Blick tat? Es war immer da gewesen, in meiner Schublade. Vielleicht sollte ich wenigstens hineinschauen, wenn ich es zurückhatte.

Und etwas sehen wollte auch meine beste Freundin. Luise würde nicht lockerlassen, bevor sie mir nicht meinen zukünftigen Weg aufgezeigt hatte. Ich wollte ihn nicht wissen, ich machte mir auch ohne die Karten schon Gedanken genug.

Die zweiunddreißig Bildkarten glichen einem normalen Kartenspiel, auf der Vorderseite befanden sich verschiedene

Symbole und auf der Rückseite ganz normale dunkle Verzierungen ohne jede Aussage.

Relativ harmlos; bis auf den Sarg. Es ging dabei aber nicht allein um die einzelnen Motive auf den Karten, es ging darum, sie aufzulegen, zu schauen, welche Karte an welcher Stelle lag, sie zusammen zu lesen und zu interpretieren. Und genau das hatte meine Freundin mit mir und für mich vor.

An das erste und letzte Mal erinnerte ich mich noch gut. Luise mischte und legte sie in vier Reihen zu je neun Karten auf. Danach starb Hugo Renz, ein Junge, der eine Klasse über uns war. Er wurde Opfer eines fahrerflüchtigen Pkws, der ihn auf seinem Fahrrad erfasst hatte. Erst am nächsten Morgen wurde seine Leiche im Gebüsch gefunden.

Luises Karten konnten nichts dafür. Sie hatte Hugos Tod auch gar nicht vorhergesehen. Aber ich weiß noch, dass sie etwas von einem Unfall gesagt hatte. Etwas, das uns beide nicht unmittelbar betreffen, uns aber dennoch beschäftigen würde. Genau so war es gekommen. Wir hatten nicht richtig getrauert, uns aber Gedanken gemacht, wer Hugo auf dem Gewissen hatte. Die Person blieb jedoch ohne Gesicht. Bis heute war sie unentdeckt geblieben.

Ich wollte nicht, dass Luise die Karten für mich legte.

Tanzmusik schallte über den Friedhof, und ich ertappte Luise dabei, wie sie sich in ihrem langen Kleid ein wenig hin und her wiegte und mit den Füßen auftippte.

Es hatte am Nachmittag kurz geregnet, und die vier Sargträger hatten sich, um eine bessere Sicht auf den Untergrund zu haben, die zierliche Leiche im Sarg auf die Schultern gepackt.

Es lag sicher an der ausgewählten Musik, dass meine Vorstellung unmögliche Kapriolen schlug. Ich hatte lebendige Bilder vor Augen. Kunststück, denn ich hatte noch am vergangenen Abend einiges recherchiert. Trauerzüge. Und ich war hängen geblieben im tiefsten Süden der USA, wo Ort und Rhythmus eins wurden.

An einem schönen Sonnentag, die Luftfeuchtigkeit ist hoch, und die Atmosphäre brodelt, ein Leichenzug zieht vorüber –

bunte Kleider mit ausladenden Dekolletés, Hüte mit ganzen Landschaftsgärten darauf, wippende Schirme und volltönende Gesänge … Sie alle geleiten den Sarg samt Inhalt erst in sein neues Heim und von dort direkt ins Paradies. Eine Blaskapelle begleitet die Prozession; noch sind ihre Lieder voll der Trauer, doch auf dem Rückweg vom Friedhof werden es fröhliche Märsche sein.

In Schalkenmehren und auf unserem Friedhof trugen die Sargträger ausnahmslos Anzug und Krawatte, und die wenigen Gäste waren dezent gekleidet, aber es lief Dixie und auch Swing, und wir geleiteten Zelda Krieger in ihr Paradies.

Der Trauerredner war ziemlich jung, vielleicht hätte ihn Zelda knackig genannt, aber so gut hatte ich sie nicht kennengelernt. Er packte ihr Leben in eine Geschichte, und dann kam tatsächlich der Teil, den Galen im Codebuch entdeckt haben musste. Franka Paroli, die beste Freundin, die sich Zeldas Namen auf das Schulterblatt hatte tätowieren lassen – in ewiger Freundschaft.

Luise grinste mich an, und ich grinste zurück.

»Das war richtig schön«, sagte sie mir hinterher. »Geht's dir besser, konntest du schlafen?«

Ich war nur durcheinander gewesen, aber die ewige Freundschaft auf dem Schulterblatt einer fremden Frau brachte mich dazu, Luise gegenüber zuzugeben: »Ich hab geschlafen, irgendwie, aber sogar im Halbschlaf hatte ich Angst, dass die Bilder mit Katharina zurückkehren. Es war furchtbar, aber das Wissen, es könnte sich wiederholen, ist es auch. Und ich musste seit einer Ewigkeit wieder an Hugo Renz denken.« Klang ich verzweifelt?

»Hugo Renz. Das ist lange her«, sagte Luise, doch sie hatte nicht fragen müssen, wen ich meinte, also konnte ich mir sicher sein, dass auch sie Hugo nicht vergessen hatte. »Du verbindest zwei verschiedene Dinge miteinander. Das gehört nicht zusammen, kann es gar nicht, außer deine Mutter hätte Hugo angefahren, aber das ist nicht möglich, weil sie da schon nicht mehr in Schalkenmehren war. Isabel, ich mache mir Sorgen – richtige Sorgen, hörst du?«

Ich redete zu viel. Unsinn. Laute Gedanken, in denen ich

zusammenfügte, was mir alles im Kopf herumschwirrte. Das musste sich natürlich windschief anhören. Es fühlte sich nämlich auch genauso an.

Als Nächstes fand ich mich in Luises Wohnzimmer wieder, und diesmal mischte ich die Karten. Meine Karten, mein Leben.

Alles nur, weil ich und sie, weil wir gerade in der passenden Untergangsstimmung waren. Wir waren auch beim letzten Mal in der passenden Stimmung gewesen. Vor langer Zeit.

Angefangen hatte alles mit einer Absage, und Luise war gleichermaßen verletzt und stinksauer gewesen. Wir waren dreizehn, da nahm man alles sehr ernst, was auch nur ein bisschen nach Ungerechtigkeit roch. Meine Freundin wollte unbedingt Ministrantin sein.

Halleluja! Mir wurde bei dem Geruch von Weihrauch schon schlecht. Aber Luise war es wichtig, also war klar, dass sie meine Unterstützung hatte. Und als der damalige Pfarrer sie ablehnte, weil sie kein Junge und rothaarig war, sann Luise auf Rache.

Was mehr wog, kein Junge oder die roten Haare, erfuhr Luise vom Pfarrer nicht, aber ihre Rache fiel komplett anders aus, als sie sich das vorgestellt hatte. Auch komplett anders, als ich mir das gedacht hatte.

Jetzt saßen wir über den Karten, die sie konzentriert aufgelegt hatte. Mein Leben. Vergangenheit, Gegenwart und Zukunft.

»So einen Sarg«, sagte ich und zeigte auf eine Karte, auf der zwei brennende Kandelaber einen schwarzen Truhensarg flankierten, »gibt's heute gar nicht mehr, wie alt sind die Dinger denn?« Ich meinte ihre Karten und nicht nur die mit dem Sarg. Im Institut würde sie bei einem solchen Anblick zusammenklappen.

»Sieht nicht gut aus, diese Konstellation hier.« Sie verzog den Mund und wedelte mit der Hand.

»Hmhm«, sagte ich vage. Ich glaubte nicht wirklich daran, dass jemand mit einem Haufen Bildkarten mein ganzes Leben überblicken konnte. Ich hatte die Karten doch nur gemischt. Andererseits hatte sie damals auch etwas über Hugo Renz zu sagen gehabt.

Luise war ganz in ihrem Element, und ich dachte nicht zum ersten Mal: Hätte sie doch bloß Ministrantin werden dürfen. »Der Sarg steht für einen Verlust«, informierte sie mich. »Daneben liegt eine Nachricht, und dieser folgt eine Zusammenkunft«, lautete die weitere Deutung. »Aber da …« Mit großen Augen starrte sie zuerst mich an, dann wieder auf die Karten. Es sah aus, als hätte etwas sie erschreckt.

»Eine Gefahr«, sagte Luise. »Du musst dich in Acht nehmen, die Gefahr kommt aus der Tiefe.«

»Carola Harzer«, zischte ich, »möge der Herr sich deiner Seele erbarmen.« Ich versuchte, es auch so zu meinen. Carola Harzer war schuld. Der Haushälterin des ehemaligen Pfarrers hatten Luise und die Ablehnung nämlich leidgetan. Als Luise es mir hinterher erzählte, glaubte ich ernsthaft, sie hätte von irgendwas Selbstgekeltertem zu viel zu sich genommen: »Stell dir vor, sie bringt mir Wahrsagen bei. Keine Überraschungen mehr, ich kenne in Zukunft die Zukunft.«

Eine Pfarrershaushälterin als Wahrsagerin? Sie müsste doch eigentlich dem Herrn vertrauen. Ihrem Herrn, nicht dem, der nur Stellvertreter sein will. Und ich behielt von diesem Tag an meine beste Freundin im Auge. Abbringen von dieser mysteriösen Wandlung konnte ich sie allerdings nicht mehr. Wenn Luise Prüfungsergebnisse hätte voraussehen können, wäre ich wenigstens ein bisschen besänftigt gewesen.

»Luise Sonnenschein, haben wir vielleicht auch irgendetwas Positives da herumliegen?« Ich verscheuchte Carola, die Pfarrershaushälterin, aus meinen Gedanken. Luise tat das hier für mich, sie wollte mir helfen, weil sie sich Sorgen machte. Ich machte mir auch Sorgen.

»Doch, doch – das könnte Liebe sein. Du wirst in Kürze jemanden kennenlernen.« Sie nickte bekräftigend.

5

Es war noch früh, was einerseits gut war, da Christoffer, Alex und Silvio in die Schule mussten. Nicht unbedingt ein wasserdichtes Alibi, aber in dem Durcheinander, das sie anzurichten gedachten, würde sich wohl kaum jemand so genau daran erinnern, wer sich zu einem bestimmten Zeitpunkt wo aufgehalten hatte oder wer zu spät gekommen war.

Die alte Sophia war immer schon zur Unzeit mit ihrem Hund unterwegs, also musste das meiste während der Nacht erledigt werden, damit es am Morgen kräftig schäumen und rumsen konnte. Christoffer hatte einige 1,5-Liter-PVC-Flaschen zusammengetragen. Damit sie richtig fest standen, musste er den Boden der Flaschen beschweren. Zu viel Zeit verschwenden durften sie nicht, also würde er die Steine vorher einfüllen. Alles andere wäre auch vor Ort kein Problem.

Neun Flaschen, das dürfte wirklich Eindruck machen. Die Alte hatte hoffentlich keine Adleraugen, aber auch für diesen unwahrscheinlichen Fall hatte er vorgesorgt und dem Plastik etwas Farbe verpasst. Grünblau, wie das Wasser des Sees, und ein paar helle Sprengsel dazwischen. Seine Airbrush-Pistole eignete sich dafür ganz wunderbar, die Dinger sahen auch noch künstlerisch wertvoll aus.

Christoffer lachte. Um Kohlendioxid entstehen zu lassen, musste das Backpulver mit dem Essig reagieren. Das Gas breitete sich aus, und der Druck, der sich aufbaute, würde für den Schaum sorgen. Die Flaschen mussten allerdings gut platziert sein, dann wäre die Illusion, der Schaum käme vom Grund des Sees, perfekt.

Er hatte zuerst vorgehabt, etwas zu bauen, aber wie sollten die Flaschen auf den See hinauskommen? Vielleicht würde es mit einer ferngesteuerten Vorrichtung gehen, doch davon hatte Christoffer wiederum überhaupt keine Ahnung, das war Alex' Fachgebiet. Christoffer hatte diesen Kram immer als kindisch abgetan, aber jetzt hing von dieser Kinderei einiges ab.

Gut, die Aufgaben waren somit verteilt, und jeder von ihnen hätte eine gewisse Mitschuld. Keiner könnte sagen, er hätte nichts gewusst, hätte nichts getan oder nicht mitgeholfen. Nur falls ...

Christoffer hatte die Flaschen vorbereitet, Alex würde dafür sorgen, dass sie aufs Wasser kamen, und Silvio hob wahrscheinlich gerade das Loch für das Dynamit aus.

Christoffer war am Vortag noch einmal im Wald gewesen und hatte dort mit seinem Messer aus einer der Stangen etwas von dem Dynamit herausgekratzt. Dann hatte er das Messer mit der hellen Paste, dem Nitroglycerin, in einer schnellen Bewegung gegen den Metallkasten geschleudert, und es hatte einen satten Knall gegeben. Wahnsinn! Aber das hatte er besser für sich behalten, sonst hätten Alex und Silvio womöglich noch Schiss bekommen.

Er schaute auf die Uhr. In wenigen Minuten würden sie starten, und dann gäbe es kein Zurück mehr.

Silvio tauchte dreckverschmiert und schlecht gelaunt auf. »Seit zwei Stunden buddle ich da draußen. Verdammte Sauerei. Es hat ja auch bloß gestern den halben Tag geregnet.«

»Plärr noch ein bisschen lauter, dass man dich auch überall hört«, zischte Christoffer.

»Ist ja gut, ich hab's ja geschafft. Es kann losgehen«, gab Silvio etwas kleinlauter zurück.

Christoffer hatte sich um die Zündschnur gekümmert; lang musste sie sein, damit man nur ja nicht danebenstand, wenn die Ladung in die Luft flog. Auf eine Schnur hatte er ein Gemisch aus Schmalz und Benzin aufgetragen. Er hatte es versuchsweise angezündet, und es brannte wie Zunder.

»Timing«, bläute er seinen Freunden ein, als sich die drei mit ihren Flaschen und Alex' ferngesteuertem Untersatz auf den Weg machten. Alex würde das Boot mit seiner Fernbedienung übers Wasser steuern.

»Und das Ding soll die Flaschen tragen?« Christoffer war skeptisch.

»Wird schon«, gab Alex zurück.

Aber »Wird schon« genügte Christoffer nicht. »Erklär's mir!«, verlangte er.

»Okay, also – du machst die Mischung fertig, die Flaschen kommen ins Boot, und dann beeil ich mich, das Ding direkt in die Mitte des Sees zu steuern. Ist nicht ganz lautlos, aber alte Leute hören schlecht, oder? Und dann schäumt es sicher auch schon. Wenn's sein muss, kann ich das Boot mit Wasser volllaufen lassen, sodass es absäuft.«

»Klingt nicht übel.«

Es dauerte noch eine ganze Stunde, bis Christoffer, Alex und Silvio mit ihren Vorbereitungen fertig waren, und es dauerte noch einmal so lange, bis Sophia Schäfer mit ihrem Hund am unteren Uferweg gesichtet wurde.

Christoffer hatte die Flaschen gefüllt und gab jetzt das Backpulver dazu. Alex schaltete die Fernsteuerung ein und schickte das Boot mit den Flaschen auf den See. Jetzt war Eile geboten. Christoffer musste das Dynamit zünden, sobald die Alte den Schaum aus dem See aufsteigen sah. Silvio sollte währenddessen die Kiste, in der die Stangen gelegen hatten, wieder vergraben. Er würde von dem Schauspiel nichts mitbekommen.

Christoffer hatte den Feldstecher seines Vaters mitgenommen. Er würde das Feuerzeug an die Zündschnur halten, sich in Sicherheit bringen und dann in Ruhe beobachten, was geschah. Um nichts in der Welt wollte er Sophia Schäfers Gesicht verpassen, wenn sich ihre schlimmsten Befürchtungen bewahrheiteten.

Die Schnur fing Feuer. Die Flamme fraß sich rasend schnell vom einen Ende zum anderen. Christoffer rannte. Er hatte sich verschätzt, wäre vielleicht nicht weit genug weg, wenn das Ganze explodierte. Er stolperte, und in seinem Magen spürte er die Angst. Der Feldstecher schlug schwer gegen seine Brust. Er sah sich um, und in dem Augenblick zündete das Dynamit.

Den schrillen Schrei hörte keiner von ihnen, auch konnte Christoffer das Entsetzen auf Sophia Schäfers Gesicht nicht sehen. Sein eigenes wurde starr vor Schreck, als Erdklumpen durch die Gegend flogen und die Luft sich heiß zusammenzog. Der Untergrund erbebte, und es sah aus, als würde sich die Erde unter ihnen teilen. Kleine Risse durchzogen plötzlich den Wald.

»Christoffer!« Es war Silvio. Er war weit genug weg gewesen.

Christoffer klopfte auf sein Ohr, er hörte den Freund, aber es klang so unglaublich leise, dabei musste er geschrien haben.

Silvio war weiß wie die Wand und gestikulierte, als hinge sein Leben davon ab, dass Christoffer ihn verstand. Christoffer schüttelte den Kopf. »Was?«

Silvio packte ihn an den Schultern.

Jemand war gestorben, dachte Christoffer.

***

Etwas Unnatürliches hatte die Erde erzittern lassen.

Ich hatte zuerst angenommen, ich befände mich erneut und ohne mein Zutun inmitten meiner eigenen Welt, mein angeschlagener Kopf gaukle mir Dinge vor, die nur für mich existierten. Doch dann kam Johnny jaulend und ängstlich aus seiner Hütte gekrochen, tappte zögerlich über die Wiese und sah sich dabei um, als würde er hinter sich etwas Unbekanntes vermuten.

Und da durfte ich mir sicher sein, der Labrador hatte es auch gehört und gespürt – es konnte nicht eingebildet sein.

Mir fiel ein, was die alte Sophia angekündigt hatte. Das Totenmaar würde brüllen …

Zuerst hörte ich nichts, nur Paula stürzte aus dem Büro, und Conny kam im Laufschritt aus dem Präsentationsraum. Dann vernahm ich in einiger Entfernung Sirenengeheul.

Mehrere Einsatzfahrzeuge, Polizei, die Schalkenmehrer Freiwillige Feuerwehr und ein Krankenwagen fuhren Kolonne auf der Straße und dem Weg, den ich gestern zur Kapelle genommen hatte. Zu einem weiteren Gedanken kam ich nicht, denn mein Telefon klingelte.

»Isabel … erinnerst du dich, die Gefahr aus der Tiefe!« Luise klang, als wäre sie kilometerweit gerannt. Wie sollte ich mich nicht erinnern.

»Weißt du etwas?«, fragte ich. Sie hatte sich so ganz unnatürlich kurz gefasst. »Hat es den Friedhof erwischt, die Särge?« War das tatsächlich meine erste Sorge – die Toten?

»Die Särge?«, fragte Luise mit einem Unterton, als wäre ihr schlecht geworden. »Das Totenmaar hat gebrüllt …« Sie unterbrach sich. »Ich sehe Polizei und den Rettungsdienst.«

»Du legst die Karten? Jetzt? Ist die Polizei diese Militärfigur?« Eine solche gab es nämlich in ihren Bildkarten, und vor hundert Jahren könnte so die Polizei ausgesehen haben.

»Ich stehe in der Auffahrt und halte mir ein Fernglas vor die Augen, Isabel«, sagte Luise.

Ja klar, wie doof war ich denn. War die Rettung vor Ort, weil es jemanden zu retten gab?

»Da sind Risse, und an manchen Stellen gibt es Aufwerfungen.«

»Luise, bitte. Wovon sprichst du?«

»Was? Ja. Die Erde, der Boden. Es sieht wüst aus da unten. Und das Totenmaar ist noch immer in Bewegung, oder wellt sich der See sonst auch so? Und da schwimmt komisches Zeug drauf. Schaumkronen?«

Sie hatte das Fernglas und stellte *mir* Fragen. Ich gehörte nicht zu den Neugierigen, aber ich würde schauen und fragen. Für den unwahrscheinlichen Fall, dass jemand schon wusste, was passiert war. Als ich Luise meine Absicht mitteilte, geschah ein Wunder.

»Ich komme mit, bin in wenigen Minuten da, warte auf mich.« Das hatte sie tatsächlich gesagt und aufgelegt. Das Wunder war, dass Luise niemals größere Strecken zu Fuß zurücklegte. Das würde sie aber müssen, weil hier vor lauter Wagen kein Durchkommen war. Die wenigen Minuten waren demnach eher geizig gerechnet worden.

Das Wunder blieb aus. Luises Wagen hielt vor dem Institut, sie stieg aus, wie immer in Stiefeln und einem Knäuel Wäsche am Leib. Ich würde nicht fragen, wie viele Kleiderschichten sie trug, aber ich fragte mich ernsthaft, wie sie es geschafft haben konnte, zwischen den Einsatzwagen durchzukommen. Das offenbarte sich beinahe auf der Stelle, denn der Ausweis war gelb und lag gut sichtbar auf der Ablage des BMW.

»Feuerwehreinsatz?«, fragte ich ungläubig. Dass sie Ministrantin hatte werden wollen, wusste ich, aber auch noch zur Feuerwehr?

Sie wurde rot, räusperte sich und fuhr sich mit dem Zeigefinger in »Ich hab's«-Wickie-Manier unter der Nase herum. Dann griff sie aufs Armaturenbrett und nahm den Ausweis weg.

»Ein Scherzartikel«, flüsterte sie. »Ich hab ihn im Internet entdeckt, sogar mit einem Schreibfehler, dass er gar nicht offiziell ausgestellt sein kann. Papa hat mich durchgewinkt, aber auf sein Donnerwetter kann ich mich gefasst machen.« Das konnte sie bestimmt, denn Luises Vater war, seit ich denken konnte, bei der Freiwilligen Feuerwehr und der netteste Mensch unter der Sonne, nur für ihre Späße fehlte ihm manches Mal das Verständnis.

»Den Rest müssen wir aber zu Fuß gehen«, verkündete ich.

Luise schaffte, was ich gestern in Brombeere nicht gekonnt hatte, sie setzte souverän einen Fuß vor den anderen, ohne in einer der vielen Lagen hängen zu bleiben. Mir war meine Jeans lieber.

So musste sich jemand fühlen, der sich auf eine Pilgerreise begab, dachte ich. Wir begegneten allen möglichen Leuten, der ganze Ort war auf den Beinen, wie es schien.

»Hallo, Luise, Isabel«, wurden wir begrüßt.

»Weißt du von einem Todesfall, oder ist es nur Neugier?« Sina Frühauf, die eine Bäckerei im Ort betrieb, schwang einen Korb. Ich wagte einen Blick und musste schmunzeln. Darin waren lauter kleine Sandkuchen, geformt wie Vulkane.

»Neugier«, sagte ich ehrlicherweise. »Ich nehme zwei, bitte.« Wir tauschten Geld gegen Ware, und ich reichte einen der Kuchen an Luise weiter.

»Das nenne ich geschäftstüchtig«, sagte Luise und kaute auf ihrem Kuchen. »Papa hat gesagt, ich muss es für mich behalten, aber es wurde Verstärkung angefordert – die Wasserschutzpolizei.«

Das ließ ich mir durch den Kopf gehen. Es würde nämlich bedeuten, sie hatten zumindest eine Vermutung, vielleicht eine schlimme.

»Ich ertappe mich dabei, nach bekannten Gesichtern Ausschau zu halten«, sagte ich.

Ein bekanntes fehlte, und das ergab keinen Sinn, denn Sophia Schäfer wäre unter normalen Umständen die Erste beim Totenmaar am Schauplatz eines … was auch immer es gewesen war.

Wir gingen einige Schritte, dann verhakte sich mein Turnschuh in einer Wurzel, die unter die Erde gehörte. Hier war wirklich so einiges verkehrt.

Auch die toten Fische, die bäuchlings im Wasser trieben.

Die meisten Leute schienen abzuwarten, was denn nun weiter geschehen würde. Galen stand etwas abseits, an einen Baum gelehnt. Ihn hätte ich beinahe übersehen. Völlig ruhig beobachtete er den See. Er harrt aus, ging es mir durch den Kopf. Doch als ich näher kam, konnte ich die Spannung in seinem Gesicht sehen. Er war alles andere als ruhig.

Galen drehte den Kopf zur Seite, und als er Luise und mich auf sich zukommen sah, war der Eindruck verschwunden.

»Ich würde sagen, es ist noch nicht überstanden«, sagte er, und ich meinte, einen Schatten über sein Gesicht wandern zu sehen.

»In meinen Bildkarten habe ich eine Gefahr gesehen«, gab Luise zum Besten. Ich stöhnte.

Galen veränderte seine Haltung und verzog das Gesicht, als würde diese kleine Bewegung Schmerzen auslösen.

Mir wurde bewusst, dass ich keine Ahnung hatte, was der Grund dafür war, dass er sein Bein nachzog. Ein Unfall, eine Verletzung? Vielleicht hatte mein Vater es ja gewusst.

»Was steht eigentlich alles in diesem Codebuch?«, fragte ich ihn. »Die Geschichte mit Zelda Kriegers bester Freundin fand ich jedenfalls schön.«

»Ich auch«, sagte Luise.

»Lies es«, empfahl er mir. »Es sind oft die kleinen Besonderheiten, die einem Leben seinen schönen Erinnerungswert geben. Doch nur wenig ist es wert, erinnert zu werden«, sagte er dann. »Es liegt wieder in deinem Schreibtisch. Ich bin auf dem Friedhof, nach dem Rechten schauen.«

Galen wandte sich um und tat, was ich eigentlich hatte tun wollen, sich vergewissern, dass alle Särge noch unter der Erde waren.

»Geht's ihm nicht gut? Er ist komisch«, sagte Luise.

»Sein Bein tut weh«, gab ich zurück. Vielleicht war es ja wirklich nur das Bein, vielleicht aber auch etwas ganz anderes.

Doch schon im nächsten Augenblick unterbrach jemand den Gedanken. Ich wurde angerempelt und zur Seite geschoben. Ein dürrer Mann mit langer Nase und Koteletten, die Elvis in seiner besten Zeit Ehre gemacht hätten, eilte mit einer großen Kamera auf der Schulter an uns vorbei. »Eifel-TV«, informierte ein orangefarbener Aufkleber. Hinter ihm beeilte sich eine kleine Frau mitzuhalten. Sie hielt ein augenscheinlich kilometerlanges Kabel und ein dickes Mikro in der Hand.

Schalkenmehren war in Aufruhr, und Luise und ich waren mittendrin. Ein bisschen lauerten wir darauf, die Erde könnte wieder beben.

Einige Male wurde ich aufgehalten und gefragt, ob ich offiziell hier sei. Vermutlich glaubten die Leute, wenn Isabel Friedrich vom Bestattungsinstitut vor Ort war, dann müsse es auch eine Leiche geben. Ich hoffte inständig, es gäbe keine. Aber wo war Sophia Schäfer?

6

Es war kein Auftrag wie jeder andere, denn am Beginn stand etwas höchst Sonderbares. Als die Nachricht von einem Beben in Schalkenmehren im Präsidium eingegangen war, hatte Vincent Klee die Kollegen als Erstes gebeten, Professor Beus, den Leiter der Erdbebenstation in Bensberg, anzurufen. Das Seismometer der Station erfasste die Erdbewegungen in der Eifel und zeichnete sie auf. Die Maare standen seit Langem unter Beobachtung, es war also zu erwarten gewesen, dass sich in der Hinsicht einmal etwas tat.

Doch wie es aussah, gab es keine Protokolle darüber, dass eines der Geräte etwas Stärkeres als leichte Wellenbewegungen aufgezeichnet hätte. Weder an diesem Tag noch an einem anderen.

»Es kann kein normales Beben gewesen sein«, hieß es. »Aber womöglich sind das die Vorläufer eines Ausbruchs.«

Das hatte gerade noch gefehlt.

Die Wasserschutzpolizei Trier war im Grunde nicht zuständig, aber offenbar wurde eine Frau vermisst. Und das betraf ihre Behörde durchaus. Von der Frau wusste man, dass sie jeden Morgen am unteren Uferweg des Weinfelder Maares mit ihrem Hund spazieren ging. Die Kollegen in Daun waren bei ihrem Haus in Schalkenmehren gewesen, das sie verlassen vorfanden, auch war nirgendwo etwas von einem Hund zu sehen. Kriminalhauptkommissar Vincent Klee hatte die Bestätigung abgewartet, um dann die Kollegen, die gerade von einem Einsatz zurückkamen, zusammenzutrommeln.

Das unauffällige Gebäude der Wasserschutzpolizei mit dem kleinen Vorgarten stand am Pacelliufer. Die Dienstbereiche wurden nach Kilometern, Flussmündungen oder nach den Landesgrenzen gerechnet. Die Eifelmaare hatten bislang nicht dazugehört, doch wenn Kollegen um Unterstützung baten, dann wurde sie gewährt.

Was immer dort vorgefallen war, sie würden sich im See umsehen müssen.

Der Besprechungsraum mit einem Dutzend Tischen und Stühlen füllte sich allmählich. Die Männer hatten ihre Kaffeebecher, Schokoriegel und allerhand Essbares dabei. Es sah aus, als hätte jemand eine Horde Schüler früher aus der Pause geholt.

»Ich erkläre kurz, worum es geht«, begann Vincent. »Eine Frau wird im Weinfelder Maar bei Schalkenmehren vermisst. Die Umstände sind etwas merkwürdig, aber das ist jetzt nicht von Belang.« Das würde er noch klären. Momentan ging es nur darum, die Frau zu finden.

»Wir sind grade erst trocken«, sagte eine atemlos klingende Stimme. Lori Senser war die einzige Frau in ihrer Taucheinheit, und sie bestand seit dem ersten Tag darauf, wie ein Mann behandelt zu werden. Was Vincent nicht schwerfiel, denn Lori verfügte nicht gerade über die typisch weiblichen Attribute. Sie trug ihr dunkles Haar sehr kurz, was ihr Gesicht breit wirken ließ. Sie war flachbrüstig und ziemlich muskulös, allein ihre Stimme klang asthmatisch, als würde sie nicht genug Luft bekommen, und das ließ einen diesen ersten Eindruck noch einmal überdenken. Doch sie hatte auch noch keinen Tag anders geklungen.

Die Erklärung wurde von Lori sogleich nachgereicht. »Wir haben nach einem Pkw gesucht, der – warum auch immer – in der Mosel gelandet ist. Die Fahrerin konnte sich aus dem Wagen retten, war aber stark unterkühlt und konnte nicht befragt werden. Dann tauchte ein Zeuge auf, der gesehen haben wollte, dass da noch jemand mit im Wagen gesessen hatte. Nur dass wir da unten nicht ein Auto, sondern zwei entdeckt haben. Und einen Beifahrer, wie auch immer, gab es nicht. Aber es gab einen Fahrer in dem anderen Auto. Wenig Haut und viel Knochen. Die Person parkte nicht erst seit gestern dort.«

Vincent kannte solche Szenen, und sie waren immer gruselig, was prompt auch einer der Kollegen bestätigte.

»Schätze, der Anblick wird mich noch einige Zeit verfolgen – und ich die Zeitungsmeldungen zu dem Fall.«

Das taten sie alle auf die eine oder andere Weise. Es war eine Art Krankheit. Es konnte ein Selbstmord gewesen sein, doch Mord war häufiger. Vincent Klee gehörte zu denen, die eine Lösung brauchten, alles Unaufgeklärte lagerte irgendwo im Zwischenbereich, und der war für die schlechten Träume verantwortlich.

»Du musst nicht mit, aber meine Wahl wärst du, Senser«, sagte er.

»Gut«, gab die Angesprochene zurück. »Ich überleg's mir. Wird Zeit, dass du uns was zum Fall erzählst.«

»Bist du nicht schon im Urlaub?«, wurde er dann gefragt.

»Doch, seit …«, Klee sah auf die Uhr, »ungefähr zehn Minuten. Aber das interessiert die verschwundene Frau nicht.« Den Urlaub konnte er im Anschluss immer noch nehmen.

»Eine junge Frau?«, fragte Manne Halske, ein Hüne, der Ähnlichkeit mit Bud Spencer hatte.

»Eine ältere Dame, so um die siebzig.« Vincent konnte sich denken, warum Halske nach einer jungen Frau fragte. Er sah die Blicke seiner Kollegin und der Kollegen. Es war jedes Mal das Gleiche, sorgenvolle Blicke. Wenn es eine junge Frau war, könnte Vincent ja wieder an seine Schwester erinnert werden. Doch so funktionierte die Erinnerung nicht. Und das Szenario damals war ein völlig anderes gewesen.

»Die Situation ist die …« Vincent fasste zusammen, was er wusste und worüber er sich zuvor informiert hatte. »Die Eifellandschaft wirkt friedlich, aber die unterirdischen Vulkane sind noch aktiv, und Geologen gehen davon aus, dass ein Vulkanausbruch durchaus im Bereich des Möglichen liegt, wenn auch nicht in der nächsten Zeit. Sie dürften damit richtigliegen. Das Institut in Bensberg hat nur das Übliche aufgezeichnet. Aber etwas hat den Untergrund erschüttert, und es könnten sich Hohlräume gebildet haben.«

»Das ist nicht unbedingt nach meinem Geschmack«, sagte Halske und stellte den dampfenden Kaffee auf den Tisch vor sich. Vincent warf ihm einen Blick zu, der besagte, den Unsinn könne er sich schenken.

»Wir haben nicht die Zeit herauszufinden, womit wir es zu tun haben.« Vincent dachte an profunde schriftliche Berichte über die Gegebenheiten, sie hatten überhaupt nichts.

»Wir brauchen kein Papier mit ein paar Zeichnungen und Daten drauf«, meinte Lori Senser.

»Besser wäre es aber. Der herausgesprengte Trichter des alten Explosionskraters kann einige hundert Meter groß sein. Es wird Kanäle und Spalten geben.«

»Heißt, wir könnten eine Überraschung erleben.« So klang die Vernunft. Leo Berger.

»Heißt, es könnte richtig heiß werden. Ich komme grade aus der Kälte, da wärme ich mich doch gern ein bisschen auf.« Lori Senser lachte.

Vincent wusste, das war nur Gerede. Sie brauchte das, vielleicht um sich Mut zu machen, vielleicht um ihre Angst beherrschbar zu halten. Es war nicht wichtig, Lori Senser war gut, und sie wusste, worauf es ankam.

Jeder hatte seine Achillesferse, niemand sprach darüber. Die Angst gehörte jedem ganz allein. Klees Schwachpunkt hingegen war allen bestens bekannt. Dafür hatte sein Vater gesorgt, der leitende erste Polizeidirektor des Präsidiums.

»Warum gehst du ins Wasser, wenn du dir da unten in die Hosen scheißt?«, hatte er ihn gefragt, als Vincent zur Wasserschutzpolizei wechselte. Er hatte eine dumme Antwort gegeben, es aber nie vergessen, weil es gleichzeitig eine Anklage gewesen war.

»Meine Hosen sind sauber«, sagte er laut, was ihm einige fragende Blicke einbrachte.

»Der Trichter ist geöffnet. Niemand von uns wird in eine so schmale Röhre gehen. Niemand«, sagte Vincent bestimmt.

Alle nickten. Ihre Einheit war eine der bestausgebildeten deutschlandweit. Sie arbeiteten zusammen, sie mochten sich, und das war das wichtigste Detail und gleichzeitig der Ausgangspunkt, weil einer sich auf den anderen verlassen musste – ein Leben konnte davon abhängen.

»Wer geht runter?«, fragte Manne Halske. »Ich glaube, niemand hat in letzter Zeit in einem mit Wasser gefüllten Vulkankrater getaucht.«

»Zwei Einheiten zu je zwei Mann. Leo, du und Lori.«

Halske nickte.

»Senser, du bist an meiner Seite.«

»Wer wird den Einsatz leiten?«, fragte Leo Berger. Er war einer der Ältesten, und es gab kaum ein Gewässer, in dem er nicht schon getaucht war.

»Wenn du so fragst … du«, antwortete Vincent.

***

Außer Verwüstung und Chaos war nicht viel zu sehen. Herumliegende Pflanzen, Erde und Risse, die sich durch den Boden zogen. Was Luise durch ihren Feldstecher gesehen hatte, betrachteten wir nun schon seit mindestens zwei Stunden an Ort und Stelle.

Was konnte eine solche Zerstörung anrichten? Man bräuchte einen Trupp von Landschaftsgärtnern, um den mitgenommenen Untergrund wieder aufzupäppeln. Die Gemeinde würde das vielleicht sogar veranlassen.

Luise und ich liefen ebenso ziellos durchs Gelände wie unsere Nachbarn. Auskünfte bekam man keine. Die Polizisten standen herum, und ich hörte, wie jemand sagte, sie würden auf die Wasserschutzpolizei warten. Das hatte etwas zu bedeuten, da war ich mir sicher. Wenn ich auch sonst überhaupt nicht der Neugierde anhing, das übernahm Luise schon für uns beide.

»Mir ist das allmählich unangenehm, wir gaffen«, sagte ich irgendwann ein wenig mürrisch.

»Wir gaffen nicht«, gab sie zurück.

»Ach nein?«, meinte ich. Was taten wir sonst? Fehlte nur noch, dass sie einen der Polizisten ansprach, was jemand mit einem getürkten Feuerwehreinsatzausweis durchaus fertigbrachte.

Irgendwann tauchte ein großer Kastenwagen auf. Ich hatte mir gerade gesagt, dass ich nach Hause gehen würde, jetzt überlegte ich es mir anders.

Es war die Wasserschutzpolizei aus Trier. Die Taucheinheit sprach sich offenbar mit dem Bezirksbeamten ab, in dessen Zuständigkeit Schalkenmehren fiel. Seine abstehenden Ohren erinnerten mich an jemanden, aber dann trieb der kleine Fetzen davon.

Es wurde gestikuliert, und plötzlich war es um uns herum verdächtig still. Jeder wollte hören, worum es ging, und wir alle drängten näher. Ich ärgerte mich über mich selbst, das war pure Sensationshascherei.

Elvis von Eifel-TV rief: »Hat es jemanden erwischt? War es ein Beben? Was können Sie schon sagen? Ist es gefährlich, dort runterzugehen? Was schwimmt da zwischen den toten Fischen auf dem Wasser?«

Ich war ja an Luise gewöhnt, aber selbst meine Freundin würde nicht voraussetzen, dass sich jemand so viele Fragen auf einmal merken konnte.

Der Einsatzleiter hob die Hände und sagte schlicht: »Es gibt gegenwärtig noch nichts zu erfahren.«

Vier Personen in schwarzen Neoprenanzügen lösten sich aus der Gruppe, sie hatten Sauerstoffflaschen auf dem Rücken und Masken im Gesicht, an den Füßen Tauchflossen. Jeder von ihnen hatte etwas in der Hand, von dem ich vermutete, dass es sich um eine Lampe handelte. Es war irgendwie ein unheimliches Bild.

»Sie suchen nach jemandem«, murmelte Luise.

Die vier Taucher wateten etwas umständlich in den See. Ich hatte gesehen, wie einer der Männer zuvor mit dem Handschuh einen Rest Schaum aufgenommen hatte, der noch immer auf dem Wasser schwamm, die Atemmaske angehoben und an dem Schaum gerochen hatte.

Ich konnte hören, wie einer der Taucher sagte: »Davon brauchen wir Proben.«

Sein Gesicht konnte ich nicht sehen, aber die Stimme war die eines Mannes, der es gewohnt war, dass man seine Weisungen befolgte.

Was kann er für einen Verdacht haben?, fragte ich mich.

»Ich glaube schon, dass es gegenwärtig etwas zu erfahren gibt«, sagte jetzt Luise. »Alle tun so geheimnisvoll. Vielleicht sollten wir lieber nicht mehr hier sein, wenn sie wieder auftauchen.«

Geheimnisvoll hätte ich es nicht genannt, mir war nur aufgefallen, dass hier Männer eingetroffen waren, die ihren Job, welchen auch immer, erledigten.

Das klang so gar nicht nach Luise, die sich gern informiert hielt. Und gerade jetzt …

»Da unten könnte etwas sein«, sagte sie, und im ersten Moment wusste ich nicht, was sie meinte. Dann hatte ich die Bildkarten wieder vor Augen.

»Aber dann sind wir doch genau richtig – man sollte der Gefahr ins Auge sehen.« Und genau daran glaubte ich nicht. Gar nicht.

»Ich hab einfach ein komisches Gefühl.« Sie sah sich um, als wäre uns diese Gefahr bereits nahe.

Wer uns allerdings gerade nahe war, war Pfarrer Wagner. Er trug noch immer die Klebestreifen im Gesicht, die weiß der Geier was verbargen, und zeichnete sein Kreuz in die Luft. Dazu bewegte sich sein Mund. Ein frommer Wunsch oder ein Segen?

»Es heißt, auf dem Grund des Sees liegt das alte Dorf«, sagte ich und hoffte, ich würde Luise damit von den düsteren Gedanken abbringen, es könnte etwas anderes sein.

Luises Urgroßvater hatte Überlieferungen und Eifelsagen zusammengetragen, die sich Schnurren nennen, weil sie in trauter Runde erzählt werden. Wir waren als Kinder in den Höhlen auf der Suche nach dem Goldschatz der Zwerge gewesen und ärgerten uns über den Jungen, der von einem Kloster ein Brot erbettelte und davon einer alten Frau nichts abgab. Das Brot wurde zu Stein. Und wir mochten seine gesammelten Weinzitate, obwohl wir nicht alle verstanden.

»Der Wein steigt in das Gehirn, macht es sinnig, schnell und erfinderisch, voll von feurigen und schönen Bildern.« Ich hatte es mir bis heute gemerkt, auch dass William Shakespeare das gesagt haben soll. Nur ob jemand noch sinnig, schnell und erfinderisch sein konnte, wenn ihm der Wein erst mal ins Gehirn gestiegen war, das mochte ich doch bezweifeln.

Neben den Sagen hatte sich Luises Familie schon immer mit Genealogie beschäftigt. Dieses »immer« reichte jedoch nur so weit zurück, als ihr Urgroßvater nach einem Beleg suchte, dass sie entweder adelig waren oder sich zumindest jemand in der Blutlinie fand, der vor fünfhundert Jahren eine sensationelle

Rebsorte angebaut hatte. Davon hatte sie mir bis heute nichts erzählt, also war Urgroßvater nicht fündig geworden.

Ich hatte Luise ablenken wollen und hatte stattdessen mich abgelenkt.

»Ich kenne die Geschichte«, sagte Luise. »Wir sollten irgendwann tauchen gehen. Aber nicht jetzt.«

»Nein, sollten wir nicht, nicht jetzt und überhaupt nicht, du hast ein schwaches Herz.«

»Pah«, gab Luise zurück.

»Lass uns gehen«, sagte ich. »Es sieht aus, als müssten wir das ohnehin gleich. Sie sperren einige Bereiche ab.« Und jetzt bekam auch ich ein komisches Gefühl.

7

Der Maarsee war nicht grundlos. Die Furcht, die Vincent Klee jedes Mal in sich trug, war es auch nicht.

Lori Senser war an seiner Seite, als sie immer tiefer hinabgingen; wie Glühwürmchen sprangen ihre Lichter hin und her, bevor der Schein an etwas haften blieb. Es sah aus, als wäre etwas Großes zerschmettert worden, nur dass dieses Große aus Stein war. Überreste des alten Ortes. Er wusste zu wenig, das war ihm klar, aber dafür hätte er die ganze Geschichte des Weinfelder Maares lesen müssen. Etwas, das einmal oberhalb der Erde gewesen war, befand sich jetzt unter Wasser. Und das sicher nicht erst seit gestern.

Nichts rührte sich, alles war ruhig. Die Sicht war gut.

Schwimmen war im Weinfelder Maar verboten, dafür durfte geangelt werden, aber einige der Fische hatten, was auch immer sich ereignet hatte, nicht überlebt, und trieben tot an der Oberfläche. Außerdem war da dieser Schaum. Vincent war gespannt auf die Analyse.

Senser tippte ihm auf die Schulter. Ein schwebender Schatten links von ihnen. Der Körper lag ruhig im Wasser, dunkles, langes Haar spielte um ein blasses Gesicht.

Vincent brauchte nichts zu sehen, um jedes Mal diese eisige Hand an seinem Herz zu spüren. Es hörte nie auf.

Sie war es nicht, sie konnte es nicht sein, denn Belinda hatte blondes Haar gehabt, und sie war vor langer Zeit in einem Ozean am anderen Ende der Welt geschwommen und nicht mehr aufgetaucht.

Vincent nickte zum Zeichen, dass er es gesehen hatte, und bewegte sich auf den Schatten zu.

Die vermisste ältere Dame konnte das nicht sein.

Was zum Teufel war hier los?

Er bemerkte Sensers Kopfschütteln und drehte eine Handfläche nach außen. »Keine Ahnung«, bedeutete er ihr.

Es war eine junge Frau in einem leichten, geblümten Kleid.

In einem zerlöcherten geblümten Kleid. Vincent hatte eine Hand ausgestreckt und zog sie wieder zurück. Die Löcher waren Schnitte, ohne Form, doch Vincent wollte die Haut der Frau nicht berühren.

Davon hatte man ihnen nichts gesagt, und das hieß für Vincent Klee, die Kollegen hatten nichts gewusst. Sie würden die Leiche mit nach oben nehmen, und die Leute, die gekommen waren, weil sie sich Sorgen machten oder weil sie neugierig waren und etwas zu erfahren hofften, die mussten weg.

Er verständigte sich mit seiner Kollegin darauf, dass sie auftauchen und Anweisung geben sollte, was gebraucht wurde. Die Beamten an Land sollten alles vorbereiten und die Rechtsmedizin verständigen.

»Sonst kein Wort«, lautete seine Direktive, eine Reißverschlussgeste über dem Mund.

Lori Senser zögerte merklich, vergewisserte sich, dass alles in Ordnung war. Mit ihm.

Verdammt noch mal!

Vincent hatte kein Gefühl, wie lange er mit der toten Frau allein blieb. Unter Wasser veränderte sich die Welt. Alles Klare verschwamm. Nur seine Erinnerung nicht.

Es hätte ein toller Urlaub an der Gold Coast im australischen Queensland werden sollen, für ihn und Belinda, seine kleine Schwester, die für ihn immer »Belle« gewesen war. Es passte. Die honigblonden Locken ringelten sich bis über die Schultern, ihre grünen Augen vermochten mit Leichtigkeit auch noch den eigenen Vater und Bruder zu hypnotisieren.

Vincent hatte ihr den Urlaub zum achtzehnten Geburtstag geschenkt. Zwei Wochen Sonne, Sandstrände, Besuche im Vergnügungspark Sea World, mit Delphinen schwimmen und Seedrachen anschauen.

Dafür hatte er sogar einen Aushilfsjob angenommen und monatelang eisern gespart. Er wollte Polizist werden, hatte die theoretische und praktische Ausbildung durchlaufen, den Abschlusslehrgang geschafft und auf einer Polizeidienststelle in Koblenz seinen Dienst angetreten.

Es war auch seine erste Fernreise, und er hatte fest vor, sie mit allen Sinnen zu genießen. Vincent liebte das Wasser, er surfte und spekulierte darauf, sich ein neues Board zu kaufen und vielleicht auch ein nettes Girl zu treffen. Er war fünf Jahre älter als Belle, aber sie verstanden sich und verbrachten gern Zeit zusammen.

Er hatte das neu erstandene Surfbrett ausprobiert, während Belle schwimmen gegangen war. Das Surfen war phantastisch, bis er seine Schwester nicht mehr sehen konnte.

Er hatte sich erst nichts dabei gedacht, Belle war kein Kind und dazu eine gute Schwimmerin, vielleicht war sie ja gar nicht mehr im Wasser. Er hatte noch ein paar Blicke in Richtung offenes Meer geworfen, aber er war nicht besorgt. Zumindest konnte er sich später nicht daran erinnern, dass er irgendwann ein schlechtes Gefühl gehabt hätte.

Neben ihm tauchten jetzt erneut Schatten auf, dieses Mal waren es Leo und Manne. Vincent war froh, endlich nicht mehr mit dem Tod allein zu sein.

Er konnte die Gesichter der Kollegen unter den Masken nicht sehen, aber im Schein der Lampen für einige Sekunden ihre Augen. Mitleid bei Leo Brenner. Erleichterung bei Manne Halske. Weil die Frau nicht blond war?

Sie glaubten, Vincent Klee hätte bei einer Wasserleiche mit einem Doppel-X-Chromosom ganz automatisch seine Schwester vor Augen.

Das nicht, meist galt sein erster Gedanke den Angehörigen.

Vincent hatte gelernt, das Wasser zu fürchten und zu hassen, aber er würde tauchen, auch wenn es ihn kaputtmachte. In Belles Gesicht würde er nie mehr sehen.

Es war Zeit, mit der Toten aufzutauchen. Unter Wasser war alles nur halb so wahrhaftig, spätestens an der Oberfläche würde er sich in der Wirklichkeit wiederfinden.

***

Auf dem Friedhof war alles in Ordnung, auch Zelda Kriegers gerade bestatteter Körper befand sich samt Sarg noch unter der Erde.

Das war auch nicht der Grund gewesen für seine Flucht. Was hätte schon sein sollen.

Er hatte Isabel mit seinem Auftauchen im Institut gestern Abend beunruhigt. Obwohl er keinen Einbruch begangen hatte, kam er sich schäbig vor, weil er sie täuschen musste. Wie ein Pokerspieler hatte er seine Miene verschlossen, doch die Spannung war beinahe mit Händen greifbar gewesen.

Er hatte nicht nach dem Codebuch gesucht. Das war die ganze Zeit vor seiner Nase gewesen, und Galen kannte die meisten von Roman Friedrichs Aufzeichnungen. Immerhin hatten sie diese Toten gemeinsam hergerichtet und aufgebahrt. Auf die Notiz über die Tätowierung von Zelda Kriegers bester Freundin war er zufällig gestoßen, doch es hatte gepasst.

Galen war nicht sicher, ob Roman die alten Briefe und Dokumente vernichtet hatte. Vielleicht hatte er es nicht getan, weil es zu Katharinas Vergangenheit gehörte und Isabel eines Tages danach fragen würde.

Er würde noch einmal herkommen müssen, um in Ruhe zu suchen; und wenn etwas da war, dann würde er es finden.

Galen konnte sich denken, dass die Taucher im Maar etwas entdecken würden. Und er hatte versprochen, Isabel zu beschützen. Ein Mensch konnte sich ändern, nur brauchte er einen Grund dazu. Roman und Isabel Friedrich waren Galens Grund gewesen. Roman hatte ihm auf Leben und Tod vertraut, als er selbst vor sich nur noch hatte ausspucken können. Er würde den verstorbenen Freund nicht enttäuschen und auch Isabel nicht.

Er fasste sich an den Oberschenkel. Dort konnte er das kleine Stück Metall immer noch fühlen. Innerlich gelang ihm ein dünnes Lachen. Es hatte ihn nicht umgebracht, aber etwas anderes würde ihn umbringen.

Auf dem Rückweg vom Friedhof war Galen der einzig Nichtoffizielle in der Umgebung des Totenmaares; er sah das Absperrband und eine Plane.

Ihm schien es, als hätte sich seine Ahnung verselbstständigt. Sie hatten die Leiche entdeckt.

***

Er war froh, dem Weinfelder Maar entkommen zu sein. Die tote Frau war ihm unter die Haut gegangen.

Vincent Klee schälte sich aus dem Neoprenanzug und hängte ihn zu den anderen. Ihr Wagen war geräumig, beherbergte alles, was bei einem Einsatz gebraucht wurde, und war gleichzeitig auch die improvisierte Einsatzzentrale.

Der Fernsehreporter hatte ihnen wiederholt Fragen zugeschrien, die nicht beantwortet wurden, die Metzgerei Sterntal – so hatte sich derjenige vorgestellt – hatte gefragt, ob sie ein paar Extrawürste braten solle, was Vincent allerdings für einen Witz hielt.

Die Absperrung war zwar weiträumig erfolgt, doch es war unwahrscheinlich, dass sie genügte, um alle Blicke fernzuhalten.

Er hatte die Kollegen gebeten, eine Meldung an die Medien zu geben: kein Erdbeben und auch keine sonstigen seismologisch zu definierenden Aktivitäten. Bestätigen würde es das Institut in Bensberg.

Aber er konnte davon ausgehen, dass trotzdem einige Leute panisch reagieren würden. Und davon, dass sich die Nachricht längst wie ein Lauffeuer verbreitet hatte. Im Augenblick gab es aber nicht mehr zu sagen, Vincent musste sich erst Klarheit darüber verschaffen, was hier vor sich ging.

Ich habe eigentlich Urlaub, fiel ihm wieder ein. Lori Senser hatte sich als Erste umgezogen und angekündigt, sie würde jetzt zurückfahren. Vincent hatte eigentlich gedacht, sie wäre schon weg, bis die Tür des Einsatzwagens aufging und ihre atemlose Stimme verkündete: »Ich glaube, das da draußen könnte unsere Vermisste sein. Ihr Alter ist schwer zu schätzen, in keinem Fall mehr jung, und pitschnass. Mit Hund.«

Das könnte passen, dachte Vincent und sagte ihr, er würde sich kümmern.

Pitschnass war nicht zu viel gesagt, die Frau sah aus, als hätte sie ein Bad im See genommen, und obendrein wirkte sie, als wäre sie nicht ganz bei sich. Dann sah er auch den kleinen Hund.

Es war die Frau, nach der sie gesucht hatten.

»Sophia Schäfer?«, erkundigte er sich, und sie nickte. »Wo

waren Sie?«, fragte er. Aber wenn er sie betrachtete, dann war die Antwort klar. Sie war in den See gefallen. Drum herum wuchs überall Bergginster. Leuchtend golden. Einige der kleinen Blüten befanden sich an ihrer Kleidung.

»Ich hörte es brüllen«, sagte sie und schüttelte den Kopf, wohl um das Wasser aus den Ohren zu bekommen. Tropfen flogen aus ihren braunen Haaren. Der Hund tat es ihr gleich.

Das kann jetzt kein Jux sein wie die Würste des Metzgers, dachte Vincent. Er legte ihr seine Jacke um die Schultern und nahm sie und den Hund mit in den Wagen. »Was brüllte?«, wollte er wissen.

»Das Totenmaar«, sagte sie. »Spannungen entladen sich krachend, und um ein Vielfaches verstärkt dringt der Knall aus den Tiefen des Maarbodens nach oben. Dort unten bewegt sich etwas. Und wenn sich im Untergrund etwas rührt, dann überträgt es sich aufs Wasser. Der See schäumte, ich habe es gesehen.«

»Sie müssen etwas Trockenes anziehen, und Sie müssen ins Krankenhaus.«

»Wozu denn? Es geht mir gut. Etwas stimmt hier nicht, denn es gab eine Art Druckwelle, und ein leichtes Beben hätte nur den Untergrund erschüttert. Ein Beben war es damals, als Pauli starb.«

Und sie erzählte ihm, wie ihr jüngerer Bruder vor mehr als sechzig Jahren im Weinfelder Maar ertrunken war. »Er war mit einem Boot draußen, das durfte er zwar nicht, weil er nicht schwimmen konnte. Aber er tat es trotzdem.«

Wenn dieses Beben damals wirklich stattgefunden hatte, würde es auch Aufzeichnungen geben. Es hatte mit dem jetzigen Fall nichts zu tun, doch es interessierte ihn.

»Bringen Sie mich einfach nach Hause, wenn wir fertig sind. Das wäre nett«, bat ihn Sophia Schäfer und hob die Hand, als er Anstalten machen wollte, ihr zu widersprechen.

»Gut, aber eine ärztliche Untersuchung werden Sie über sich ergehen lassen müssen.« Er meinte es ernst, und für einen Arzt würde er sorgen.

Es klopfte. Einmal leise, dann lauter.

Sophia Schäfer sagte: »Gehen Sie ruhig aufmachen«, als säße

sie mit Vincent in seinem Wohnzimmer. Und er erwiderte: »Ja, danke.«

Er öffnete, aber er würde Sophia Schäfer nicht hören lassen, was die Kriminaltechnik zu vermelden hatte.

8

Er hatte den Wagen der Einheit nach Trier zurückgebracht. Nach seinem Urlaub hatte niemand mehr gefragt, aber Vincent gedachte trotzdem, ihn zu nehmen. Aber zuerst gab es einiges zu untersuchen und näher zu beleuchten. Das Labor hatte eine interessante Auskunft über den Schaum, der überall auf dem See schwamm, womit auch Sophia Schäfers Aussage von einer Druckwelle einen Sinn zu ergeben begann. Sie hatten ein Phosphatsalz und eine Säurekomponente analysiert, oder einfacher: ein handelsübliches Backpulver. Es waren Rückstände von Nitrozellulose gefunden worden, was die Explosion erklärte. Eine ältere Zusammensetzung, hieß es, die man in Steinbrüchen für Gesteinssprengungen verwendet hatte. Nitroglyzerin, Ammoniumnitrat, Kaliumchlorid und Holzmehl.

Die Erklärung überzeugte Vincent davon, dass da vermutlich jemand altes Material entdeckt und dazu ein bisschen gebastelt hatte. Nur, wozu war gesprengt worden? Was wurde damit bezweckt?

Er ging seine Unterlagen weiter durch. Es hatte vor mehr als sechzig Jahren tatsächlich ein Erdbeben gegeben. Genauer am 14. März 1951, am Südwestrand der Niederrheinischen Bucht bei Euskirchen. Mit einer Magnitude von 5.8 richtete es im Gebiet zwischen Euskirchen, Münstereifel und Mechernich erhebliche Sachschäden an und verletzte elf Menschen. Offenbar war das das auslösende Moment für die Einrichtung der Erdbebenstation Bensberg gewesen.

Als Vincent die durchnässte Sophia samt Hund nach Hause gebracht hatte, hatte sie ihm von dem Ritual ihres frühmorgendlichen Spaziergangs am Uferweg des Totenmaares erzählt. Ein Ritual deshalb, weil es in ihrem Verstand genauso arbeitete wie im Krater des Vulkans und sie sich an jedem Tag vergewisserte, dass alles in Ordnung war.

In seinen Augen weniger ein Ritual als vielmehr eine Zwangshandlung. Aber das wusste sie, jedenfalls hatte Sophia

Schäfer ihn angelacht und sich mit den Worten verabschiedet: »Bitte lassen Sie mich von einem ganz normalen Arzt untersuchen, nicht von einem, der sich für meine Psyche interessiert.«

Das konnte er versprechen, denn auch dem ganz normalen Arzt würden Unstimmigkeiten in dieser Richtung nicht entgehen. Noch auf dem Rückweg rief er Dr. Leitland an, selbst eine ältere Dame, aber mit einem legendär guten Ruf als Allgemeinärztin. Er wollte Sophia Schäfer nicht einfach ihrem Schicksal überlassen. Ein bloßes Nach-Hause-Bringen empfand er als ungenügend, ein bisschen Verantwortung trug er schon, wie er fand.

Hatte derjenige, der den Sprengstoff gezündet und den See zum Schäumen gebracht hatte, es ernsthaft auf eine alte Frau abgesehen? Vincent konnte sich das nur schwer vorstellen.

Womit wir wieder bei der menschlichen Psyche sind, sagte er sich.

Er schaute auf die Uhr, er wollte wenigstens ein Foto von der unbekannten Toten in die Zeitung setzen lassen, mit einem kurzen Text. Dann würde er es für heute gut sein lassen.

Vincent kannte den Chefredakteur der Aachener Zeitung. Mit Helmut Fisch war er immer gut zurechtgekommen. Er spekulierte zwar wie jeder andere Journalist auf sensationelle Nachrichten und Neuigkeiten, aber er hatte der WaPo auch schon einige Gefallen getan, und dafür bekam er hin und wieder einen in Form einer Erstinformation zurück. Denn die aufdringlichen Fragen von Eifel-TV hatten Vincent überhaupt nicht geschmeckt.

Fischs Frage, was er ihm über die Umstände der Leichenauffindung sagen könnte, beantwortete Vincent mit nur einem einzigen Satz: »Die Leiche wurde in einem Kratersee bei Schalkenmehren gefunden.«

Fisch schnaufte in den Hörer und meinte, das wäre ja nicht gerade viel, doch ob viel oder nicht, Vincent konnte sich darauf verlassen, dass Helmut Fisch Bild und Text zum Druck freigeben würde.

Die Tote war in die Rechtsmedizin nach Mainz überstellt

worden, vielleicht gab es da bald ein Ergebnis. Und vielleicht bist du da nicht zuständig, hörte er die leise Stimme im Hinterkopf, die damit zweifelsohne richtiglag.

Er hatte mit dem Fall der Toten im Maar nichts mehr zu tun, sagte er sich und konnte sich selbst nicht überzeugen. Es war beileibe nicht die erste Tote, die man erst nach vielen Jahren entdeckte, aber etwas war trotzdem anders. Vielleicht fühlte es sich auch nur so an, weil ihn die Müdigkeit allmählich einholte. Sehr wahrscheinlich war das aber nicht. Ihm war einiges an der Toten aufgefallen. Und da er keine Rätsel mochte …

Vincent wollte die Vermisstenakten durchgehen, was ihm niemand verbieten konnte; er hatte die Leiche gefunden, und ihr Auftauchen hatte mit der Explosion zu tun. Wie sonst sollte er sich das erklären? Das Kleid der Frau spukte in seinem Kopf herum, die Schnitte taten es auch. Dieses Kleid war … unmodern. So etwas trug man heute nicht mehr, wie er glaubte, oder aber, was durchaus sein konnte, es stammte aus einem Secondhandladen.

Für ihn stand fest, er würde morgen im Büro erscheinen. Für heute würde er es gut sein lassen und tauschte den Einsatzwagen gegen den privaten.

Vincent bewohnte ein Loft-Hinterhaus im Trierer Süden, im Ortsbezirk Heiligkreuz. Er lebte allein, obwohl hundertsiebzig Quadratmeter gut auch für zwei Personen reichen würden, doch darüber dachte er selten nach, sonst würde ihm am Ende noch etwas fehlen. An ein Haustier hatte er kurzzeitig gedacht, aber die Einrichtung würde leiden, und sie hätten nicht viel voneinander. Das Tier nicht von Vincent und Vincent nicht von seinem Tier.

Die Wohnung verfügte über offene helle Räume, viele Fenster, Glaselemente und einen überdachten Innenhof. Und was er unschlagbar fand – vom Innenhof aus gelangte man über eine Stahlwendeltreppe auf eine große Dachterrasse. Er hatte lange überlegt, ob er eine Anzahlung auf die Wohnung leisten sollte, und sich schließlich zum Bleiben und zum Kauf entschlossen. Was die Zukunft bringen würde, wer wusste es … Mit dem Gedanken schlief er schließlich auf der Couch ein.

Vincent begann den nächsten Morgen mit einer Laufrunde um den Mattheiser Weiher. Er ließ den vergangenen Tag noch einmal bildhaft ablaufen. Es war keine übliche Bergung gewesen, nicht für ihn. Und die alte Frau hatte großes Glück gehabt, was ihn daran erinnerte, Frau Dr. Leitland zu fragen, wie es Sophia Schäfer ging.

Als er den Schlüssel ins Schloss seiner Tür steckte, klingelte sein Telefon. Etwas außer Atem meldete er sich.

Die Stimme am anderen Ende hatte er eine Weile nicht mehr gehört. Derjenige, dem sie gehörte, hatte ihn nach dem Tod seiner Schwester wieder aufgerichtet. Konstantin Höllrath. Der Psychiater war der Freund eines Freundes gewesen, darum hatte Vincent sein Hilfsangebot damals angenommen. Dass der Mann auch Täterprofile bei Gewaltverbrechen erstellte, hatte er erst später erfahren.

»Als ich sie gesehen habe, war sie lebendiger«, sagte Höllrath jetzt. »Das Foto in der Zeitung ist nicht sonderlich gut, deshalb möchte ich auch nicht beschwören, dass sie es tatsächlich ist.«

»Gib mir einfach einen Namen«, sagte Vincent.

»Isabel Friedrich. Wir sollten uns sehen, dann erzähle ich dir was dazu.«

»Du kannst mir nichts erzählen. Patientengeheimnis.« Der imaginäre Schutzschild von Ärzten, Priestern, Anwälten und noch einigen anderen Berufsgruppen.

»Ich kann dir was erzählen. Keine Patientin, kein Geheimnis.«

Das war ja mal ganz was Neues, dachte Vincent, und sie verabredeten sich für später in seinem Büro bei der WaPo.

Unterwegs kaufte er die Aachener Zeitung. Das nicht sonderlich gute Foto zeigte keine Details. Keine Patientin, hatte Höllrath gesagt, was Vincent einigermaßen interessant fand. Nun, er würde es in Kürze erfahren.

Der Apparat auf seinem Schreibtisch klingelte, und Vincent wurde eine Frau angekündigt, die unbedingt mit jemandem sprechen wollte, der bei der Bergung der Toten im Maar dabei gewesen war.

»Ich wollte nicht herkommen, aber ich musste«, sagte die Frau anstatt einer Begrüßung. Sie war schwer zu schätzen, vielleicht knapp fünfzig. Das braune Haar fiel ihr spitz zulaufend über die Wangenknochen. Vincent war nicht vertraut damit, welcher Schnitt gerade modern war, doch dieser sah so aus. Ihre vollen Lippen schimmerten in einem Ziegelton, und die dunklen Augen suchten seine.

»Die Frau aus dem Maar«, sagte sie, und Vincent fiel auf, dass sich auf ihren nackten Armen eine Gänsehaut bildete; dabei war es im Büro nicht kalt. »Ich glaube, Sie haben die Leiche meiner ehemals besten Freundin gefunden.«

»Und Sie sind?«, fragte er.

»Hören Sie mir zu? Sie war meine beste Freundin. Wir sind gleich alt.«

Er hatte zugehört. Und er wusste so sicher, wie er jetzt hier saß, dass er eine junge Frau aus diesem See geborgen hatte.

Vincent war dabei, sich einen Reim auf die Bemerkung der Frau zu machen, als Konstantin Höllrath plötzlich vor ihm stand, die wachen Augen auf ihn gerichtet und ein Lächeln im Gesicht.

»Schön, dich mal wieder zu sehen. Geht's dir gut?« Bevor Vincent antworten konnte, sagte Konstantin Höllrath: »Der lebt ja auch noch«, und wies auf den Western-Kaktus, der mittlerweile schon beinahe Zimmergröße und einige schöne Auslegearme entwickelt hatte.

»Der Kaktus will nie etwas und ist mit allem zufrieden«, gab Vincent zurück, dann fragte er: »Warum sagst du, es könnte Isabel Friedrich sein? Grade war eine Frau hier, die sagte, die Tote wäre ihre ehemals beste Freundin.« Und er nannte Höllrath einen Namen.

»Oha«, sagte Höllrath und setzte sich auf den Stuhl Vincent gegenüber. »Dann wird es Zeit herauszufinden, wer es wirklich ist.«

Es war nicht einfach, einen Psychologen auszuhorchen, aber dieser wollte sich offenbar aushorchen lassen. Vincent erfuhr von Isabel Friedrichs Besuch in der Praxis.

»Sie hat meine Visitenkarte gefunden, aber sie wollte partout nicht mit mir reden, obwohl sie es eigentlich doch wollte. Über ihren Vater. Roman führte ein Bestattungsinstitut in Schalkenmehren, wir kannten uns wegen einer alten Sache. Man könnte sagen, wir waren befreundet. Er starb vor ungefähr zwei Jahren. Seine Frau hieß Katharina, Isabel ist seine Tochter.«

9

Das Gebäude am Pulverturm beherbergte den Tod, und zu einer bestimmten Zeit war der Ort selbst für viele Tode verantwortlich gewesen – als der Pulverturm im 19. Jahrhundert in die Luft flog. Von ihm ist nur noch ein Giebelstein übrig geblieben.

Übrig blieb immer etwas, wie ich sehr wohl wusste. Anders als in meinem Institut wurden die Leichen hier aufgemacht, man blickte ins Innerste eines Menschen und nähte ihn anschließend wieder zu.

Und so wie man meinem Fachwerkhaus nicht ansah, was in ihm stattfand, wies auch hier nichts außer einigen Schildern darauf hin. Die Fassade hätte auch zu einem einfachen Bürogebäude gehören können. Einem sehr einfachen, aber dieses gehörte zur Johannes Gutenberg Universität. Ein Teil war unangenehm mauvefarben, der andere Gebäudeteil war grau, und die umlaufenden Balkone waren mit einem weißen Gestänge ausgestattet, das im Abstand von jeweils einem Meter immer wieder himmelwärts strebte.

Einen Tag zuvor hatte ich die Todesnachricht bekommen.

Als er vor meiner Tür stand, hatte ich ihn sofort wiedererkannt. Er war einer der Taucher. Ein schlanker, gut aussehender blonder Mann, dessen blaue Augen mich eingehend musterten, als wäre er dabei, in mich hineinzusehen.

»Vincent Klee, Hauptkommissar der Wasserschutzpolizei«, stellte er sich vor. »Und Dr. Höllrath.«

Seinen Begleiter meinte ich zwar von irgendwoher zu kennen – seine Ohren; sie standen ab, aber wieder kam ich nicht darauf, was ich an abstehenden Ohren so bemerkenswert finden müsste.

Höllrath hatte mir einen wissenden Blick zugeworfen wie ein Lehrer, der seine Schülerin beim Schwindeln ertappte. Die beiden waren ein seltsames Gespann, mit einer seltsamen Mitteilung.

Ich hatte in meinem Mäntelchen dagestanden, das ich immer trug, wenn ich mit dem Tod zu tun hatte, und erfuhr vom Tod meiner Mutter. Katharina war die Tote aus dem See, von der seit heute ganz Schalkenmehren sprach.

Ich wusste es schon, obwohl sich niemand so etwas gedacht hätte.

Ich nickte. Wie in aller Welt ergab sich dieser Zusammenhang? Wie kam Vincent Klee, Wasserschutzpolizist, auf mich? Nur Luise und Galen hatten beobachtet, wie man Katharina geborgen hatte, und es für sich behalten.

»Kennen Sie eine Julia Koch?«, war ich gefragt worden und fragte zurück. »Wie kommen Sie auf Julia?«

»Sie kam auf uns«, sagte Vincent Klee schlicht. »Angeblich war sie eine Freundin von Katharina.«

Er benutzte ihre Vornamen, als würde er beide kennen. Ich unterstellte ihm Absicht, aber augenblicklich war es egal. Es klang sogar ein bisschen so, als würde es ihn tatsächlich berühren. Aus welchem Grund auch immer.

Julia Koch war die ehemals beste Freundin meiner Mutter gewesen, und sie hatte meinen Vater geliebt. Allerdings lange nachdem Katharina fortgegangen war, so wusste ich es jedenfalls.

Das war mehr als nur eine »Verbindung«, doch ich wollte nicht diejenige sein, die etwas preisgab, ich wollte vielmehr Antworten.

Und dafür musste ich ins Rechtsmedizinische Institut nach Mainz. Dafür, und um Katharina Friedrich als Katharina Friedrich zu identifizieren.

Meine Welt stand Kopf – sie hatte es zuvor schon getan, doch jetzt vollends.

Es kam mir so unwirklich vor, vielleicht weil ihr Tod neunzehn lange Jahre zurücklag.

Ich wollte sagen, ich kann das nicht, aber ich musste es können, weil es außer mir nur noch die beste Freundin meiner Mutter und meinen Großvater gab.

Galen war bei mir, auch Luise, die in einer Parkbucht im Wagen wartete. Ich fand sie tapfer, aber sie war nicht mutig genug gewesen, auszusteigen, mit mir die Treppen hinauf, durch einen Gang zu gehen und in ein Gesicht zu schauen, in das ich zuletzt als Kind geschaut hatte. Und sie auch.

Ich stützte mich wie eine alte Frau auf Galen.

Die unterschiedlichsten Gerüche versetzten meine Sinne in Aufruhr, und spätestens jetzt war ich froh darüber, dass meine Freundin mich nicht begleitet hatte. Wie hätten wir Luise Sonnenschein wieder hinausschaffen sollen, wenn sie hier in sich zusammengefallen wäre?

Eine Frau kam uns entgegen und starrte mich an, als würde sie mich kennen. Und sie kannte mich natürlich, es war Julia Koch.

Und so ging es mir auch, als ich auf der anderen Seite der Bahre stand und der Pathologe das Tuch vom Gesicht der Leiche zurückschlug. Ich erkannte sie.

Wie lange dauerte die Ewigkeit? – Es fühlte sich so an, als hätte ich genauso lange unbeweglich dagestanden.

In dieser Ewigkeit liefen in meinem Denken noch einmal die Ereignisse ab seit dem Zeitpunkt, an dem ich mit Luise zugesehen hatte, wie die Taucher in den See hinuntergingen.

Luise und ich hatten den Weg Richtung Institut eingeschlagen, um nur wenig später mitzubekommen, dass die Schaulustigen am Totenmaar sich davonmachten, davonmachen mussten, und eine schiere Massenflucht vonstattenging.

»Wir sind noch rechtzeitig weggekommen«, sagte Luise und klang erleichtert. »Meinst du, es rumpelt wieder? Hat sich die Erde bewegt?«

Ich hatte nichts dergleichen gespürt. Johnny auch nicht, und er war Experte, wenn es darum ging, ob sich jemand etwas einbildete oder ob es für etwas eine tatsächliche Ursache gab.

Luise nahm ihr Fernglas aus dem Handschuhfach. »Wir setzen uns irgendwohin, wo wir aus sicherer Entfernung alles beobachten können, und lassen das Glas reihum gehen.«

Reihum. Wir waren zu zweit. Johnny nicht mitgezählt.

Und genau das taten wir; unser Aussichtspunkt war eine Dachgaube. Staub und Spinnweben inbegriffen. Als Teenager hatten wir oft hier oben gesessen, wenn wir wieder mal geheimniskrämerisch zugange gewesen waren. Luise inspizierte unser ehemaliges Reich und ließ sich auf die alte Couch fallen, die tatsächlich auch noch hier stand, direkt am Fenster.

Eine Wolke alten Staubs stieg aus den Polstern. Luise nieste kräftig.

»Ich war seit Langem nicht mehr hier oben«, fühlte ich mich bemüßigt zu sagen.

Luise hatte gerade das Fernglas übernommen. Sie brauchte sich nur etwas zu drehen, um einen guten Blick ins Gelände zu haben, und kommentierte: »Da liegt eine Plane ... Jetzt tauchen sie auf ... Sie sind zu viert ... Sie waren doch auch zu viert, als sie hinuntergingen, und jetzt steht einer von ihnen am Rand der Plane. Somit sind es fünf. Sie tragen jemanden. Sie ...« Luise war kalkweiß, als sie das Fernglas absetzte, und dann wollte sie plötzlich nichts mehr beobachten. Ohne noch etwas zu sagen, verstaute sie das Glas in ihrer Handtasche.

»Luise?«, sagte ich.

Sie schüttelte den Kopf. »Die grässlichen Karten haben recht«, schniefte sie. Als Nächstes schloss sie die Arme um mich. Sie drückte mich so fest an sich, dass ich kaum Luft bekam.

»Oh, Isabel! Es ist ganz grauenhaft ... Das bist du, und du sitzt doch neben mir.«

Aufschluss über das Gesehene gab mir das nicht. Ihr Gerede verwirrte mich nur. Von Luise erfuhr ich rein gar nichts. Sie war viel zu durcheinander.

Ich musste nachsehen, aber das hieß auch, ich musste sie allein nach Hause fahren lassen.

»Ich schaue nachher nach dir«, versprach ich.

Sie lachte. »Du schaust nach *mir*?« Aber ihr Lachen gefiel mir nicht.

Luise wischte pausenlos über ihre Augen und versuchte mir einzureden, sie tränten vom Staub.

Sie ließ den Motor an, und ich angelte nach dem Feuerwehreinsatz-Hinweiskärtchen, ein umgedrehtes »W«, wie mir auffiel, und platzierte es wieder gut sichtbar auf dem Armaturenbrett. »Die kleinste aller Lügen.« Ich zwinkerte, aber meine Freundin reagierte kaum.

Galen registrierte ich erst, als er sich mir in den Weg stellte. Seine Miene unergründlich.

Aber er sagte wenigstens etwas. »Auf dem Friedhof ist alles in Ordnung, und niemand ist auferstanden.« Er schloss für einen Moment die Augen. »Niemand auf dem Friedhof«, betonte er.

Bis mir bewusst wurde, dass er mich nur ablenken wollte, fuhren Polizei, der Wagen der Taucheinheit und der Krankenwagen schon an uns vorbei.

Er sah mich an, dann umarmte er mich wie schon Luise zuvor. Galen Blocher hatte mich nicht mehr umarmt, seit …

»Sag es mir!«, verlangte ich.

Und jetzt verlangte ich das Gleiche von demjenigen, der das Tuch vom Gesicht meiner Mutter genommen hatte.

Ich stand Katharina Friedrich gegenüber, die Zeit war stehen geblieben.

»Sie ist doch … sie kann nicht …« Sie ist doch meine Mutter, hatte ich sagen wollen, sie kann nicht aussehen wie ich. Aber sie tat es.

»Was auch immer an der Oberfläche stattfand, dadurch wurde in der Tiefe offenbar etwas ausgelöst. Die Tote muss in einem Seitenhohlraum des Vulkankraters gelegen haben, und da gab es keinen Sauerstoff«, erklärte mir der Gerichtsmediziner. »Die Tat geschah bereits vor vielen Jahren – der Mord an Ihrer Mutter.«

Seine Stimme war einfühlsam, als hätte sich eine Hand auf meine Schulter gelegt, um mich zu trösten. Mir fiel auf, dass er graue Augen hatte. Sie passten gut zu seinen Haaren.

»So wurde ihr Körper vor der Zersetzung bewahrt«, erklärte er.

Vor etwas anderem war sie aber nicht bewahrt worden.

Er hatte eine merkwürdige Formulierung gewählt. Was auch immer an der Oberfläche stattfand …

Die Hand auf meiner Schulter war die von Galen. Irgendwie schafften wir es hinaus aus diesem Reich des Todes.

Und wurden erwartet. Vincent Klee von der Wasserschutzpolizei.

Er sah in mich hinein, ich war sicher, er tat genau das.

Auf dieser Bahre lag meine Mutter, die ich seit neunzehn Jahren nicht mehr gesehen hatte, von der ich geglaubt hatte, sie wäre an einem schönen Ort, weit weg von Schalkenmehren, weit weg von mir.

Meine seltsamen Tagträume aber hatten es besser gewusst.

Warum tauchte erst jemand aus den Tiefen der Erinnerung auf, um dann aus dem Totenmaar zu steigen?

Luise hatte uns entdeckt, lief über den Gehweg und stellte sich schützend neben mich.

Über Vincent Klees Gesicht ging ein kleines Lächeln, und ich dachte, dass es für ihn ein Leichtes wäre, den ersten unterkühlten Eindruck zu löschen. Nur glaubte ich nicht, dass er das überhaupt wollte. Sein Lächeln, ein kleines Versehen.

Auf einer Seite der getreue Galen, auf der anderen meine beste Freundin. So standen wir vor dem Gebäude und warteten auf … worauf?

»Es gibt noch einiges aufzuklären in Schalkenmehren«, sagte Vincent Klee, und es klang irgendwie bedrohlich. »Eine Frau, die neunzehn Jahre verschollen war und dann unter diesen Umständen wieder auftaucht. Katharina Friedrich wurde nicht als vermisst gemeldet, und ich frage mich, warum.« Er war noch nicht fertig, und mir blieb kaum Zeit, das Gehörte einzuordnen. »Wo kann man sich in Schalkenmehren oder Umgebung einquartieren?«

Ich hatte den Mund kaum aufgemacht, als Luise schon sagte: »Im Landgut Sonnenschein, ruhige Lage, bester Service und exzellente Weine. Sie werden sich wohlfühlen.« Flüsternd schickte sie hinterher: »Und wir sind an der Quelle.«

Sie nahm vorsorglich ihren Fuß aus meiner Reichweite. Ich war versucht gewesen, ihre Zehen ein wenig mit meinem Absatz zu bearbeiten, aber ihre Stiefel hätten dieses Vorhaben ohnehin vereitelt.

Vincent Klee nickte, dann sah er wieder mich an. Seine Augen drangen in mich ein. Obskurer Gedanke, aber bei aller Verwirrtheit fragte ich mich, was er da tat.

»Gibt es außer Ihnen noch weitere Angehörige?« Er wandte den Blick nicht ab.

»Gibt es«, sagte ich. »Meinen Großvater Rufus Dissen, Katharinas Vater. Er wohnt in einem Altenheim in Koblenz.« Wie sollte ich Rufus beibringen, dass Katharina tot war? Es war nicht einfach, ihm überhaupt etwas zu erklären, er lebte in einer anderen Welt. Meist tat er es jedenfalls, und ich hatte Angst vor diesen Besuchen, weil sie mir den geistigen Verfall eines lieben Menschen vor Augen führten. Doch ich wusste, ich musste es ihm sagen, und zwar bevor es ein Fremder tun würde. Und um noch etwas musste ich mich kümmern. Katharinas letzten Gang.

»Wenn Sie …« Ich unterbrach mich. Ihre Leiche freigeben. Ich konnte es nicht sagen, und in meinem Kopf lief etwas aus der Spur.

Ich fühlte es, ich musste schleunigst hier weg.

Luise konnte es auch nicht. Galen konnte es. »Wenn Sie den Körper freigeben, rufen Sie bitte im Bestattungsinstitut an. Es wird sich jemand kümmern.«

Ich schaute ihn an. Das Institut waren wir, war ich.

Galen drückte meine Hand und hielt sie auch noch fest, als wir zum Auto gingen.

***

Natürlich war es ihr aufgefallen – solche Blicke konnten einem nicht entgehen. Der Kriminalkommissar war ein Nacktscanner oder wie man das auch immer nannte.

Gut aussehend war er auch und geheimnisvoll. Obwohl, von Männern mit Geheimnissen sollte eine Frau besser die Finger lassen.

Luise saß in ihrem Pavillon, vor sich die Karte der männlichen Hauptperson; sie hatte die Karten für Isabel gemischt. Diese männliche Hauptperson war Vincent Klee, rein hypothetisch natürlich.

Sie mochte Mysterien, nur diese schwarzen Geheimnisse, und das war immer die Konstellation Sarg und eine Person in unmittelbarer Nähe, die mochte sie überhaupt nicht – sie hatten mit einem Tod zu tun. Vincent Klees Beruf hatte auch damit zu tun, aber das hier deutete auf etwas Persönliches hin, sehr persönlich. Er trug die Schuld an einem Tod, oder aber er gab sich diese Schuld selbst. So genau konnten die Karten das nicht aufzeigen. Aber es ging um eine Frau, und da wussten die Karten, es ging um eine blonde Frau.

Isabel war damit nicht geholfen, da hätte Luise schon etwas mehr sehen müssen. In jedem Fall würde der Geheimnisvolle morgen das »Spanische Zimmer« im Landgut Sonnenschein beziehen, und dann könnte sie ihn besser im Auge behalten. Spanisch, weil dort ein Ölbild von einem Stierkampf hing, und genau dieses, weil es das einzige noch freie Zimmer war. Beinahe hätte sie sich zu weit aus dem Fenster gelehnt mit ihrem Angebot. Aber Vincent Klee hatte noch am selben Abend angerufen und gebucht – für eine Woche. Das Spanische Zimmer war nicht billig, es war nicht mal günstig.

Er würde womöglich herausfinden, was Katharina zugestoßen war. Jedenfalls machte er den Eindruck eines Mannes, der sich entschlossen hatte, etwas aufzuklären. Und vielleicht lag ihm sogar persönlich etwas daran, dachte Luise, denn Vincent Klee hatte Isabel auf diese besondere Weise angesehen. Sie hatte alles genau beobachtet, und darum war ihr auch Galens Gesichtsausdruck nicht entgangen, als sie vor der Rechtsmedizin in Mainz gestanden hatten.

Galen war auf der Hut gewesen, so zumindest war es ihr vorgekommen.

Du spinnst, sagte sie sich. Aber auch wenn sie sich gerade etwas zurechtsponn, sie machte sich Sorgen um ihre Freundin. Der verdammte Autounfall. Isabel musste ihren Kopf untersuchen lassen, irgendetwas stimmte nicht.

Aber wer sah hier Dinge, die noch nicht geschehen waren? Das war doch sie, Luise. Isabel sah Dinge, die sich bereits ereignet hatten. Ganz ohne Karten.

Luise verband einige wunderbare Kindheitserinnerungen mit Katharina Friedrich, und ausgerechnet von ihr hieß es, sie hätte ihre Familie verlassen. Und jetzt stellte sich heraus, dass sie nichts dergleichen getan hatte.

Katharinas Körper sollte von Mainz nach Schalkenmehren

ins Institut überführt und danach auf dem Friedhof im Familiengrab bestattet werden. Würde sie, Luise, stark genug sein, Isabel bei allem, was auf sie zukam, zu unterstützen? Wo sie schon nicht stark genug gewesen war, ihrer besten Freundin in der schlimmsten Stunde beizustehen.

Wenn Vincent Klee etwas über Isabels »Ausfälle« herausfand, wenn er darüber hinaus mitbekam, dass Isabel Dinge sah und hörte, die nicht existent waren … Was dann? Luise hatte ein komisches Gefühl bei dem Gedanken. Der Kriminalkommissar würde schnüffeln, und er würde ganz sicher Dinge entdecken. Zwangsläufig. Unerfreuliche Dinge, denn jemand musste Katharina dort im Maar versenkt haben. Und derjenige war sicher kein Fremder gewesen.

★★★

Der grauhaarige Rechtsmediziner mit den warmen grauen Augen hatte mir nicht viel mehr gezeigt als Katharinas Gesicht. Und ich war zu befangen, zu verunsichert gewesen, um mehr zu verlangen.

Hatten meine hypnotischen Bilder etwas mit ihrem Tod zu tun? Was sollte ich damit anfangen, wo sollte ich ansetzen? Es gab nur Szenen, die mir fürchterliche Angst machten, und es gab bislang keine Auflösung. Ich wünschte mir die Bilder nicht zurück, aber wenn sie wiederkämen, mahnte ich mich, besser darauf zu achten, was sie zeigten.

Ich dachte an meinen Großvater, den ich fragen könnte. Aber wonach? Was sollte er wissen? Vielleicht wollte ich erfahren, was mein Vater ihm damals erzählt hatte, möglich, dass er einen Unterschied gemacht hatte zwischen einem Kind und einem Erwachsenen. Und möglich, dass Rufus es längst nicht mehr sagen konnte.

Noch ehe ich diesen Gedanken weiterverfolgen konnte, rauschte eine schwarze Kutte zur Tür des Instituts herein. Pfarrer Wagner mit den abgeklebten Pusteln. Wenn er den Leuten Rätsel aufgeben und Aufmerksamkeit erregen wollte, dann hatte er das geschafft.

»Meine liebe Isabel, ich möchte Sie meiner Hilfe versichern und Ihnen mein Beileid aussprechen – ein beklagenswertes Schicksal, das Ihrer Mutter da zuteilwurde.«

War der Tod an sich schon ein beklagenswertes Schicksal, oder wusste der Pfarrer davon, dass es sich um Mord handelte?

Ich bedankte mich, wie sich das gehörte, vielleicht meinte er ja, was er sagte, wobei ich ihm eher Neugier unterstellte als ehrliches Mitgefühl.

»Ja, und dann wäre da auch noch diese unangebrachte Sache«, fuhr er fort. »Sie haben mich ausgetrickst. Das nehme ich Ihnen übel. Zelda Krieger ist ins Grab gefahren ohne den Segen der Kirche.«

Was er für unangebracht hielt, war für mich eine der schönsten Beerdigungen gewesen, denen ich jemals beigewohnt hatte.

»Zelda ist hoffentlich in den Himmel aufgefahren«, sagte ich lächelnd. Es wäre unerträglich, wenn ich glauben müsste, ihr Leichnam wäre mitsamt ihrer Seele dort unter die Erde geraten. Ihre Seele wollte ich mir frei schwebend und leicht vorstellen und nicht von Erdschichten bedeckt.

Mit Pfarrer Wagner konnte man sich nicht streiten, denn er hatte immer recht, und weil ich keine Lust verspürte, mir Blasphemie vorwerfen zu lassen, versuchte ich den schwarzen Mann schleunigst loszuwerden. Ich konnte ihn nicht hinausschieben, darum ging ich einige Schritte in Richtung Tür; er würde mir folgen müssen, oder er bliebe allein zurück.

»Bestimmt übernimmt ein anderes Bestattungsinstitut die Überführung Ihrer Mutter und ... was immer sonst nötig ist«, rief er mir hinterher. Dann hörte ich seine Schritte und ein Räuspern. »Das Begräbnis werden Sie nicht selbst organisieren wollen.«

Er hatte recht, das wollte ich nicht, aber ich würde es tun.

»Ich kannte Ihre Mutter nicht, aber ich finde bestimmt die passenden Worte.«

Meinerseits gab es keine Erwiderung. Ich wusste, ich würde ihn nicht zu Wort kommen lassen – nicht am Grab meiner Mutter.

»Du versteckst dich.« Es war kein Vorwurf, aber Luise hatte den Kopf schief gelegt und dazu diesen wissenden Blick aufgesetzt.

Sie stand an der Schwelle des Instituts, eine Tasche und ein kleines Glöckchen in der Hand. Dessen Klingeln war es auch, das mich herausgelockt hatte.

»Einfallsreich«, hielt ich ihr zugute, weil ich dachte, dass sie nicht hereinkommen wollte.

»Es klappt jedenfalls«, sagte sie zufrieden. Hätte ich aus Gewohnheit Rätsel gelöst, ich hätte die Lösung gerade auf den Tod nicht entschlüsseln können.

»Den Verstorbenen wurde eine Schnur an die Hand gebunden, die an der Erdoberfläche mit einer Glocke verbunden war. Wurde man lebendig begraben, so konnte man läuten, und dann gruben sie einen wieder aus. Irgendwann hat man das so gemacht«, sagte Luise.

Im 19. Jahrhundert hatte man das so gemacht, aus Furcht, lebendig begraben zu werden. Aber was fürchtete Luise?

»Ich wollte dir anbieten, dir zu helfen, und danach trinken wir meine neue Kräuterlimonade – Melisse, Pfefferminze, Waldmeister und Limone. Kurz: erfrischend.«

Sie machte die Tasche auf, und ich erspähte eine Flasche des Gebräus. Erfrischend würde sie erst sein, wenn ich sie kalt stellte.

»Vielleicht den Sarg aussuchen oder so«, regte Luise an.

»Da bedarf es nur eines Blickes«, sagte ich. »Probeliegen muss niemand. Und wofür ist das Glöckchen?«

»Das ist meins, wenn mich Caramello beißt.«

Wer zum Teufel war Caramello? Ich erfuhr es nicht sofort.

»Viel schlimmer hätte es nicht kommen können, Isabel. Vincent Klee glaubt, dass er Schuld auf sich geladen hat.«

Dass Luise bereits so vertraut mit Vincent Klee war, war mir entgangen. »Was phantasierst du dir da zusammen?« Sie hatte die Karten befragt, erklärte ich es mir, doch mir blieb keine Zeit zur Erwiderung.

»Und Fabian kam heute später aus der Schule, mit einem Käfig – und einer Ratte.« Luise kniff die Lippen zusammen.

Das Rätsel um Caramello war gelöst. Ich argwöhnte, dass

Galen mit im Spiel war. In Schalkenmehren gab es keine Tierhandlung, jemand musste Fabian chauffiert haben.

»Caramello?«, fragte ich. »Ich dachte, er wollte eine weiße Ratte haben.«

»Sie hat auch nur ein kleines braunes Büschel im Nacken«, gab Luise Auskunft. Wie sie da so verloren stand, mit ihrem Totenglöckchen in der Hand, tat sie mir leid. Ich musste lachen. Dann deutete sie auf das Innere des Instituts und auf die Flasche, und ich ging die Kräuterlimonade kühlen.

Anschließend schauten wir uns die Särge an. Ich kannte sie ohnehin schon, und Luise lief in Turbogeschwindigkeit durch die Ausstellung.

»Der weiße dahinten, der ist hübsch.«

»Der weiße dahinten ist ein Kindersarg. Luise, komm hier raus! Ich weiß deinen unerschrockenen Einsatz wirklich zu schätzen, aber das Schlimme ist nicht, einen Sarg auszusuchen, das Schlimme wird sein … das Schlimme wird sein, Katharina dort hineinzulegen.« Wovor ich mich außerdem fürchtete, sagte ich ihr nicht. Vor dem neuerlichen Anblick. Ihr Körper würde sich in Windeseile zersetzen, jetzt, im Beisein von blankem Sauerstoff.

»Das kannst du doch nicht tun, nicht du!«, sagte sie zutiefst erschrocken. »Sie wurde ermordet, Isabel. Vielleicht gibt es den Mörder immer noch. Und du siehst Dinge und hast Erscheinungen. Du wusstest vor ein paar Tagen ja nicht einmal mehr, wie du von der Kapelle zum Landgut gekommen bist. Ein Glück, dass Johnny dabei war. Du hast völlig neben dir gestanden. Und wenn Vincent Klee nicht ganz so undurchsichtig wäre, wäre ich sehr froh, dass er hier ist.«

»Sprechen wir von dem Mann, der Schuld auf sich geladen hat, meinst du den?«, konnte ich mir nicht verkneifen zu fragen.

»Auch wenn ich nicht weiß, welche Schuld, aber da ist etwas, und es hat mit einer blonden Frau zu tun. Ich finde es noch heraus«, sagte sie.

Wir nahmen wieder unsere alte Couch in Beschlag. Damals war es meist auch Kräuterlimonade gewesen, und genauso tiefschürfende Gespräche jenseits aller Vernunft. Das Totenglöckchen lag auf dem kleinen Tisch vor uns und schaute mich die ganze Zeit nur stumm an.

»Ich habe in der Kapelle die Glocken läuten hören«, sagte ich.

»Wenn du es sagst, hat es eine Bedeutung.« Luise hatte ihre Stiefel ausgezogen und ein Bein über das andere geschlagen. »Du hast von einem Unwetter erzählt, obwohl es nur ein bisschen geregnet hat. Die Glocken hast du unterschlagen. Du hast wahrscheinlich noch viel mehr unterschlagen.« Sie verzog den Mund. »Ich auch. Ich habe Katharina damals im Ort gesehen ...«

Ich wurde unversehens in meine Kindheit zurückkatapultiert. Angespannt wartete ich, was auf das Sehen im Ort folgte, meine Hand hielt das Glas fester. Der Geschmack der Limonade verursachte kein Kribbeln auf der Zunge. Von der Sekunde an, in der Luise meine Mutter erwähnt hatte, schmeckte ich absolut gar nichts mehr.

»Es sah aus, als würde sie auf jemanden warten. Oder auf etwas.« Luise schüttelte den Kopf. »Ach, ich kann es nicht beschreiben, aber es kam mir komisch vor. Und als ich sie grüßte, sah sie mich an, als würde sie mich nicht erkennen. Das ist mir im Gedächtnis geblieben, weil ihr Verhalten so anders war als sonst.«

Lange nachdem Luise ihre Stiefel wieder angezogen hatte und damit die Treppe hinuntergepoltert war, saß ich noch immer auf der Couch. Meine Gedanken zu ordnen war unsinnig, denn es waren nicht meine, es waren die von Luise.

Sie hatte ihr Glöckchen wieder mitgenommen.

Es war mir egal, ob Vincent Klee irgendeine Schuld auf sich geladen hatte. Konnte das nicht beinahe jeder irgendwie von sich sagen? Nur war es ihm nicht egal, was mit meiner Mutter geschehen war, und mir auch nicht. Ich war nicht der Typ, der herumschnüffelte, um etwas in Erfahrung zu bringen, doch genau das würde ich jetzt tun. Ich hatte meinem Vater nie Fragen gestellt. Nicht eine, dabei hatte ich meine Mutter geliebt. War es Rücksichtnahme gewesen oder die Angst, etwas zu hören, was ich nicht hören wollte?

Auf dem Dachboden lagerten jede Menge Kisten, Kartons und Koffer, dazu alte Tüten, deren Aufschrift längst verblasst war. Wir hatten unsere Nasen als Teenager in einige hineingesteckt und uns meist halb zu Tode geniest. Alte Kleidung und Andenken aller Art hatten wir aufgestöbert. Komplett uninteressant, hatte Luise damals bemerkt und sich dabei die Nase zugehalten.

Der Koffer stand sicher schon lange in all dem Durcheinander, aber richtig und tatsächlich sah ich ihn erst jetzt.

Ich schlich hinüber auf die andere Seite des kleinen Raums im Dachgeschoss, als könnte mich jemand davon abhalten. Staub bedeckte alles. Da stand er einfach und war seit einer kleinen Ewigkeit nicht geöffnet worden.

Ich legte ihn behutsam auf den Boden, ließ mir Zeit. Und eine kleine Weile überlegte ich, was sich darin befinden könnte; Ausrangiertes, Babysachen, etwas, das man aufhob, obwohl man es auch wegwerfen könnte … Ich hatte Angst, diesen Deckel aufzuklappen.

Zögerlich berührten meine Finger schließlich die alten Verschlüsse, aber ich musste mehrfach daran herumrütteln, bis sie aufschnappten.

Ich atmete müffelnde Vergänglichkeit ein. Im ersten Augenblick konnte ich nicht das Geringste erkennen. Ich ließ eine Hand das Innere fühlen. Stoff. Womit hatte ich denn gerechnet?

Die Schatten verwandelten den Inhalt in eine unbestimmte Masse, zum Grund vorstoßen wollte ich nicht unbedingt.

Ich schleifte den Koffer näher ans Licht, unter das Fenster.

Isabel im Angesicht des Grauens – schon zum zweiten Mal an diesem Tag. Die Kleider im Koffer sprachen eine ganz eigene Sprache. Sie waren längst unmodern. Dieser Koffer war vor langer Zeit gepackt worden, und doch musste er die ganze Zeit hier oben gestanden haben.

Meine Mutter hatte uns nie verlassen, aber sie wollte es tun, und … jemand hatte sie aufgehalten.

Ich schlug den Deckel des Koffers wieder zu, genug für

heute. Mehr konnte ich wirklich nicht ertragen. Ich blieb sitzen, bis es vor dem Fenster dunkel wurde, und als die Nacht hereinbrach, hockte ich immer noch dort im Staub.

Ich wusste, ich würde noch ein weiteres Mal heraufkommen und stöbern, vielleicht auch etwas finden, aber jetzt wollte ich einfach nur den bösen Gedanken loswerden. Wer hätte einen besseren Grund gehabt, Katharina daran zu hindern, uns zu verlassen, als mein Vater?

10

Es war später Nachmittag, drei Tage nach dem Tauchgang im Maar, zwei nach Erscheinen des Fotos in der Aachener Zeitung, und Vincent Klee hatte sein schönes großzügiges Loft in Trier gegen eine Ferienwohnung mitten in einem Weinberg oberhalb von Schalkenmehren getauscht.

Er war gerade dabei, seine Sachen auszupacken und sich im Spanischen Zimmer einzurichten, da hörte er etwas klacken. Krallen, dachte er. Wenn hier irgendwelches Ungeziefer lebte, dann würde er seine Koffer auf der Stelle wieder packen.

Aus einer Ecke unter dem Bett aus dunklem Holz lugte jetzt etwas Weißes, Pelziges hervor. Verdammt!

»He, hallo!«, rief er zur Tür hinaus. Er war auf Konfrontation aus, und er wurde erhört.

»Ist etwas nicht in Ordnung?« Ein roter Haarschopf schaute ins Zimmer. Luise Sonnenschein.

»Ich sehe was, was du nicht siehst«, sagte Vincent, »und es ist weiß und pelzig.«

»Oh nein«, stöhnte Luise. Darauf folgte ein Schrei, der ihm fast die Ohren abfallen ließ. Ruhiger wandte sie sich wieder an ihn. »Das ist Caramello, er ist eine Ratte und gehört meinem Neffen.«

»Und genau darum nehmen Sie das Vieh jetzt mit. Und zwar flott, bevor ich auf der Stelle wieder ausziehe.« Er hatte sich ein wenig vorgebeugt, um die Ratte im Auge zu behalten. Caramello.

»Wohin wollen Sie denn ziehen?«, fragte sie ihn.

Das war keine Basis für eine Unterhaltung und Caramello alles andere als ein angenehmer Mitbewohner. »Transportieren sie die Ratte einfach ab, und ich vergesse es«, sagte er etwas freundlicher.

Sie aber wollte offenbar keine Freundlichkeit. »Wenn Sie Isabel wehtun, werde ich Sie an Ihren Ei... – Sie wissen schon – aufknüpfen.«

Vincent verzog das Gesicht. War das nicht eine Drohung aus billigen Actionfilmen? Ihm fiel Lori Senser ein, sein weiblicher Kollege. Zu ihr passten die Sprüche, aber nicht zu der Frau, die ihm gegenüberstand.

»Wovor haben Sie Angst?« Es war mehr als offensichtlich, sie war angespannt und presste ihre Kiefer aufeinander.

»Ich will nicht, dass Sie Isabel mit ihren Fragen belasten«, sagte sie eine Spur friedfertiger. Trotzdem, sie hatte unbestreitbar Angst, und Vincent musste an Isabel Friedrich denken, wie er und Konstantin Höllrath ihr die Nachricht vom Tod ihrer Mutter überbracht hatten. Das Seltsame war gewesen, dass Isabel auf den Analytiker zwar reagiert, aber so getan hatte, als würde sie ihn nicht kennen. Warum?, fragte sich Vincent. Ihr musste doch bewusst sein, dass Höllrath mit ihm darüber reden würde. Was ergab es also für einen Sinn, ihre Bekanntschaft mit ihm verheimlichen zu wollen?

Das hatte er später auch Höllrath gefragt, der gemeint hatte: »Sie hat sich zu erinnern versucht.«

Vincent hatte ihn um eine Erklärung gebeten, was das bedeuten sollte. Es war ja nicht so, dass sich Isabel Friedrich und Konstantin Höllrath viele Jahre zuvor begegnet waren. Es waren seitdem nur ein paar Wochen vergangen.

»Sie weiß nicht mehr, dass sie bei mir war. Entweder das, oder sie macht uns geschickt etwas vor.«

»Und das würde bedeuten, Isabel Friedrich hat etwas zu verbergen«, sagte Vincent.

»Möglich, aber so muss es nicht sein.«

»Wir müssen Caramello irgendwie hier rausbekommen«, sagte Luise Sonnenschein, die er einen Augenblick ganz vergessen hatte.

Wir. So hatte er sich das nicht gedacht. Aber bevor die Verhandlung weitergehen konnte, klingelte sein Handy auf dem Nachttisch. Vincent hechtete auf das Bett, mitten hinein in die gerade ausgepackten Kleidungsstücke, und griff danach. Er hasste Ratten.

Luise blieb unbeeindruckt stehen, es sah nicht danach aus, als hätte sie die Absicht, den Raum zu verlassen.

Vincent hörte sich an, was sein Gesprächspartner zu sagen hatte, dann antwortete er: »Der Fall ist nicht gelöst, er liegt nur neunzehn Jahre zurück. Es gibt eine erste Spur, und die gedenke ich hier und jetzt weiterzuverfolgen.« Vincent war sich der Lauscherin sehr bewusst. Er nickte mehrmals mit undurchdringlichem Gesicht. Dann legte er das Handy wieder auf den Nachttisch.

Cold Cases nannte man Fälle, die unaufgeklärt und ungelöst waren. Jeder Mordfall, auch wenn er zeitlich noch so weit zurücklag, wurde weiterbearbeitet. Es gab Ermittler, die sich den alten Fällen verschrieben hatten, und wenn es dazu noch gesicherte Spuren von damals gab, umso besser.

Hier gab es auch Spuren, war sich Vincent sicher, er würde sie nur finden müssen.

Luise Sonnenschein sah ihn an, und in ihrem Gesicht schienen sich die Gefühle zu streiten. Sie wollte etwas sagen, vielleicht war es das Falsche, und sie verkniff es sich. Mehr als ein: »Helfen Sie mir mit Caramello?«, brachte sie schließlich nicht zustande.

»Raus muss er jedenfalls.«

Vincent ließ sich zurückfallen in den umgewälzten Kleiderhaufen. Er musste nachdenken.

***

Seine Mutter hatte etwas zu ihm gesagt, aber Christoffer hatte noch immer Probleme mit dem Hören, eines seiner bevorzugten Handicaps. Aber diesmal gab er es nicht nur vor.

Er gab ihr ein »Ja klar«, was offenbar die total falsche Antwort war, denn als Nächstes startete sie eine Schimpftirade, die sich gewaschen hatte.

Christoffer hätte zu gern gewusst, wie das in anderen Familien war, ob man sich unterhielt und austauschte und worüber geredet wurde. Bei ihnen hörte sich das immer gekünstelt an, und die Themen waren sterbenslangweilig. Meistens beteiligte er sich nicht daran.

»Tut mir leid, ich fühle mich nicht so gut«, sagte er und

zuckte entschuldigend mit den Schultern. Sie strich ihm kurz übers Haar, was er gar nicht leiden konnte. Aber wenigstens bedeutete es, dass sie seine Entschuldigung, wofür auch immer, angenommen hatte.

Er musste in die Schule, denn die Explosion, die allgemein für ein kleines Beben gehalten wurde, bescherte ihnen allen leider keinen freien Tag.

Und so saßen sie wie jeden Morgen beim gemeinsamen Frühstück; seine Mutter Gundis, sein Vater Karl und er. Irgendwie kein Team, eher jeder für sich, und doch bestand seine Mutter auf dem morgendlichen Ritual; sie war der Ansicht, Kinder würden sonst nicht verstehen, dass Familie nicht nur ein Wort war, und würden keine Werte vermittelt bekommen … Er war kein Kind mehr, aber das musste ihr entgangen sein.

Gundis Lehnert war keine liebevolle Frau, aber sie bemühte sich. So viel musste Christoffer ihr zugestehen. Und während andere Mütter Jeans und T-Shirts trugen, hing seine Mutter an diesen Secondhandklamotten von anno dazumal. Sie schien in den sechziger Jahren hängen geblieben zu sein und fand sie chic, Christoffer fand sie grässlich. Seinem Vater war es offenbar gleich, oder seine Wahrnehmung hatte sich verändert.

Mit Christoffers Wahrnehmung war auch etwas passiert. Er fühlte sich scheußlich, sein Kopf wollte zerspringen, und in seinem Gehörgang war dieser permanente Ton. In der Schule wurde viel über das angebliche Beben geredet, aber er hatte Alex und Silvio eingeimpft, die Klappe zu halten, wenn sie keinen Ärger bekommen wollten. Und die beiden hatten es tatsächlich geschafft, alles, was zu ihrer Identifizierung beigetragen hätte, verschwinden zu lassen, während er einfach nur versucht hatte, wieder auf die Beine zu kommen. Es war ein Rückzug gewesen, allerdings kein geordneter.

Sie hatten alles Dynamit in dieses Erdloch gepackt. Neben dem Kratersee gab es jetzt wahrscheinlich einen zweiten Krater. Christoffer hätte gern gewusst, was die Polizei untersuchte. Er wollte seinen Vater danach fragen, denn wenn es jemand wusste, dann er, und gerade überlegte er sich, wie er das am besten anstellen sollte.

Direkt, sagte er sich. Neugier war schließlich legitim. »Hat die Polizei schon einen Verdacht?«

Sein Vater runzelte die Stirn. »Hinsichtlich der Maarleiche?«, fragte er.

Eine Leiche?

Mist, Mist, Mist! Er fühlte sich wirklich nicht gut. Und jetzt wollte er alles hören.

Woher er davon wüsste, fragte seine Mutter, und sein Vater ließ ein Lachen erklingen. Sogar dieses unverkennbare Lachen, das sonst den Steinbewegungen auf einer Geröllhalde ähnelte, klang in Christoffers Ohren beinahe dezent. Was für eine Frage, dachte er. Sein Vater war der Bürgermeister von Schalkenmehren. Wenn jemand an der Quelle saß, dann er. Nein, verbesserte er sich. Sein Vater *war* die Quelle.

Er goss sich noch eine Tasse Tee ein, den er zutiefst verabscheute. Seine Mutter war nicht nur, was die Kleidung betraf, irgendwo gestrandet. Aber so hatte er einen Grund, sitzen zu bleiben.

»Ich habe die Leiche gesehen, als sie geborgen wurde, und sie für Isabel Friedrich gehalten.«

Christoffer schoss in die Höhe und verschüttete dabei den gerade eingegossenen Tee. Er wollte nichts mehr hören, ihm war speiübel. Von der abrupten Bewegung wurde ihm schwindlig.

Dann schrie seine Mutter, aber das bekam er nicht mehr mit, weil sich seine Beine verhakten, er vornüberfiel und unsanft mit dem Kopf auf dem Boden aufschlug.

11

Zwei Tage später erhielt ich einen Anruf von der Rechtsmedizin. Katharina Friedrichs sterbliche Überreste waren freigegeben worden.

Noch in Gedanken machte ich mich auf die Suche nach Galen und fand ihn ebenfalls telefonierend.

Es klang einigermaßen haarsträubend, worüber da geredet wurde, und ich versuchte, nicht zuzuhören.

»Eine schwere Anschuldigung. Ich werde dir später suchen helfen, aber ich kann gerade nicht weg. Natürlich könntest du auch den Polizisten fragen. Es ist ja irgendwie ein Vermisstenfall.«

Er lauschte, verzog das Gesicht und erwiderte dann: »Unter einer Decke stecken nehme ich jetzt nicht wörtlich.«

Ich konnte sehen, dass Galen sich bemühte, ernst zu bleiben. Demzufolge war sein Gesprächspartner Fabian, Luises Neffe. Ich wollte mal hoffen, dass sich kein neuerlicher Todesfall ereignet hatte.

Als er das Handy ausschaltete, bogen sich seine Mundwinkel nach oben. »Sieht ganz danach aus, als hätten Luise und der Kommissar Caramello verschwinden lassen«, sagte er.

»Hurra«, erwiderte ich, aber es hatte keinen Klang. Vielleicht war ich es ja, die tot war.

Dann sah er in mein Gesicht, und alle Heiterkeit verschwand.

»Ich bin so weit von mir entfernt«, sagte ich. Es sollte keine Rechtfertigung sein, nur eine weinerliche Feststellung.

Gern hätte ich mit Galen gelacht, doch augenblicklich war es ein anderes Bild, das ich ständig vor mir hatte. Katharina, der Koffer, die Kleidung darin und wer weiß, was sonst noch …

Ich würde trauern und mir erlauben, sie zu vermissen, was ich als Kind nicht gekonnt hatte, weil ich nichts wusste, weil mir mein Vater nichts erklärt hatte. Die Angst legte mir Fesseln an, und ich fragte mich, ob es eine gute Idee gewesen war, die

Verabschiedung und Bestattung meiner Mutter selbst ausrichten zu wollen.

»Wir können Katharina abholen«, sagte ich, als handle es sich um eine Freundin, die unser Kommen erwartete. »Ich möchte sie gern so zurechtmachen, dass sie …«, meine Stimme erstickte, dann hatte ich sie wieder im Griff, »schön aussieht. Ein letztes Mal. Das muss ich schaffen, das und die Trauerrede.«

Ich konnte mir denken, dass viele Schalkenmehrener kommen würden, wenn wir erst die Todesanzeige in die Zeitung gesetzt hätten.

Es kamen auch jetzt schon einige Freunde und Bekannte, um mir ihr Beileid auszusprechen. Thomas Berendt, der den Kiosk »Berendts Kram und Neuestes« am Schalkenmehrener Maar betrieb, hatte mich ungelenk umarmt, und Fritz Wasen, mein Zahnarzt, seit ich denken kann, hatte meine Hände genommen und mir gesagt, ich solle mich an die gemeinsame Zeit mit meiner Mutter erinnern, das würde helfen. Ich wusste, es war nur gut gemeint, aber es tat höllisch weh.

Galen zögerte. »Wir suchen einige Dinge zusammen, alles, was … was Katharina ausmachte.« Er wählte die Worte mit Bedacht, als würde es ihm schwerfallen, ihren Namen auszusprechen. Aber für den Moment war ich einfach bloß dankbar, dass er da war und mir half.

Da hätte ich von meinem Fund berichten können. Ich hatte es niemandem erzählt, nicht einmal Luise, und das würde ich auch erst tun, wenn ich sicher war, was sich alles in diesem Koffer befand.

Der Weg nach Mainz und wieder zurück kam mir länger vor diesmal, und in meinem Mund schmeckte ich die Bitterkeit der Furcht.

Katharina lag im Sarg, der für Transporte genutzt wurde. Er saß fest auf seiner Halterung, und doch warf ich immer wieder einen Blick in den Fond des Leichenwagens.

Der Körper würde anfangen, sich zu zersetzen. Ihr Gesicht könnte mit einem Mal alt aussehen und bis zur Unkenntlichkeit verändert. Das wollte ich nicht sehen, davor fürchtete ich mich, und ich hätte Galen gern gebeten, das Gaspedal durchzudrücken.

Wir wurden auf der gesamten Strecke nicht überholt, weil es angeblich Unglück brachte, einen Leichenwagen zu überholen.

Ich schaute Galen an, der mit unbewegtem Gesicht neben mir saß. Woran denkt er gerade?, fragte ich mich. Ich wünschte mir manches Mal, er würde mehr von sich preisgeben, aber das war nicht seine Art. Das betraf auch seine Gefühlswelt.

Aber was war mit meiner? »Ich muss es Rufus sagen, oder was denkst du?« Rufus Dissen, so wie ich ihn gekannt hatte, war ein liebenswerter, groß gewachsener Mann, dessen Augen einem ein Gefühl von Heimat zu vermitteln in der Lage waren. Aber vor Jahren schon hatte er seine verloren und konnte niemandem mehr dieses geborgene Gefühl geben. Seine Augen blickten meist ins Leere.

Großvater hatte eine Sargfabrik besessen. »Schreine« nannte er die Särge. So hatte Roman Friedrich Katharina Dissen kennengelernt, weil er die Schreine von Dissens Fabrik bezog.

Eine Liebe, aufgebaut auf Tod, musste ich denken.

Galen hatte mir geantwortet. »Wahrscheinlich begreift er es nicht, aber ich finde, du solltest es ihm sagen.«

»Ist es besser, es nicht zu begreifen? Schmerzloser?«, fragte ich.

»Wer kann wissen, wie ein Gehirn reagiert, was es aufnimmt und abspeichert. Vielleicht nichts, vielleicht aber doch einen kleinen Hauch«, sagte er. »Aber du kannst immer sicher sein, dass er euch geliebt hat und dich immer noch liebt. Auch wenn er es manches Mal für eine kleine Zeit vergisst.« Er warf mir einen lächelnden Blick zu.

»Du besuchst ihn.« Ich war mir nicht sicher, aber nach dem Gesagten glaubte ich plötzlich, dass er das tat.

»Hin und wieder.«

Ich würde jetzt nicht daran denken, wann ich meinen Großvater zum letzten Mal besucht hatte.

»Erzähl mir etwas über Katharina«, bat ich Galen.

Er dachte kurz nach, dann schien ihm etwas einzufallen.

»Einmal kam eine alte Frau ins Institut und erkundigte sich, wie viel Geld es einbringen würde, wenn sie ihren Körper der Wissenschaft zur Verfügung stellte. Wann sie denn mit dem Geld rechnen könne?«

Eine obskure Idee, denn ein Spender vermacht seinen Leichnam einem anatomischen Institut zu Lehr- und Forschungszwecken oder auch zur Plastination. Wie kam eine betagte Frau auf den Gedanken, Geld mit ihrem Körper verdienen zu wollen?

»Sie hatte Geldsorgen. Ihr Herz saß auf der rechten Brustseite, und jemand hatte ihr gesagt, das sei anormal, und für Anomalien würde gut bezahlt werden. Sie wolle doch so gern eine opulente Beerdigung. Katharina hat ihr den Wunsch erfüllt. Von dieser Beerdigung redet der Ort noch heute.«

»Es gab gar keine Körperspende«, riet ich.

»Dafür eine schöne Beerdigung. Das war Katharina, und wir mussten deinem Vater erklären, wer den teuren Sarg mit den Einlegearbeiten gekauft hatte.« Er lachte, und ich hätte gern gewusst, wie gut er meine Mutter gekannt hatte. Trauerte er um sie? Um ein Haar hätte ich ihn gefragt, dann ging mir auf …

»Wir haben nichts anzuziehen für sie.« Erschrocken fiel mir ein, dass es nur die Kleidung aus diesem Koffer gab, und wie die aussah, wusste ich nicht mal genau, weil ich sie mir nicht richtig angeschaut hatte. Außerdem roch die Kleidung komisch.

Ich würde einkaufen müssen; für eine tote Frau.

»Galen … würdest du mir beim Aussuchen eines Kleides helfen?«

»Wofür auch immer du meine Hilfe brauchst«, sagte er.

Gerade hatte ich es noch eilig gehabt und wollte mit Katharina nach Hause, jetzt stand ich in der Boutique »Maxine« in der Hauptstraße in Lahnstein.

Wir parkten mit dem dunklen Leichenwagen direkt davor. Wer das unfein fand, fand auch das Sterben unfein. Das war es meist auch.

Aber ich dachte nicht daran, Galen darum zu bitten, einen anderen Parkplatz zu suchen. Weshalb sollte ich eine Erklärung abgeben, fragte ich mich. Angestarrt wurden wir, als sollten wir das tun, ja, als würde so etwas erwartet. Ich tat nichts dergleichen.

Meine Jeans saß auf meiner Hüfte, in den Schlaufen steckte ein breiter Gürtel, und ich trug einen leichten Pulli. Ich fand, ich konnte selbstverständlich in eine Edelboutique gehen, ohne mich derart anstarren zu lassen.

»Wir sehen uns etwas um, wenn Sie erlauben«, sagte ich zu einer großen blonden Frau mit feuerrotem Lippenstift, die uns mit einem verkniffenen Ausdruck musterte.

Die Erlaubnis wartete ich nicht ab. Das »wenn Sie erlauben« hatte ich sowieso nicht ernst gemeint.

Billig würde ich hier nicht einkaufen, aber gerade war ich einfach nur froh, auf unserem Rückweg überhaupt einen Laden gefunden zu haben.

Im Leichenwagen herrschten kühle Temperaturen und stets ein dumpfer Geruch nach Süße. Eigenwillig und unverkennbar. Möglich, dass wir davon einen Hauch in die Boutique getragen hatten, denn eine Kundin sprach nicht gerade leise davon, sie würde wohl besser an einem anderen Tag wiederkommen. Hätte ich mehr Zeit gehabt, es hätte nicht dieser Laden sein müssen, aber ich wollte nicht in x Geschäfte gehen, um etwas für Katharina zu finden. Und ich wollte sie nicht so lange warten lassen, obwohl das ein reichlich verquerer Gedanke war.

Ich schaute mir an, was es gab, in welchen Farbtönen und Stoffen. Hosen, Oberteile und Accessoires waren in Fächern aus dunklem Holz verstaut, Blusen, Kleider und Röcke hingen wie in einem begehbaren Kleiderschrank auf Bügeln.

Es war ein sommerlicher Frühlingstag draußen, und hier drin roch es nach Frühsommer. So konnte ich mir auch das Kleid vorstellen. Ich nahm etwas Luftiges in Champagner und Blau vom Bügel und betrachtete den asymmetrischen Schnitt. Von einem dunklen Blau waren auch Katharinas Augen gewesen.

Ich hielt das Kleid an meinen Körper und stellte mich damit vor einen Standspiegel, um zu sehen, wie es wirkte.

»Nein, nicht das«, sagte Galen. »Es ist zu durchscheinend.«

Ich sah ihn erstaunt an. Das Kleid war nicht durchscheinend.

»Nicht das«, wiederholte er, und ich fragte mich, warum ich erneut den Eindruck hatte, dass er komisch reagierte oder etwas tat, was ich nicht verstand.

Er nahm mir einfach Bügel und Kleid ab und hob es gegen das Licht; irgendwie durchscheinend, ein bisschen zumindest. Es war mir nicht aufgefallen, obwohl ich sicher war, das Kleid gab nicht das Geringste preis. Katharina würde sich darin nicht bewegen, weder im Licht noch sonst wo.

Galen hatte es wieder zurückgehängt, bevor ich mich auch nur vom Fleck gerührt hatte, und kam mit etwas anderem zurück. Nicht so luftig, trotzdem leicht, ein Leinenstoff. An der Vorderseite Knöpfe.

»Das entspricht ihr eher«, sagte er. »Und der Situation.«

Die Situation erfasste ich erst später im Institut in vollem Ausmaß, denn Beschreibungen konnten einem nicht vermitteln, wie ein Körper aussah. Darauf hatte mich niemand vorbereitet. Ich hatte in der Rechtsmedizin nur Katharinas Gesicht gesehen und den Ansatz des Halses. Der Professor hatte mich *nur* das sehen lassen.

Es war früher Abend, als wir zurückkamen. Conny, meine Friedhofskraft, war da und trug zusammen mit Galen den Sarg in den hinteren Raum, den ich die Garderobe nannte, als wären meine Klienten Künstler, die sich nur eine Ruhepause gönnten, bevor sie erneut auf der Bühne erschienen.

Ich ging kurz ins Büro, nicht weil ich etwas Dringendes zu erledigen hatte. Ich starrte Löcher in die Luft und hoffte, mir würde eine gute Fee zu Hilfe kommen, die Katharina ankleidete und frisierte. Aber hatte ich nicht gesagt, ich könnte das? Und wahrscheinlich war ich wie immer ziemlich überzeugend gewesen. Man hatte mir von allen Seiten Unterstützung angeboten, die ich ausgeschlagen hatte.

Normalerweise schaffte es eine mir unbekannte Person nicht, dass ich mich unzulänglich fühlte. Die blonde Frau mit ihrem Feuerlippenstift brachte mich jetzt dazu, an mir zu riechen. An meinen Kleidern. Dann machte ich meine Haare auf und schnupperte an den glänzenden dunklen Strähnen. Ich roch nicht nach Tod und hörte auf mit diesen unsinnigen Gedanken. Der Tod war mein Leben. Meine Existenz. Es würde in meinem Institut niemals so anheimelnd und wunderbar riechen wie in einer Konditorei. Und sicher auch nicht derart übertrieben edel wie in dieser Boutique. Maiglöckchen, vermutete ich, und die waren giftig.

Ich fügte den Luftlöchern kein neues hinzu und ging in die Garderobe.

Conny war fort, wir hatten vereinbart, er sollte den Aushub vorbereiten. Katharina würde ihren Platz an Romans Seite finden. Die beiden wären nach langer Zeit wieder vereint. Zumindest im Familiengrab.

Die Trauer würde mich einholen, aber ich bat, dass das nicht ausgerechnet jetzt der Fall sein würde. Isabel, das heulende Elend. Gemächlich waren meine Schritte, als hätte ich gar nicht vor, irgendwo anzukommen, und als ich es schließlich tat, klingelte gerade Galens Handy, und er nahm das Gespräch an.

Ich konnte die Verzweiflung in der kindlichen Stimme sogar noch in einigen Metern Entfernung hören. Fabian. Caramello war immer noch flüchtig – oder bereits rattentot.

»Hilf Fabian suchen«, sagte ich. »Und bitte … du musst ihn davon abhalten, Luise auf alle Zeiten zu verfluchen und Vincent Klee gleich mit.«

»Ich lasse mir etwas einfallen«, versprach er. »Caramello könnte einem guten Zweck dienen. Mal sehen.« Einem guten Zweck, wofür ihm Luise sicher dankbar wäre. Nur konnte ich mir den gerade überhaupt nicht denken. Meine besten Wünsche begleiteten Galen.

»Kommst du zurecht?«, wollte er wissen, und ich versuchte es mit einem Scherz.

»Nackte Frauen sind meine Welt.«

Er strich mir über die Wange. »Na dann.«

Es war etwas völlig anderes, einem fremden Menschen diesen letzten und sehr persönlichen Dienst zu erweisen. Ein leises Stimmchen wies mich auf die fehlenden Jahre hin. Ich hatte Katharina als Kind gekannt, aber das Kind hatte nur ein paar wunderbare einzelne Erinnerungen an seine Mutter. Es müssten viel mehr sein, sagte ich mir.

Vielleicht würde ich mich erinnern, wenn ich den Koffer durchstöberte. Allesamt keine hilfreichen Überlegungen, ich hatte etwas zu erledigen, und ich sollte mich damit beeilen.

Ich war allein im Institut und beschloss, mir musikalische Unterstützung zu holen. Nichts Trauriges, und so wurde es am Ende eine Filmmusik.

Die gute Fee war mir zu Hilfe gekommen. Katharina trug ihr Leinenkleid, und ich seufzte dankbar.

Katharina war in der kurzen Zeit tatsächlich gealtert; es galt nicht, ihre Jugendlichkeit zu bewahren, ich müsste sie zurückholen.

»Du wirst umwerfend aussehen!«, sagte ich, und unvermittelt schossen mir Tränen in die Augen. Ich langte nach der Schachtel Kosmetiktücher und zog eines heraus. Nur trockenen Auges würde ich sehen, was zu tun war.

Meine Hände öffneten die Knöpfe auf der Vorderseite. Man sah nicht viel Haut, weil davon kaum etwas übrig war. Dekolleté, Brust und Bauch waren übersät von einer Vielzahl von Wunden. Meine Finger berührten jede einzelne, malten die Ränder nach.

In meinem Kopf drehte sich etwas, wurde schneller und immer schneller … Wie auf einem Karussell, das sich drehte wie ein Kreisel, versuchte ich mich festzuhalten. Mein Haar löste sich, die Stäbchen landeten auf Katharinas Haut.

Ich sah das Blut aus den Schnitten spritzen, Katharinas Augen öffneten sich. Unsagbarer Schmerz stand in ihrem Gesicht, Entsetzen in ihren Augen. Das Rot troff von meinen Fingern, die eines der schmalen Stäbchen umkrampften. Ich hielt es, als würde ich damit zustechen wollen.

Sie hatte den Blick nicht von mir abgewandt. Ich versank in diesen dunkelblauen Seen.

Meine Mutter starrte mich hilflos an, ihre Lippen bewegten sich. Ich versuchte zu verstehen, was sie mir sagen wollte, doch ich hörte nichts. Keine Stimme. Da war Stille. Es konnte nicht sein, die CD war noch nicht zu Ende.

Ich beugte mich zu ihr hinunter, meine Hände strichen durch ihr Haar, und ich bat sie um Verzeihung. Als ich ihre Lider schloss, hörte ich die Musik wieder einsetzen.

Er stand vor mir, und ich wusste nicht, ob er Wirklichkeit war. Ich taumelte ihm entgegen – einem Geist, einem Menschen? –, das Stäbchen in der Hand, aber kein Blut an den Fingern, wurde ich aufgefangen.

Im gleichen Atemzug entschuldigte ich mich und wusste, wenn die Gestalt Vincent Klee war, musste er mich für übergeschnappt halten.

»Warum sind Sie allein? Das sollten Sie nicht sein.« Die Stimme klang sanft. Er gab mich noch nicht frei, hielt mich nur ein kleines Stückchen von sich weg und schaute mir ins Gesicht. Seine Lippen bewegten sich – und wieder hörte ich es nicht. Sprach er mit mir?

Plötzlich ging mir auf, dass er mit sich selbst sprach. Dann presste er seinen Mund besitzergreifend auf meinen.

Später würde ich mich fragen, wie viel Zeit jemand brauchte, um sich zu einem Kuss zu entschließen, und wie weit dieser Kuss gegangen war.

Aber dieser Teil meiner Erinnerung war komplett futsch.

12

Hatte Luise Sonnenschein nicht gesagt, es wäre ruhig und leise auf ihrem Familienlandgut? Das hatte er sich wahrscheinlich nur eingebildet, sagte sich Vincent Klee.

Er war derjenige, der etwas in Erfahrung bringen wollte, aber er war nicht der, der am Fenster klebte, um zu schauen, was die Leute taten. Es war ein lauter Zufall gewesen, der ihn dazu gebracht hatte. Der Junge, dem wahrscheinlich die Ratte gehörte, weinte und schimpfte, man hätte Caramello verschleppt. Kaum zu überhören. Und der Mann, der Isabel und Luise zur Rechtsmedizin begleitet hatte, versuchte zu vermitteln. Vincents Rolle hatte von ihm nur verlangt, seine Zimmertür offen stehen zu lassen, um der Ratte die Flucht zu ermöglichen, und das hatte offenbar funktioniert.

Natürlich hätte er noch in der gleichen Stunde ausziehen können, aber ihm gefiel es auf dem Landgut, und Luise hatte recht, der Wein war hervorragend.

Es klang jetzt, als würden sie nach Caramello suchen wollen. Viel Vergnügen, wünschte er ihnen. Vielleicht wäre das eine gute Gelegenheit, Isabel zu erwischen, wenn alle anderen beschäftigt waren.

Was willst du denn so dringend erfahren?

Einiges, beantwortete er sich die Frage.

Deshalb hatte er bereits im Altenheim in Koblenz angerufen und sich erkundigt, wie es Rufus Dissen ging. Haus Diamand, mit »d«, nicht mit »t«, war der Name des Heims, in dem der Großvater von Isabel Friedrich untergebracht war. Vincent wollte mit dem älteren Herrn reden. Er hatte keine Aufklärungsarbeit geleistet, nur gesagt, er würde in einem alten Mordfall ermitteln, und Rufus Dissen könnte ihm vielleicht weiterhelfen. Man hatte ihn mit dem Arzt von Haus Diamand verbunden, der ihm in ziemlich unverständlicher Art erklärt hatte, das würde im Augenblick nichts bringen. Also hatte Vincent ihn gebeten, wenn er dachte, es würde etwas bringen, solle er ihn anrufen. Er hinterließ seine Telefonnummer, und der Arzt versprach sich zu melden, sobald Rufus Dissen jemanden erkenne und man sich mit ihm unterhalten könne.

Alzheimer, musste Vincent denken. Konstantin Höllrath hätte den Kollegen verstanden, deshalb würde er ihn bitten, mit nach Koblenz ins Heim zu kommen. Das wäre seine medizinische Absicherung, und Höllrath würde wissen, wie man Fragen stellen musste, um eine Antwort zu erhalten. So hoffte er zumindest.

Von draußen hörte er die Stimmen der Suchenden und sah ihre Lichter im Weinberg flackern. Es wäre ein echtes Wunder, wenn sie die Ratte finden würden. Aber so was gab es ja hin und wieder.

Vincent steckte sein Handy ein, das Notebook hatte er gesichert, so gut er es verstand; er musste zugeben, das war überhaupt nicht seine Welt. Aber wer sollte sich an seinem Notebook vergreifen wollen? Vielleicht derjenige, der den Mord an Katharina Friedrich begangen hatte und sich jetzt fürchten musste, entdeckt zu werden?

Er hatte diesen Fall zu seinem gemacht, und das nicht, weil er die Tochter von Katharina Friedrich faszinierend fand. Das tat er, aber es beeinflusste nicht seine Entscheidung. Seine Freizeit konnte er verbringen, wie er wollte, um alte Tötungsdelikte riss man sich nirgendwo. Sollten es die Kollegen spleenig finden. Er hatte nicht angekündigt, wo er seinen Urlaub verbringen wollte, also konnte niemand sagen: »Aber du wolltest doch …«

Ein Urlaub am Meer brauchte es für ihn nicht zu sein, er hatte das Surfen aufgegeben. Er hatte ein Stück von sich selbst aufgegeben. Ob man in einem Vulkankrater surfen konnte?

Er würde es nicht ausprobieren, etwas anderes aber schrie geradezu danach, und mochte es auch nicht clever sein, er hatte alles im Wagen, was er brauchte.

Sein beinahe allmächtiger Vater interessierte sich selten dafür, was er außerhalb der Direktion und jenseits der Polizeiarbeit tat, schon gar nicht, wo er seinen Urlaub verbrachte. Würde er aber von seinem Alleingang hier erfahren, würde das Ärger bedeuten. Katharina Friedrich war vor neunzehn Jahren getötet worden, der Fall war kalt. Aber etwas störte ihn ganz massiv.

Es hatte kein Beben gegeben, sondern jemand hatte Dynamitstangen gezündet, und derjenige war sicher kein Profi gewesen. Eine einzelne Person konnte es auch nicht gewesen sein, dagegen sprach der Schaum auf dem Wasser. Die Chemiker hatten Backpulver, Essig und Spülmittel nachweisen können. Ein netter Trick, nur hatte man nicht die Absicht gehabt, nett zu sein.

Die Sprengung und dieses Aufschäumen mussten gleichzeitig erfolgt sein. – Ein schäumender See. Das hätte sich jeder einfallen lassen können, aber nicht die Sache mit dem Sprengstoff. Da war es besser, die Presse berichtete über ein leichtes Beben. Vincent erwartete, dass ihn das Labor und die Kollegen mit Informationen versorgten, Urlaub hin oder her. Doch bislang tröpfelte es nur. So käme er nicht weiter. Vielleicht konnte ihm Isabel mehr sagen.

Als er das Haus verließ, sah er, dass auch einige der anderen Feriengäste lange Hälse bekamen.

Er hatte noch niemanden kennengelernt, es war ja auch sein erster Tag. »Hallo«, sagte jemand hinter ihm, und Vincent drehte sich um.

Ein blondes Mädchen mit Zöpfen und weiten Hosen. Sie ging an Krücken. »Suchen Sie auch mit?« Ihr Akzent verriet ihm, dass sie aus Skandinavien kam.

»Nein«, sagte er. Sie dagegen sah aus, als würde sie gern und konnte nicht. Und jetzt plagte ihn auch noch sein Gewissen. Er hatte schon eine Entschuldigung auf den Lippen, aber das war nun wirklich zu blöd. »Schweden?«, fragte er stattdessen.

»Dänemark, ich komme aus Aalborg«, sagte sie lächelnd. »Ich bin Aenna.«

»Ich bin Vincent«, sagte er. »Habt ihr zurzeit Ferien?« Es gab keine einheitlichen Schulferien in Dänemark, erinnerte er sich.

Sie nickte. »Gute Nacht, Vincent. Bis Morgen, vielleicht ist Caramello dann gefunden.«

»Ja.« Vincent winkte kurz. Das Mädchen war vielleicht vierzehn oder fünfzehn, aber sie klang anders, sie klang, als hätte sie ihr halbes Leben bereits gelebt. Sie war vielleicht krank, überlegte er.

Vincent wäre am liebsten zu Fuß gegangen, aber er kannte sich zu wenig aus, und es war dunkel, also nahm er den Wagen.

Wie würde es aussehen, wenn er mitsuchte? Ziemlich schuldig. Luise Sonnenschein suchte auch nicht mit.

Er wusste, die Leiche war heute freigegeben worden. Vincent hielt ein Stück entfernt am Weg, am Rand einer großen Wiese. Es hatte nichts damit zu tun, dass er nicht gesehen werden wollte, sagte er sich.

Im Haus brannte kein Licht, aber nebenan im Bestattungsinstitut, was ihm verriet, dass Isabel sich wahrscheinlich um ihre Mutter kümmerte. Sich kümmern war nicht der richtige Gedanke, aber Polizisten gingen anders mit Toten um, als Bestatter das taten. Sie mussten sie nur finden und anschauen. Isabel musste viel mehr tun, sie verbrachte Zeit mit den Körpern.

Doch auf das Folgende war er nicht vorbereitet.

Er hatte geklopft, was das Zeug hielt, aber es hatte ihn niemand gehört. Musik lief. Jemand musste da sein. Die Tür war unverschlossen, was ihm, nachdem er den Knauf gedreht hatte, etwas leichtsinnig vorkam, doch was sollte man hier schon stehlen?

Die Musik nahm er als Orientierung. Der geflieste Raum lag am Ende eines Ganges, die Schiebetür stand halb offen. Gerade wollte er sich bemerkbar machen, hatte seine Hand schon auf dem Griff, als er jemanden flüstern hörte. Vincent war nicht empfindlich, schon gar nicht ängstlich, aber gerade stellten sich seine Nackenhaare auf. Er schob die Tür ganz auf.

»Sie hatten nicht abgeschlossen«, sagte er sinnigerweise, doch was auch immer er von sich gegeben hätte, Isabel Friedrich registrierte es überhaupt nicht. Ihr Blick war verschleiert, als sähe sie ihn nicht. Dann floh sie in seine Arme.

Flucht. So empfand er es, er konnte ihre Furcht spüren, das leichte Zittern. Vincent strich ihr beruhigend übers Haar.

Es war kitschig, wenn nicht schlimmer, aber Isabel klammerte sich an ihn, als wäre sie aus einem Alptraum erwacht. Und er hatte nichts Besseres zu tun, als sie zu küssen. Wieder kitschig.

Das hatte er vom ersten Augenblick an gewollt. Und sie küsste ihn zurück. Es war ein kurzer Moment, vielleicht hatte es ihn nur in seiner Phantasie gegeben.

Er zwang sich dazu, die Umarmung zu lockern, sagte sich, er würde sich noch in Teufels Küche bringen, wenn er die Frau nicht gleich freigab.

Der Gedanke half ihm dabei, sein Umfeld wahrzunehmen.

Was war hier los? Auf einer Bahre lag Katharina Friedrich, ihr Oberkörper war zur Hälfte entblößt.

Isabel zitterte. »Ich wusste nicht, dass es so viele Einstiche sind«, sagte sie jetzt. »Ich wusste es nicht.«

Vincent half ihr auf einen Stuhl. Die Gerichtsmedizin und ihr Vertreter würden sich hüten, solche Verletzungen einem Angehörigen zu präsentieren.

Er konnte versuchen, die Knöpfe von Katharinas Kleid zu schließen. Er sollte es versuchen, denn mit ihren zitternden Händen wäre Isabel dazu nicht in der Lage.

Dann musste ihr ein anderer das Kleid angezogen haben, überlegte Vincent. Einer der Mitarbeiter, und ihm drängte sich das Bild desjenigen auf, der sie begleitet hatte. Vincent hatte bei seinem Anblick dieses Nicht-ganz-astrein-Gefühl beschlichen. Er konnte es aber nirgendwo festmachen. Am ehesten an seinem Blick.

Er hätte sich besser an der Suche nach der Ratte beteiligen sollen. Die Luft anhaltend, beugte er sich über die Tote.

Vincent versuchte, Katharina nicht ins Gesicht zu sehen, und er sollte das mit dem Zuknöpfen besser gleich beim ersten Mal schaffen. Seine Konstitution war im Beisein von übel zugerichteten Leichen nicht gerade legendär, aber er schaffte es.

Er wusste, er musste etwas sagen, zur Abwechslung sollte es etwas Vernünftiges sein. Er fand, er schuldete ihr eine Erklärung. »Wir kennen die Tatwaffe nicht. Etwas Scharfes muss es gewesen sein, nur circa drei Millimeter stark und spitz.«

Die Wundränder waren verschieden ausgeprägt, was darauf schließen ließ, dass die Verletzungen von unterschiedlichen Gegenständen verursacht worden waren. Eine Gemeinsamkeit gab es allerdings. »Es war kein Messer«, sagte er. »In den Wunden fand man schwache Rückstände von Quecksilber, Amalgam und Zinn.«

»Danke«, sagte sie schlicht. Es war die kürzeste Erwiderung auf eine Erklärung, welches Tatwerkzeug benutzt worden war, die er je zu hören bekommen hatte. »Würden Sie noch etwas bleiben?« Sie wandte ihm bittend ihr schönes Gesicht zu.

Bleiben ja, aber ungern in diesem Raum.

»Sie könnten einfach da sein, während ich Katharina die Haare mache und … was sonst nötig ist. Die Musik suchen Sie aus.«

Das war weder Coolness noch Kälte, das war pure Verzweiflung.

Er würde die Situation ausnutzen. »Keine Musik. Sie kümmern sich um Katharinas Frisur und das Make-up und erzählen mir Ihre Geschichte. Noch besser, Sie erzählen mir Ihrer beider Geschichte.«

13

Am nächsten Morgen bellte der Köter wieder – wie an *jedem* verdammten Morgen. Christoffer stürzte ans Fenster, riss es auf und brüllte hinaus: »Den mach ich noch platt, verlasst euch drauf!« Wankend hielt er sich am Fensterkreuz fest.

Er konnte heute nicht zum Frühstück runtergehen, weil er überhaupt nicht gehen konnte, er konnte ja nicht mal stehen.

Mit der Flasche Wodka legte er sich wieder ins Bett und pulte das Etikett ab, bis überall kleinste Schnipsel herumlagen. Er war schon fast wieder eingeschlafen, als er die Ausläufer eines Polterns auf der Treppe hörte. Sein Gehör war noch immer nicht das alte.

Sein Vater riss die Tür auf, und Christoffer wusste, seine Mutter war auch nicht weit. Zuerst hielt er die Augen stur geschlossen, aber sein Vater klang wütend und seine Mutter irgendetwas zwischen schwer leidend und grätzig.

Jetzt riss ihm sein Vater die Decke weg und hob ihn aus dem Bett. Wut mobilisierte Kräfte.

Er musste die Augen aufmachen. Das Geschüttel hatte es in sich. Die Bewegung des rüden Emporgezogenwerdens gab ihm den Rest, und er spuckte den ganzen Wodka und was sich sonst noch in seinem Magen befunden hatte in hohem Bogen aus.

»Schuligung«, schluchzte er.

Seine Mutter heulte und stürzte sich auf ihn. Wie einem Kleinkind wischte sie ihm den Mund ab.

»Ich verlange eine Erklärung für dein Verhalten«, schrie sein Vater ihn so laut an, dass es niemand überhören konnte. »Du gehst kalt duschen. Dann will ich dich am Frühstückstisch sehen. Du wirst Kaffee trinken. Viel Kaffee.«

Christoffer nickte. Er hatte sich noch nie betrunken. Bislang hatte er auch keinen Grund dafür gehabt. Sein Vater konnte sich nicht einmal annähernd vorstellen, wie er sich fühlte. Wie auch, er hatte keine Ahnung. Von nichts. Der sah nur, dass sein

Sohn Alkohol trank. Die Dusche und der Kaffee würden ihm nicht helfen, nichts konnte ihm mehr helfen, er hatte einen Menschen auf dem Gewissen.

Seine Freunde würden nicht zu ihm stehen – Alex nicht und Silvio auch nicht. Das Dynamit einzugraben, es explodieren zu lassen war allein seine kranke Idee gewesen.

Vielleicht sollte er sich stellen.

Vielleicht sollte er Schluss machen …

***

Der Mieter des Spanischen Zimmers war in der vorigen Nacht spät zurückgekommen. Nicht dass Luise die Gäste des Landguts observierte, aber bei Vincent Klee machte sie eine Ausnahme. Der Weg, den er eingeschlagen hatte, nachdem Galen, Fabian und mit ihnen einige der Feriengäste mit Fackeln bewaffnet aufgebrochen waren, um nach der Ratte zu suchen, musste ihn zu Isabel geführt haben. Wohin sonst?

Sie hatte mit sich gerungen, ob sie ins Institut gehen, ob sie ihrer Freundin beistehen sollte. Aber das Reich des Todes war nichts für sie. Der innere Schweinehund hatte den Kampf mühelos für sich entschieden – Luise Sonnenschein war nirgendwohin gegangen.

Dafür hatte sie mit dem Fernglas am Fenster ihres Büros geklebt und es einmal in Richtung des Fackelscheins gelenkt und ein andermal in die Auffahrt; ihr Gast musste ja irgendwann wieder auftauchen. Aber sie hatte nur die Rückkehr des Suchtrupps mitbekommen – erfolgreich, wie es schien.

»Der sieht ein wenig zerfleddert aus«, lautete Luises Kommentar, als Fabian ihr glücklich seine Ratte präsentierte.

»Aenna hat sie entdeckt«, sagte er.

Aenna Jensen, das hübsche dänische Mädchen.

»Wenn Mama da wäre, hätten wir zusammen gesucht.«

Das traf. Luise hatte sich nicht an der Suche beteiligt, sie war schließlich keine Heuchlerin. Wie der heilige Urban, Schutzpatron der Winzer, der sich der Legende nach vor seinen Verfolgern hinter einem Weinstock verbarg, war auch sie geflüchtet. Allerdings nicht in den Weinberg, sondern in ihr Büro. Ihr Vater war auf den Gedanken gekommen, ihr Weingut könnte sich einmal wieder an einer Weinrallye beteiligen.

Sie hatte lange nicht mehr an einer Weinrallye teilgenommen. Das Thema lautete in diesem Jahr »Duft und Farbe im Glas«, und sie müsste über den tollen Einfall eines Gleichgesinnten einen Artikel schreiben. Die Ergebnisse würden dann ausgiebig besprochen werden. Natürlich rechnete ihr Vater mit einem herausragenden Beitrag ihrerseits.

Luise biss sich auf die Lippe, Fabian war noch nicht fertig. »Du bist eine böse alte Frau«, klagte er. »Und ein Polizist darf keine Tiere aussetzen.«

»Das hat er nicht getan. Außerdem überträgt Caramello womöglich Krankheiten«, hielt Luise dagegen. Das »alt« überhörte sie großmütig. Ihre Worte wurden auch überhört.

Sie hatte einen Zettel an die Tür des Spanischen Zimmers geheftet, sie meinte, es wäre nur fair, Vincent Klee zu warnen.

Bald darauf war sie eingeschlafen und hatte Klees Rückkehr verpasst.

Sie könnte Isabel fragen. Oder sie würde nicht fragen und die Freundin erzählen lassen. Sich verselbstständigende Gedanken waren etwas, dem man nur schwer Einhalt gebieten konnte. Sie wollte sich gar nichts ausmalen, tat es aber ganz automatisch. Katharinas Kleid, die unzähligen Löcher im Stoff. Die dazugehörigen Bilder stellten sich von allein ein, die Gedanken auch. Es sah nach blankem Hass aus. Doch das Schlimmste würde keine von ihnen in Worte fassen.

Luise hatte Roman Friedrich gekannt und Isabels Vater sehr gemocht. Doch wer konnte hinter ein Gesicht sehen, das freundlich lächelte, die Tochter samt Freundin ohne Murren zu Schulveranstaltungen chauffierte und Luises erste ganz allein kreierte Walnuss-Orangen-Limonade lobte?

Und das waren nur einige der vielen Erinnerungen.

Luise wusste, sie konnte kaum etwas für Isabel tun. Aber sie konnte wenigstens da sein, die Furcht mit ihr teilen, mit der Ungewissheit aufräumen, vielleicht sogar das Mordmotiv ermitteln.

Ein Büro war ein Büro und die schmale Couch nicht für Schläfer geeignet, also war sie umgezogen, in ihre Wohnung und ihr Bett, aber von da an hatte Luise kein Auge mehr zugetan. Obendrein hielt sie ihr Gewissen wach. Ihre stummen Entschuldigungen halfen nichts, und so war sie einfach losgelaufen; sie lief nie einfach los.

Wenn sie ein bisschen was gutmachen wollte, dann musste sie ins Institut.

Es war unsäglich früh, die Luft roch noch frisch von der Nacht. Sie stellte überrascht fest, dass es ziemlich guttat. Die Ruhe, kaum Geräusche. Bis ein Hund anfing zu kläffen. Es musste ein kleiner Hund sein, denn ihm fehlte jedes Stimmpotenzial. Das ging auf die Ohren. Und kaum dachte sie es, öffnete sich im Haus des Bürgermeisters ein Fenster, und jemand stieß eine wüste Todesdrohung aus. Als die Frau aus dem Haus kam, das graue Haar zu einem Pferdeschwanz gebunden, nur einen Hauch Lippenstift aufgelegt, ansonsten Jeans tragend zu einem lockeren Hemd und den Hund an der Leine, wusste Luise, dass sie es mit Sophia Schäfer zu tun hatte.

»Das war eine Drohung, oder?«, meinte Sophia.

Luise ging ein Stückchen neben ihr her. »Irgendwie schon«, musste sie ihr beipflichten. »Aber sicher nicht ernst gemeint.« Was zu hoffen stand.

»Das war der Sohn des Bürgermeisters. Er hasst meinen Brutus, aber grade hat er anscheinend andere Sorgen. Ich habe ihn gesehen, draußen auf dem Friedhof.«

»Was sollte der Sohn des Bürgermeisters auf dem Friedhof wollen?«, fragte Luise. Sie kannte den Jungen nicht wirklich. Vom Sehen, und da konnte man sich schwerlich eine Meinung bilden. Der Schrei klang nur, als wäre er sauer gewesen. Und Brutus' Kläffen war wirklich ein bisschen nervig.

»Ich habe ihn herumschleichen sehen. Manche Jugendliche fasziniert der Tod, und sie sehen sich die Verstorbenen an. Aber ich glaube nicht, dass derzeit in der Kapelle jemand aufgebahrt ist. – Ich hätte es sein können, aber mich hat es nicht erwischt.«

Wie konnte man sich Leichen anschauen? Luise schüttelte sich, dann ging ihr auf, was Sophia Schäfer da gerade angedeutet hatte. »Was war das da draußen? Sie waren mit ihrem Brutus spazieren?«

»Der Vulkan hat geschwiegen, nur der See schäumte«, sagte Sophia.

Luise brachte ein kleines Lächeln zustande, verstanden hatte sie gar nichts. Sie wünschte Sophia einen schönen Tag, sie würde sich besser ganz schnell davonmachen.

Und das alles nur, weil sie sich dazu entschlossen hatte, einmal etwas anderes zu tun – nämlich ein paar Schritte zu laufen.

Außer Atem kam sie schließlich bei ihrer Freundin an.

Isabel befand sich im Garten und kümmerte sich um Johnnys leibliches Wohl. Luise atmete erleichtert aus, mit etwas Glück blieb ihr ein Besuch im Reich des Todes erspart.

»Wasser«, bat sie. Ihre Kehle war sandtrocken. »Sonst überfalle ich Johnny und trinke seines.« Sie ließ sich ins Gras sinken und hoffte, der Labrador war sauber, was sein direktes Umfeld anging.

»Ich hab deinen Wagen nicht gehört. Du trägst ja Turnschuhe.«

Isabel hatte ein gutes Auge für die kleinen Dinge. Turnschuhe gehörten allerdings nicht dazu. Turnschuhe waren ein Riesending, weil Luise nie welche trug.

»Ich wusste gar nicht, dass du so etwas besitzt.«

Genau.

»Das Wasser kommt gleich. Bist du gerannt?«

»Wohl kaum«, sagte Luise.

Isabel kam mit zwei Flaschen zurück. Luise klopfte auf den Platz neben sich. »Ich bin nicht gerannt, ich laufe nur selten, aber du siehst schlimmer aus. Und es ist meine Schuld. Isabel … ich hab dich im Stich gelassen. Ich werde es wieder tun. Garantiert. Der Leichenkram macht mich fertig.« Sie öffnete den Schraubverschluss der Flasche und nahm einen großen Schluck. »Genau genommen hab ich dich doppelt im Stich gelassen. Vincent Klee.«

»Der Mann, der die Schuld an einem Tod trägt«, sagte Isabel.

»Na ja, da könnte ich ein wenig zu viel hineininterpretiert haben. Aber die Karten sagen, er pflegt ein düsteres Geheimnis.«

Luise meinte, sie müsste sich wenigstens ein bisschen verteidigen. Sie wusste nicht, ob ihre Freundin sie noch hörte, ihr Blick wandte sich nach innen.

»Außerdem hat er eine Frau im Beisein einer Toten geküsst«, sagte Isabel. Schleppend, als würde sie sich nur mit Mühe daran erinnern.

»Und ich habe grade mit Sophia Schäfer gesprochen, die sich genauso durcheinander anhörte. Das überträgt sich vielleicht mit der Luft.« Luise schüttelte den Kopf.

Isabel schluckte und fuhr sich durch das lange Haar, das sie heute offen trug. »Es ist wieder passiert.«

Sie erzählte, wie sie Katharinas Verletzungen entdeckt hatte, sich danach der schreckliche Film in ihrem Kopf eingeschaltet und plötzlich Vincent Klee vor ihr gestanden hatte. »Jemand muss mindestens achtmal zugestochen haben, und der Professor in der Gerichtsmedizin sprach es nicht einmal aus, er nannte es Wunden und Verletzungen. Es war grauenhaft. Ich hab die Knöpfe von Katharinas Kleid geöffnet … und konnte sie nicht mehr schließen. Vincent Klee hat es für mich getan, und ich war hilflos. Ich würde sagen, er hatte mich da, wo er mich haben wollte.«

»Bitte? Du hast mit Vincent Klee …« Luise sog erschrocken die Luft ein.

»Was habe ich mit Vincent Klee? Luise, das war eine Befragung. Eiskalt. Zuerst küsste er mich, dann wollte er keine Musik und … ich musste ihm von Katharina erzählen.«

»Du irritierst mich, das Ganze irritiert mich.« Luise nahm Isabels Hand.

»Du hast durchs Fernglas geschaut an dem Tag, als die Taucher ins Maar gingen, als sie mit Katharina nach oben kamen. Du hast mit keinem Wort etwas erwähnt, und du hast dich davongemacht. Warum? Ist sie nackt gewesen? Hast du die Wunden gesehen?« Isabels Augen senkten sich in die von Luise.

»Nein. Zweimal nein. Katharina war nicht nackt, sie trug ein Sommerkleid. Aber ich sah *dein* Gesicht! Ich habe *dein* Gesicht gesehen.« Luise schüttelte sich, um das Bild wieder loszuwerden.

»Du wusstest, dass es nichts mit mir zu tun hat, ich saß grade mal dreißig Zentimeter neben dir.«

»Das darfst du mir nicht krummnehmen, nimm etwas anderes, nimm alles andere, aber das nicht!«, bat Luise.

»Möchtest du sie noch einmal sehen? Sie löst sich auf. Ich habe mir größte Mühe gegeben, und ich hatte viel Zeit, Vincent Klee etwas über Katharina zu erzählen, während ich dabei war, sie herzurichten, und beides tat ich, so gut ich konnte.«

Isabel hörte sich nicht wie Isabel an. Das war der einzige Grund, aus dem Luise den Schauer ignorierte und einfach nickte. Vielleicht würde es ihrer Freundin helfen, und sie selbst würde es schon nicht umbringen.

»Katharina sieht gut aus«, krächzte Luise wenig später, als würde sie ein Gemälde betrachten, dabei hatte sie nur einen kurzen Blick auf die tote Frau geworfen, die immer noch eine frappierende Ähnlichkeit mit ihrer Freundin aufwies.

Luise hielt sich an Isabels Arm fest. Berühren würde sie hier drin nicht das Geringste. Sie hatte sich gerade umgedreht, als Isabel sagte:

»Galen kann die Wunden nicht gesehen haben, weil ich sie auch nicht gesehen habe. Aber er hat es gewusst. Er hat ihr Kleid danach ausgewählt.«

14

Der »Schalkenmehrener« hatte die Geschichte, wie die Erde bebte und das Totenmaar schäumend seinen Unmut kundtat, schon einen Tag später gebracht, aber einen Tag später hatte ich mich nicht dafür interessiert.

Seitdem waren fünf Tage vergangen.

Heute allerdings kaufte ich mir das Blättchen. Die Meldung war immer noch brandaktuell. Der Anzeiger würde wohl noch tagelang darüber berichten, und es waren doch nur Mutmaßungen.

Wodurch war ein toter Körper aus seinem Versteck herausgespült worden? Und wo wir gerade bei den Verstecken waren, heute Abend, wenn ich die Türen im Institut verschlossen hatte und sicher sein konnte, dass niemand plötzlich hinter mir stand, würde ich mir diesen Koffer genauer anschauen.

Wer auch immer der Autor des Artikels war, er oder sie fand offenbar Gefallen daran, die Menschen in Angst und Schrecken zu versetzen.

Eifelsterben – bringt das Totenmaar den Tod?
Die Messstation in Bensberg bestätigt keine Erdbewegungen im Innern des Kratersees. Polizeitaucher, die nach einer vermissten Person suchten, haben das versunkene Dorf am Grund des Sees entdeckt und eine Tote. Die vermisste Frau, eine Spaziergängerin, hingegen tauchte unversehrt wieder auf.
Wer in der nächsten Zeit eine Wanderung um den See plant, sollte auf mögliche Gurgelgeräusche achten.

Dem entnahm ich, dass sie keinerlei Informationen besaßen. Und erst recht keine über Katharina.

Luise hatte sich entschuldigt und war, in irgendwelche Überlegungen versunken, in ihren Turnschuhen wieder losgezogen. Dass sie mich so früh am Morgen *laufend* besuchte, sagte mir alles, was ich wissen musste. Obwohl ich nie daran gezweifelt hatte, wir gingen füreinander durchs Feuer, nur Luise freiwillig nicht ins Institut.

Ich wusste, wie schwer es ihr gefallen war, was es sie gekostet hatte, aber ich brauchte einfach die Versicherung, dass das Katharina war und dass sie tot war. Verstehen würde das niemand, ich verstand es ja selbst nicht.

Ich hatte es niemandem erzählt, aber ich wollte nach Koblenz fahren, zu meinem Großvater; die Stationsschwester hatte mir am Telefon gesagt, es wäre vielleicht ein guter Tag. Und dieses Vielleicht brachte mich wie im Flug in die Stadt. Ich fuhr immer noch einen Mini, oder wieder, denn der alte lag auf dem Autofriedhof. Was an ihm noch heil war, könnten sich Ersatzteilsucher ausbauen. Er war also noch für etwas gut.

Ach, gäbe es doch nur ein Relais, das man in einen Verstand einbauen konnte und mit dem sich eine zerstörte Verbindung neu schalten ließe.

Ich musste nach Koblenz-Goldgrube ins Haus Diamand. Die Goldgrube bezeichnete hier den Stadtteil, und ich hoffte, dass auch ich Glück hätte und Rufus ansprechbar wäre.

Ich parkte am Hauptfriedhof und fand es nicht zum ersten Mal eigenwillig, in unmittelbarer Nähe des Alters und seiner Gebrechen Grabstellen, Steinmetzbetriebe und Gärtnereien vorzufinden. Wie ein Wegweiser, dachte ich mir.

Der neubarocke Bau in Cremegrau strahlte Strenge aus, doch im Innern empfing einen menschliche Wärme.

Rufus war ein wohlhabender Mann, er konnte dieses Heim mit seinen Pflegeleistungen bezahlen, oder ich konnte es, denn sein Vermögen war nach der Diagnose Alzheimer an Roman Friedrich gefallen – was bereits vorher Rufus' ausdrücklicher Wunsch gewesen war, den er schriftlich festgehalten hatte und notariell beglaubigen ließ. Nach dem Tod meines Vaters war es auf mich übergegangen.

Schwester Hildegard entdeckte mich und kam auf mich zu, eine kleine Frau mit platinfarbenem Haar, dunklen Augen und einem sanften, fast faltenlosen Gesicht, das im Augenblick allerdings ein wenig besorgt aussah.

»Meine Liebe, ich muss Ihnen etwas erklären«, sagte sie

und nahm meinen Arm. Ich ließ es geschehen, obwohl ich sie am liebsten überfallen hätte mit Fragen. Mir war doch am Telefon gesagt worden, Rufus hätte vielleicht einen guten Tag.

Sie warf einen Blick in den kleinen Aufenthaltsraum, er war leer. »Es dauert nicht lange«, versicherte sie mir und schloss die Tür hinter uns ab. Schwester Hildegards Verhalten machte mir bewusst, dass etwas vorgefallen sein musste.

Ich setzte mich. Das wurde in solchen Situationen doch immer empfohlen, diesmal wurde es das nicht, aber ich fühlte mich sicherer.

»Sie wissen sicher, dass Ihr Großvater immer die Todesanzeigen in der Zeitung verfolgt und liest, wer gestorben ist und wann.«

Einige dieser Verstorbenen hatte er gekannt, und an ihre Namen konnte er sich erinnern. Das war mir immer seltsam vorgekommen. Rufus hatte die Gegenwart gegen das Vergangene eingetauscht. Wenn er mich sah, war ich selten Isabel für ihn. Was versuchte mir Schwester Hildegard zu sagen?

»Ein Besucher hat die Aachener Zeitung auf dem Tisch im Aufenthaltsraum liegen lassen. Es ging Ihrem Großvater heute Morgen ganz gut, er sprach mit einigen Heimbewohnern. Und dann … Es war ein Schlag für ihn, als er das Foto der Toten aus dem Maar in der Zeitung gesehen hat. Das hat ihn völlig durcheinandergebracht. Keine Sorge, er hat nicht Sie gesehen«, sagte Schwester Hildegard.

Natürlich hatte er nicht mich gesehen, aber es musste furchtbar für ihn gewesen sein, seine Tochter tot zu sehen.

»Er wiederholte immer wieder Katharina, Kristina, Katharina, Kristina. Der Arzt musste ihm ein Beruhigungsmittel spritzen. Isabel, es tut mir sehr leid.«

Kristina? Wo kam dieser Name her?

»Ich würde meinen Großvater gern sehen«, sagte ich. Deshalb war ich hergekommen. Und ich wollte ihm sagen, dass alles gut war. Vielleicht ginge es ihm besser, wenn er mich für Katharina halten konnte.

Als ich in sein Zimmer kam, lag er im Bett und hatte die Augen geschlossen. Ich sah die Spuren auf seinen Wangen, und mir wurde schwer ums Herz. Er hatte geweint. Ich blieb vor dem Bett stehen, sah ihn einfach nur an.

Ich schimpfte mit mir, aber ich tat es nur in Gedanken. Warum war ich nicht noch am selben Tag nach Koblenz gefahren? Ich hätte doch versuchen können, es zu erklären. Das hatte ich auch vorgehabt, aber jetzt wusste ich nicht mehr weiter.

Ich zog mir einen Stuhl heran und griff vorsichtig nach der Hand meines Großvaters. Doch als ich das nächste Mal aufsah, saß ich auf einer Friedhofsbank, und die Aachener Zeitung lag aufgeschlagen in meinem Schoß.

Ich presste die Hände auf meinen Kopf, eine alte Frau beugte sich zu mir herunter und klopfte aufmunternd auf mein Knie. »Kind, die Zeit heilt Wunden, du wirst schon sehen«, sagte sie. Sie kannte mich nicht und fand trotzdem ein paar tröstende Worte. Aber gerade wusste ich nicht einmal, wen ich betrauerte. Katharina, Rufus oder mich selbst.

Ich musste zurück ins Institut, ins Haus Diamand konnte ich nicht mehr. Das traute ich mich nicht, ich hatte ja nicht einmal eine Vorstellung davon, ob ich nicht doch noch mit meinem Großvater gesprochen hatte oder mit sonst jemandem. »Ich komme bald wieder«, versprach ich Rufus und entsandte den Gruß in die Friedhofsluft.

Auf der Rückfahrt mahnte ich mich, in allem vorsichtig zu sein, doch auch wenn die Mahnung an meinen Kopf ging, so konnte ich doch nicht das Geringste tun. Ich bekam es ja nicht einmal mit, wenn sich mein wacher Geist für einige Zeit verabschiedete. – Ich war gegen Mittag in Koblenz gewesen, das Gespräch mit Schwester Hildegard konnte keine Ewigkeit gedauert haben. Und jetzt war es kurz nach vier am Nachmittag. Was hatte ich in der Zwischenzeit gemacht? Wenn mein Großvater verwirrt und durcheinander war, wie nannte sich das dann bei mir?

Zeit zu überlegen und nachzudenken hätte ich während der Fahrt gehabt, aber das wollte ich nicht, ich war auf der Hut und fuhr konzentriert. Die Zeitung lag neben mir auf dem Beifahrersitz, ich hatte sie mitgenommen.

Ich ließ mir Zeit mit dem Zurückkommen. Es war annähernd Abend, und zumindest Galen würde sich fragen, wo ich die ganze Zeit gewesen war.

Mein Problem war, dass ich es selbst gern gewusst hätte; zumindest an einen Teil dieses Ganzen hatte ich keine Erinnerung. Mal wieder.

Im Institut legten Galen und Conny die zurechtgemachte Katharina in den Sarg, und ich erinnerte mich, was Schwester Hildegard über die Namen gesagt hatte, die Rufus ständig wiederholte. Katharina, Kristina. Ich brauchte eine Erklärung, wenn es sein musste, auch von Dr. Freud, wer auch immer damit gemeint war.

Abwartend stand ich da und machte niemanden auf mich aufmerksam. Ich sah, wie Conny hinausging. Galen stand über dem Sarg, er musste mich gespürt haben, denn er wandte sich um.

»Woher wusstest du von den Schnitten?«, platzte ich heraus. Ich konnte nicht mehr so tun, als gäbe es den Abgrund zwischen uns nicht.

»Ich habe ihr das Kleid angezogen, Isabel.«

»Du wusstest es schon vorher«, sagte ich.

»Du auch«, gab er zurück. »Wir legen ihr die Hände übereinander, es sieht friedlicher aus, als wären sie gefaltet. Möchtest du ihr etwas mitgeben?«

Nein, denn ich hätte nicht gewusst, was, und das sagte ich auch.

»Es ist alles so unwirklich. Ich schaue in Katharinas Gesicht, und ein klein wenig sehe ich mich darin.«

»Deine Mutter war eine sehr hübsche Frau, und ihre Tochter ist es auch.«

Galen hatte mir gerade ein Kompliment gemacht. Inmitten meines Gedankenchaos und der Anschuldigung.

Ich zog den Kittel an, den ich immer trug, wenn ich einer Leiche zu nahe kommen musste, nahm ein Haargummi und eine Klammer aus der Tasche. Im Nu saß das dunkle Haar wieder geordnet auf meinem Kopf. Bloß das Innere dieses Kopfes war ziemlich ungeordnet, und gerade dachte diese hübsche Tochter an ihren weinenden Großvater.

Galen und ich arbeiteten Hand in Hand, und ich verscheuchte das dumpfe Gefühl. Er war außer Luise der Einzige, dem ich mein Leben anvertrauen würde.

Einen kurzen Moment musste ich so ausgesehen haben, als würde alles Schreckliche über mich hereinbrechen.

»Woran denkst du?«, fragte Galen.

»Ich war bei Rufus. Ich wollte ihm von Katharina erzählen, aber er wusste es schon. Er hat das Foto in der Aachener Zeitung gesehen.«

»Er kann sich an Katharina erinnern, und er wird seine Tochter erkannt haben, aber wahrscheinlich hat er nicht begriffen, was sonst noch dort steht.«

»Er hat sie nicht wirklich erkannt«, sagte ich und erzählte ihm von den beiden Namen, die sich im Klang so ähnlich waren. »Wenn es eine Erinnerung war«, sprach ich meinen Gedanken aus, »welche könnte es gewesen sein?« Ich dachte, Galen könnte es vielleicht wissen, doch er hatte nur eine Theorie, die sich schnell überprüfen ließ, nämlich dass Katharina ihrer Mutter, meiner Großmutter, ähnlich gesehen hatte.

»Großmutter hieß aber Carolin«, sagte ich.

»Ein Arzt könnte es dir vielleicht beantworten«, meinte er.

Und ein Arzt könnte mir vielleicht auch beantworten, warum ich etwas tat und mich nicht daran erinnerte.

Galen hatte die Todesanzeige für morgen geschaltet. »›Katharina Friedrich, geliebte Mutter von Isabel – sie wurde achtundzwanzig Jahre alt.‹ So wird es da zu lesen sein. Das Foto habe ich von Romans Schreibtisch genommen, eines, auf dem sie glücklich ist.«

»Galen, sie löst sich auf, und ich fürchte mich davor, nach der Aufbahrung in ihr Gesicht zu sehen und sie vielleicht nicht mehr zu erkennen.«

»Niemandem wird etwas auffallen, im Licht in der Kirche sieht ohnehin immer alles aus, als befänden wir uns noch in den Schatten des 19. Jahrhunderts.«

Da musste ich ihm recht geben. »Ist die Kapelle frei? Können wir sie heute noch aufbahren?«

»Veranlasse ich gleich. Conny ist bestimmt noch auf dem Friedhof, er wollte das Wetter ausnutzen. Du brauchst nicht mit, schau morgen einfach mal nach ihr.«

Das Leben war eine sehr verletzliche Hülle, fand ich.

Er fragte mich, ob er einen Kranz bestellen sollte, welche Blumen in welchen Farben – eine Schleife und Kerzen … und ob ich immer noch die Trauerrede halten wollte.

Ich glaubte, ich wollte noch immer, aber welche Musik sollte ich aussuchen? Ich wusste zu wenig, viel zu wenig. Um einen Menschen besser kennenzulernen, müsste ich mit ihm reden, um einen toten Menschen besser kennenzulernen, müsste ich in sein Leben eintauchen – und das ginge nur mit Bildern und etwas Schriftlichem. Hatte ich mir nicht genau das vorgenommen?

Am frühen Abend verschloss ich die Türen des Instituts und stieg ins Dachgeschoss meines Hauses hinauf.

Diesmal schloss ich alle Dunkelheit aus, und würde es in der Kapelle nur Dämmerlicht geben, sorgte ich hier oben für Festbeleuchtung. Ich schleppte alle transportablen und verfügbaren Lichtquellen hinauf, um mich mit dem seltsamen Koffer nicht unwohl fühlen zu müssen.

Es war keine abgelegte Kleidung, die man verstaut hatte. Ich räumte Stück für Stück aus, sah mir alles an, bis ich nur noch den leeren Koffer vor mir hatte. Wer würde private Erinnerungen mitnehmen, wenn der Plan nicht Flucht hieße?

Fotos, die eine lachende Katharina zeigten. Eine ganze Serie davon. Keine Bilder von ihrer Familie, meinen Großeltern, und auch keine Bilder von uns allen zusammen. Die Protagonistin war immer Katharina Friedrich. Ich wusste nicht mehr viel von meiner Mutter, aber so kannte ich sie nicht. Als hätte sie nur sich selbst gesehen.

Ich versuchte, mich zu erinnern, ob mir diese Kleidungsstücke bekannt vorkamen, ob ich eines an ihr damals gesehen hatte.

Meine Stimmung konnte sich nicht weiter eintrüben, sie war bereits auf dem Tiefpunkt. Eines dieser lachenden Bilder aber wollte ich rahmen lassen. Mein Lieblingsfoto stand auf einem Vertiko im Esszimmer. Der Auslöser war exakt in dem Augenblick gedrückt worden, als sie dem Fotografen, von dem ich annahm, dass es mein Vater gewesen war, im Halbprofil zugezwinkert hatte.

In diesem Blick meinte ich Liebe zu erkennen, hatte ich mich so getäuscht?

Was ich mit dem Koffer tun wollte, wusste ich nicht. Musste ich überhaupt etwas damit machen?

Vergessen, dass es ihn überhaupt gab; er war ein stummer Zeuge. Vielleicht schrie er laut jemandes Schuld heraus.

Die Fotos würde ich behalten und die Kleider entsorgen. In der Art beschloss ich den Abend und brachte die Festbeleuchtung wieder nach unten. Geschafft, musste ich denken, doch Erleichterung würde ich erst wieder empfinden, wenn die Beerdigung überstanden war.

Es krachte, dann flackerte das Licht. Ich zuckte zusammen und lief zum Fenster, um zu überprüfen, ob das Gewitter wenigstens diesmal echt war. Es regnete, und die Luft dampfte. Ein Blitz teilte den Himmel. In meinem Kopf herrschte, bis auf meine Gedankenflut, Frieden. Ich blieb bei mir, diesmal war es Wirklichkeit. Obwohl ich einiges, das aus der Vergangenheit aufgetaucht war, lieber vergessen würde, und dazu gehörten auch Rufus' Tränen.

Ich wollte mich schon aufatmend abwenden, als ich einen Lichtschein beim Totenmaar sah und eine dunkle Gestalt, die bewegungslos auf den See starrte.

Jemand anderer würde gar nichts vergessen, weil er einen Mord, auch wenn er schon lange zurücklag, nicht einfach in einer Akte ablegen wollte.

Ich konnte ihn sehen. Er stand dort am Ufer, als würde er etwas abwarten, als ließe er es um sich Nacht werden.

Vincent Klee war dabei, seine Ausrüstung zu überprüfen und sich bereit zu machen für einen weiteren Tauchgang im Totenmaar. Nachts, wo sich alles verborgen hielt, unsichtbar war.

Ein bisschen viel düstere Phantasie, hätte ich zu mir gesagt – jedenfalls bevor man Katharina dort unten gefunden hatte.

Unter Wasser war es immer dunkel. Egal, ob es an Land Tag war oder Nacht.

Warum überfiel mich ausgerechnet jetzt diese unbestimmte Sorge? Vincent Klee hatte sicher eine Lampe und auch sonst alles, was er brauchte. Ich musste nicht dort hinunter, sollte stattdessen versuchen, Licht in meine eigene Dunkelheit zu bringen.

Doch bevor ich wusste, wonach ich griff, nahm ich meinen Hausschlüssel und versenkte ihn in einer der Taschen meiner Jeans. Dann schnappte ich mir die Regenjacke mit Kapuze.

Ein weiterer Blitz zischte vom Himmel. Es begann heftiger zu regnen. Bei dem Wetter ging doch niemand tauchen. Was wollte Klee, sich umbringen? Er war immerhin der Mann, der mich geküsst hatte und von dem ich hoffte, er würde es wieder tun.

Was glaubte er zu entdecken, fragte ich mich. Beim ersten Tauchgang hatte er keine Zeit gehabt, sich dort unten genauer umzuschauen, und jetzt würde er sie sich nehmen?

Ich hatte Angst vor dem, was er vielleicht entdecken könnte und mit wem er es in Verbindung bringen würde. Mit meinem Vater, mit mir?

Ich hatte Dinge getan, ohne es zu wissen; ich war aus dem Haus Diamand marschiert und auf dem Friedhof gegenüber wieder zu mir gekommen, ohne eine Erinnerung daran zu haben, was in der Zeit dazwischen geschehen war.

Am vergangenen Abend hatte Vincent Klee mich erzählen lassen. Wie jemand, der alles über eine Person erfahren wollte, nur dass diese Person tot vor ihm lag. Er hatte es verstanden, mich und mein Bewusstsein mit Leichtigkeit auszuhebeln.

Jetzt würde ich das Gleiche bei ihm versuchen. Ich beeilte mich. Leichtfüßig legte ich die relativ kurze Strecke vom Waldrand bis zum Wasser zurück – und sah gerade noch, wie sein Schatten in die Tiefe sank und ein paar Blasen aufstiegen. Warum hatte er sich so beeilt? Oder warum hatte ich mich nicht mehr beeilt? Mist!

Ich ging in die Knie, streifte mit den Händen durchs Wasser und hoffte, das Totenmaar würde seine Geheimnisse verschließen, wie es das schon einmal getan hatte. Der Mann war ein Rätsel, doch der Polizist war akkurat, er wollte Details.

Als ich mich wieder aufrichtete, meinte ich, aus dem Augenwinkel eine Bewegung unter einem der Bäume wahrgenommen zu haben. Gab es da noch jemanden, der Vincent Klee beobachtete? Nur beobachtete ich ihn ja gar nicht.

Ein erneuter Blitz und ein erneuter Blick ließen mich zweifeln. Da war niemand. Wie könnte sich auch jemand bei einem Gewitter unter einen Baum geflüchtet haben?

Nach Lachen war mir aber gerade nicht zumute, ich sah viel in der letzten Zeit. Die Bewegung war wahrscheinlich eben so unwirklich wie einige der Bilder in meinem Kopf.

Es verstrich einige Zeit, bis ich wieder einen Lichtschimmer im Wasser sehen konnte, der langsam aufwärtsdrängte. Ich hatte schon zurückgehen und mich ins Trockene flüchten wollen, ausrichten konnte ich hier nichts mehr. Aber der Regen prasselte weiter, und ich stand noch immer am Rand des Sees.

Ich war keine Taucherin, aber es erschien mir unangemessen viel Zeit in Anspruch zu nehmen – diese Rückkehr an die Oberfläche. Warum dauerte das so lange?

Dann zuckte der nächste Blitz vom Himmel, und ich erschrak. Sein Körper trieb rücklings im Wasser, es sah aus, als bewegte er sich nicht.

Etwas stimmte nicht.

Ich starrte noch einen Augenblick ungläubig auf die reglose Gestalt, dann riss ich mir die Jacke herunter, zog Schuhe und Jeans aus und schwamm bis fast zur Mitte des Sees.

»So hab ich es nicht gemeint«, keuchte ich. Niemand hörte meine Not, aber ich hatte doch nicht gewollt, dass Vincent Klee aus der Tiefe nicht zurückkehrte, ich wollte doch nur nicht, dass er etwas entdeckte.

Ich versprach mir, alles zu tun, um den Mann heil an Land zu bringen. Ich hoffte, er war noch am Leben, und noch mehr hoffte ich, wir würden es hinüberschaffen, ohne vom Blitz getroffen zu werden. Atmete er?

Das zu überprüfen bekam ich allerdings keine Gelegenheit. Meine Angst war zum Schneiden, ich musste ruhig bleiben, durfte nicht zum Himmel schauen. Ich hielt seinen Kopf über Wasser. Die Schläuche machten es mir nicht gerade leicht, mit meiner Fracht im Arm Richtung Ufer zu schwimmen.

Er war schwer und die Kraft in meinen Armen aufgebraucht. Ich zog ihn nur ein kleines Stück aus dem Wasser, schob in aller Eile die Weste, an der alles festgemacht war, auch die Sauerstoffflaschen, über seine Arme. Es dauerte zu lange. Meine Hände zitterten. Vincent Klee bewegte sich nicht. Was war dort unten passiert? Wie lange war er schon ohne Bewusstsein?

Ich nahm ihm die Tauchmaske ab, fühlte seinen Puls. Etwas flatterte leicht gegen meine Fingerspitzen, jedenfalls glaubte ich es. Der nächste Blitz schoss in den See, und für einen Moment konnte ich nur denken, was wäre gewesen, wenn ich es nicht rechtzeitig geschafft hätte. Doch diese Frage stellte sich immer noch. Er sollte atmen und tat es nicht.

Ich öffnete seinen Mund und gab ihm einen Stoß von meinem Atem. Dann begann ich damit, sein Herz zu massieren. Wechsel.

Wie ein Kuss kam es mir diesmal nicht vor, vielleicht ein Lebenskuss, weil es mein Atem war, den ich ihm einhauchte.

»Bitte bleib da, egal, was du gefunden hast!« Könnte sein, dass ich verzweifelt klang. *Ganz sicher* klang ich verzweifelt. Aber meine Hände zitterten nicht länger.

Wie lange es gedauert hatte, bis er schließlich hustete und ich ihn auf die Seite drehte, weiß ich nicht mehr. Es kam mir so vor, als würde er den halben See ausspucken. Aber er lebte. Gott sei Dank, er lebte.

»Wie konnten Sie so dumm sein, bei einem Unwetter tauchen zu gehen!«, griff ich ihn an und stieß gleichzeitig ein erleichtertes Lachen aus. Ich sank ins Gras.

»Sie sind halb nackt«, war alles, was er sagte. Vielmehr krächzte er es.

Ich setzte mich wieder auf. Wenn das das Erste war, was ein Mann bemerkte, dann war dieser Mann definitiv noch am Leben. Kurz fiel mein Blick auf den Gurt, den er trug und an dem sich eine Art Beutel befand. Er hatte vorgesorgt, hatte damit gerechnet, etwas im Totenmaar zu entdecken, das ihm Aufschluss über den Täter geben würde.

»Warum sind Sie hier?«, fragte er mich, lenkte meinen Blick von dem Utensil an seinem Gürtel und unterbrach damit meine Gedanken.

»Und Sie?«, fragte ich zurück. »Hatten Sie vor, sich umzubringen?«

»Das wollte jemand anderer besorgen. Man hat meine Ausrüstung manipuliert. Ich wäre in der Tiefe verschwunden – wie Katharina.«

15

Luise wusste, sie sollte ihren Neffen zur Rede stellen. Und zwar ernsthaft. Sie hatte gesehen, wie Fabian gestern aus dem Spanischen Zimmer geschlichen kam, dem Zimmer von Vincent Klee.

Was hatte er da drin getrieben? Sie würde nachsehen müssen, doch wenn er etwas kaputt gemacht hatte, würde Klee das doch mittlerweile sicher bemerkt haben, dachte sie.

Vielleicht war ja alles in Ordnung. Obendrein war das nicht Fabians Art. Wenn sie sich gezankt hatten, Luise ihm etwas verbot oder mit ihm schimpfte, schmollte er meist eine Weile, aber dann kam er wieder an und tat so, als wäre nicht das Geringste vorgefallen.

Der Abend hielt noch eine böse Überraschung bereit.

Während Luise überlegte und sich über ihren Neffen ärgerte, fuhr der Wagen ihrer besten Freundin in die Auffahrt, und kurz darauf torkelten Isabel und der Mieter des Spanischen Zimmers auf die Tür des Gästehauses zu. Isabel hielt Vincent Klee stützend unter den Armen gepackt.

Luise schaute auf die Uhr und stellte fest, dass es noch nicht spät war. Die beiden, die da ankamen, sahen aus, als hätten sie zuerst wilden Sex gehabt und sich anschließend ein Bad im See gegönnt. Dann sah sie, dass Isabel Klee nicht nur stützte, sondern auch seine Tauchausrüstung trug.

Luise legte das Fernglas weg, zog den Vorhang wieder zu, angelte nach dem Generalschlüssel, riss die Tür auf und sprintete die wenigen Treppen hinunter und zum Gästehaus. Sie schloss die Tür des Zimmers auf, und gemeinsam hievten sie Vincent Klee aufs Bett.

»Ich erzähle dir gleich, was passiert ist, aber zuerst musst du mir helfen, ihm diesen Anzug auszuziehen.«

Isabel hielt sich nicht mit langen Erklärungen auf. Luise nickte und suchte nach einer Öffnung. Irgendwo musste da doch ein Reißverschluss sein oder etwas Ähnliches.

Vincent Klee bekam kaum etwas von ihren Bemühungen mit. Sie zogen ihm den Neoprenanzug aus und verstauten Tauchflossen und Ausrüstung. Genauer, sie stellten alles in eine Ecke des Zimmers. Isabel holte ein großes Handtuch und rieb seine Haare und seinen Körper trocken.

»Lege ich wirklich grade einen fremden Mann ins Bett?«, fragte Luise wenig später. »Sollen wir ihm die Unterwäsche ausziehen?« Er trug etwas Enges aus Lycra, man brauchte nur eine sehr geringe Vorstellungskraft, um zu erahnen, was sich darunter befand. Nicht was, sondern wie viel davon. Praktisch *überhaupt keine* Phantasie. »Du ziehst, und ich sehe nicht hin.«

»Ich ziehe da nicht dran. Viel zu gefährlich.« Isabel schüttelte vehement den Kopf.

»Er ist so bleich, er sieht verteufelt schlecht aus«, sagte Luise.

»Verteufelt schlecht? Beinahe tot – dazu fast vom Blitz getroffen.«

Isabel begann, sich selbst abzutrocknen, und berichtete Luise, was am Totenmaar vorgefallen war.

»Er sagt, jemand hat versucht, ihn umzubringen.«

»Umbringen? Bestimmt nicht!«, schnappte Luise und war sich sicher, dass das die Wahrheit war. Fabian war aus dem Spanischen Zimmer gekommen, und er hatte nicht ausgesehen wie ein Unschuldslamm, aber ihr Neffe würde doch nichts zerstören.

Sie schaute auf das Tauch-Equipment. Was konnte man daran am einfachsten manipulieren? Und schnell musste es auch gehen.

Gummi war anfällig. Der Schlauch. Etwas war nicht so, wie es sein sollte. Sie knickte den Sauerstoffschlauch. Ein kleiner Schnitt, ganz nah am Verbindungsstück, glatt und sauber und kaum zu sehen.

Ihr wurde schlecht. Was sollte sie Fabians Eltern sagen, von denen der eine Teil ihre Schwester war?

»Was treibt ihr euch auch in Brasilien rum?«, schimpfte sie. »Und währenddessen stirbt Kleiner Bär und euer Sohn organisiert eine Ratte.« Luise wütete. Der Amazonas war doch in Brasilien, oder? Und wenn nicht, dann war er eben woanders. Herrgott!

Isabel breitete die Bettdecke über Vincent Klee. Der Slip blieb, wo er war. »Was ist los? Mit dir und mit dem Schlauch«, fragte sie und fixierte Luise mit ihrem Blick. »Was macht dich so wütend?«

»Ich hab Fabian gesehen«, sagte Luise und gestikulierte aufgebracht, und dann erzählte sie Isabel, dass diese Beobachtung ihr Angst machte.

Der Schlauch war angeritzt worden. Kinderleicht. Sicher nicht böswillig, denn das war Fabian nicht, trotzdem könnte er sich einen Spaß gemacht haben.

»Das hier ist Vorsatz, eine Mordabsicht. Und wenn nicht das, dann doch ein billigendes Inkaufnehmen, dass etwas passieren kann«, sagte Isabel. Sie senkte den Blick.

»Gut gesprochen«, gab Luise finster zurück. »Er hat Vincent Klee und mich mit tausend Flüchen bedacht. Aber du hast recht. Ich glaube ja auch nicht, dass Fabian so etwas machen würde. Er würde mir einen Streich spielen, mich erschrecken, irgend so was, aber diesen Sauerstoffschlauch anschneiden, das muss ein anderer getan haben.«

»Genau«, sagte Isabel, und Luise stutzte, weil die Stimme ihrer Freundin plötzlich eigenartig unsicher klang.

»Vielleicht weiß die Person nicht mehr, dass sie es getan hat. Vielleicht wollte sie nur jemanden schützen, vielleicht …« Isabel vollendete ihren Satz nicht.

»Du meinst doch nicht dich?« Luise schrie es fast.

Vincent Klee regte sich. Seine Hand griff nach Isabel.

Die war weiß wie die Wand. »Ich bin unendlich müde.«

Sie hatte den Polizisten aus dem See gefischt, sie waren knapp einem Blitzschlag entkommen, und sie hatte ihn beatmet. Danach musste sie ihn und die Ausrüstung irgendwie zu ihrem Auto gebracht haben und mit ihm zum Weingut gefahren sein. Das genügte doch, um erschöpft zu sein.

»Ich hätte dich sehen müssen, wann solltest du das denn unbemerkt angestellt haben? Ich bin ständig auf Beobachtungsposten«, Luise berichtigte sich, »na ja, beinahe, weil mir im Augenblick diese Weinrallye einiges abverlangt. Mein Artikel liest sich jedenfalls nicht so, als hätte ich eine Ahnung, wovon ich da schreibe.« Sie seufzte. »Wie kommst du auf den Gedanken, du könntest es getan haben?«

»Weil ich im Augenblick einiges tue, das ich mir nicht erklären kann oder woran ich mich nicht erinnere. Aber davon lieber nichts in Gegenwart eines Polizisten.« Sie brachte ein Lächeln zustande.

Luise nickte und deutete auf Vincent Klee, der mit seiner Hand immer noch Isabel in Beschlag nahm. »Ich könnte bei ihm bleiben, bis er aufwacht oder bis er etwas braucht. Und du fährst nach Hause und legst dich hin«, schlug sie vor.

»Mache ich … nachher«, sagte Isabel.

***

Ich wusste nicht, ob Luise mich verstand, aber ich glaubte es. Und so blieb ich am Bett von Vincent Klee sitzen, bis mich die Müdigkeit überfiel, die ich so lange zurückgehalten hatte.

Als ich Stunden später aufwachte, Arme und Beine unbeweglich, eingeklemmt zwischen Vincent Klee und dem Bettrand, und komplett desorientiert, musste ich mir erst mein Umfeld und die Situation vergegenwärtigen.

Klee schlief tief und fest und atmete regelmäßig, was ich erleichtert zur Kenntnis nahm.

Ich könnte kurz unter die Dusche gehen. Ich roch immer noch das Wasser des Totenmaares an mir.

Ich wollte Vincent Klee tatsächlich aufwachen sehen, und was ich noch viel mehr wollte – einen Namen von ihm hören. Wen verdächtigte er, den Atemschlauch manipuliert zu haben? Nachdem ich mir den kleinen Schnitt angeschaut hatte, befand ich, es war kein Kunststück, und einfach jeder wäre dazu in der Lage.

Als mein Blick jetzt auf die Tauchausrüstung fiel, konnte ich einfach nicht anders. Ich wollte wissen, was der Polizist entdeckt hatte. Dann wäre ich wenigstens auf alles vorbereitet. Das sagte ich mir jedenfalls.

Das Bett und Vincent Klee ließen mich zögerlich los, als ich langsam aufstand. Ich spürte meine Arme, als hätte ich

Gewichte gestemmt, was ja auch stimmte. Ich hatte Vincent Klees Gewicht gestemmt.

Ich kniete mich vor die Ausrüstung und griff nach dem Bleigürtel, an dem der Beutel befestigt war. Ein Beutel war es im Grunde nicht; als ich das Ding anfasste, bemerkte ich die Verstärkung.

Komischerweise kam mein Gewissen um die Ecke, was mich einige Sekunden kostete, denn es wollte von der Richtigkeit der Entscheidung überzeugt werden. Doch schließlich stimmte es zu, und ich öffnete den Verschluss.

Jetzt musste ich nur noch meine Hand hineinstecken und herausziehen, was sich im Innern befand. Wieder zögerte ich.

Ewig konnte ich hier nicht knien, also griff ich hinein … und zog gleich darauf mit einem kleinen Aufschrei meine Hand zurück, von der Blut tropfte. Ich hatte mich geschnitten. Woran?

Ich nahm die andere Hand und griff noch einmal, diesmal vorsichtiger, hinein. Glas, wie es aussah, von einem Spiegel, und ein durchscheinender Leinenstoff, mit dem ein paar Scherben umhüllt waren. Das war Vincent Klees Ausbeute, die Scherben und das Leinen hatte er aus der Tiefe mitgebracht.

In meinem Kopf formierte sich eine dunkle Wolke. Geh da weg, dachte ich mir und wusste nicht, ob ich das tatsächlich gerade gedacht oder ob es meine Stimme gesagt hatte. Mein Gewissen oder was immer hatte versucht, mich aufzuhalten, davon abzuhalten, dort hineinzusehen. Aber ich hatte hineingesehen.

Die Spiegelscherben sahen bösartig aus, spitz an einer Seite, länglich und scharf. Plötzlich fühlte ich mich, als hätte ich einen Blick in den Abgrund getan.

Warum hatte er sie mitgenommen, wo hatte er sie überhaupt gefunden, und wie in aller Welt kam er darauf, dass die Scherben etwas mit Katharinas Tod zu tun haben könnten?

Dann schloss sich der Riss in meinem Gedächtnis, und mir fiel wieder ein, was Vincent Klee gesagt hatte. In Katharinas Wunden seien Quecksilber, Amalgam und Zinn gefunden worden.

Was er nicht gesagt hatte, das wusste ich selbst. Es handelte sich dabei um Spiegelglas. Von einem historischen Spiegel.

Ich kannte diesen Spiegel, weil ich ihn in meinen Bildern von Katharina gesehen hatte – womöglich gab es ihn ja tatsächlich, und die Bilder waren Wirklichkeit.

Ich musste sauber machen. Auf leisen Sohlen tappte ich ins Bad und holte mir einige Lagen Toilettenpapier, um das Rot vom Boden zu wischen. Es war schnell getan.

Danach würde ich duschen. Vielleicht würde mir ein wenig kaltes Wasser helfen, wach zu werden und wieder klar zu denken.

Ich wurde mir bewusst, dass es nicht Luises Dusche war, in der ich stand, sondern dass sie zum Zimmer eines mir völlig Fremden gehörte. Nun ja, nur ein wenig fremd, er hatte mich geküsst, und ich hatte ihn immerhin wiedererweckt.

Vincent Klee musste mich trotzdem nicht unbedingt unter seiner Dusche entdecken, ich sollte mich also etwas beeilen. Ich lieh mir sein Duschgel. Auf dem Schnitt in meiner Hand brannte es wie Feuer, und er begann wieder zu bluten. Wenn ich nicht wollte, dass ich überall Flecken hinterließ, würde ich mir etwas um die Hand wickeln müssen. Zuerst sollte ein Waschlappen genügen. Später konnte ich Luise um ein Pflaster bitten. Diese alte Legierung auf dem Spiegelglas klang nicht gerade harmlos und ungiftig.

Alles war ruhig, als ich aus der Dusche stieg, aber es blieb nicht ruhig, denn gleich darauf wurde die Tür zum Bad geöffnet. Jemand schaltete zuerst das Licht aus, aber kurz darauf ging es wieder an. Ich fischte nach einem Handtuch, doch meine Hand griff vorbei, weil ich mit der anderen Hand versuchte, meine Blöße zu bedecken.

Ich wollte etwas sagen, brachte aber keinen Ton heraus. Er sah mich nur an, und ich ließ die Hände sinken. Dann kam er auf mich zu, bis er mir so nahe war, dass er mich fast berührte. Wünschte ich mir, er würde es tun? Aber diesen Gedanken brachte ich nicht zu Ende, weil er jetzt meine verletzte Hand nahm und sie umdrehte. Ich sah zu Boden, wo sich mein Blut mit dem Wasser vermischt hatte.

»Du musstest es unbedingt wissen, oder?« Er sah mir in die Augen. Ich konnte mich seinem Blick nicht entziehen, mit dem er mich genauso festhielt, wie seine Hand das tat.

Ja, ich musste es wissen. Aber was wusste ich damit schon? Ich konnte nichts Sinnvolles erwidern. Er ließ meine schmerzende Hand los, dann strich er mit einem Finger über meinen Arm. In meiner Halsbeuge angekommen, griff er mit einer Hand in meinen Nacken und zog mein Gesicht zu sich. In meinem Magen begann etwas wild zu flattern. Was auch immer er tun würde, ich würde es geschehen lassen. Ich hatte einen intensiven Kuss erwartet, aber sein Mund streifte nur meine Wange. Nahe an meinem Ohr flüsterte er:

»Meine Lebensretterin. Hat es dir leidgetan? Beinahe zu spät dafür, denkst du nicht auch?«

Ich zuckte zurück. Er hatte meine geheimsten, angstvollsten Gedanken ausgesprochen.

Er klagte mich an. Ich konnte es ihm nicht verdenken. Man beschützt, wen man liebt, doch das brauchte ich nicht mehr, mein Vater war tot. Und mich selbst? Wenn ich es doch nur wüsste …

16

Es hatte mich wie ein Schlag getroffen. Obwohl ich es zuvor Luise gegenüber noch angedeutet hatte und bislang nur sie und ich von meinen Ausfällen wussten, kam ich für Vincent Klee als Täterin tatsächlich und allen Ernstes in Frage. Und ein Polizist hatte dafür in der Regel einen Grund.

Und ich? Verdächtigte meinen Vater, Katharina getötet zu haben. Ich hatte auch einen Grund. Was sollte ich anderes vermuten, nachdem ich diesen Koffer gefunden hatte. Ja, ich hatte mich davor gefürchtet, was Vincent Klee entdecken würde.

Spiegelscherben in einen Leinenstoff eingewickelt. Und in meinen Bildern *gab* es diesen Spiegel. Das konnte doch kein Zufall sein, aber es musste ein Warum geben.

Ich nahm ein Holzstück aus der Tasche meiner Jeans, das sich zuvor in Vincent Klees Beutel befunden hatte, verschnörkelt und vergoldet. Es war ein Stück eines antiken Rahmens, und ich hatte es eingesteckt. Ein Beweismittel. Sicher befand sich noch mehr davon auf dem Grund des Sees. Nur wusste ich noch nicht, was es mir sagen sollte.

Vincent Klee hatte meine Verwirrung gespürt. Da hatte ich vor ihm gestanden, nackt, mit blutender Hand. Ich hatte in seine Augen gesehen und genau gewusst, was er wollte, oder ich hatte es zumindest geglaubt. Für einen kleinen Augenblick hatten wir beide das Gleiche gewollt.

Lebensretterin. »Verdammt richtig, Herr Kriminalhauptkommissar.«

Ich wusste, dass ich gedacht hatte, er könnte mir einen Namen nennen, aber ich wollte doch nicht meinen eigenen Namen hören.

Erhobenen Hauptes war ich aus dem Badezimmer marschiert und in meine Jeans gestiegen. Ich hatte zum Anziehen länger gebraucht, aber er hatte mir kein Handtuch angeboten, und ich wollte um keines bitten. Um meine Hand würde ich mich zu Hause kümmern.

»Isabel … wovor fürchtest du dich so?«, hatte er gefragt, und es hatte beinahe zärtlich geklungen. Und das, obwohl er glaubte, ich hätte versucht, ihn zu töten? Vincent Klee hatte seine Hand auf meine Schulter gelegt. Sanft, nicht zudrückend.

»Vor der Wahrheit«, hatte ich ihm geantwortet. Genau davor hatte ich am meisten Angst.

In der kleinen Notfallverpflegung im Wagen fand ich eingeschweißt Alkoholpads, eine Mullauflage und Heftpflaster. Der Schnitt war tiefer, als es zuerst den Anschein gehabt hatte. Ich hoffte, ich müsste deswegen nicht zum Arzt.

Ich tat Alkohol auf die Wunde und gab einen Zischlaut von mir, es brannte fürchterlich. Die kleine Auflage befestigte ich mit den Pflastern. Dann hatte ich einige lange Augenblicke nur dagesessen und in die Nacht geschaut, bevor ich den Motor anließ.

Ich war durch die stille Dunkelheit gefahren, die Uhr am Armaturenbrett zeigte kurz vor zwei.

Es war noch sehr früh, doch auch viel zu spät, um jetzt allein zu sein.

Ich beschloss, nach Katharina zu schauen. Wo die Furcht mir die Kehle zuschnürte, vermochte ein Ausflug zum Friedhof meine Lage und meine Gefühle nicht mehr sonderlich zu verschlimmern.

Ich ließ den Mini am Haus zurück und ging über die Wiese auf den Wald zu. Die Kleidung klebte an mir, und mein Haar war feucht. Wenigstens roch ich gut. Aber das brauchte mich nicht zu kümmern, denn zu dieser frühen Morgenstunde würde ich niemandem begegnen. Dachte ich.

Als ich durch das Tor und über den Friedhof lief, sah ich, dass im Innern der Kirche Licht brannte.

Kerzen, glaubte ich, obwohl sie doch zu gefährlich waren.

Doch als ich näher kam, hörte ich jemanden weinen.

Nein, bitte nicht! Ich hielt mir die Ohren zu. Gleich würde ich auch die Glocken hören. Ich gönnte mir einen Moment des Innehaltens, atmete tief durch und nahm meine Hände wieder runter. Es würde nichts besser machen, und eingebildetes Glockengeläut folgte ohnehin keinen rationalen Regeln.

Aber das Schluchzen begleiteten keine Bilder, die mich in eine andere Welt versetzten. Es erklangen auch keine Glocken, was mir sagte, dass da wirklich jemand weinte.

Wie mutig bist du?, fragte ich mich und öffnete langsam die Tür.

Es waren keine Kerzen, nur die trübe Kirchenbeleuchtung und das Licht einer Taschenlampe.

Da saß jemand an Katharinas Sarg. Die Gestalt hatte das Türgeräusch nicht gehört, dafür wirkte mein riesenhafter Schatten bedrohlich. Die Person wandte den Kopf in meine Richtung. Blankes Entsetzen zeichnete die Züge meines Gegenübers. Als Nächstes ertönte ein gellender Schrei, dem ein komisches Gurgeln folgte. Die Gestalt sank auf den Steinplatten zusammen, und ich hörte nur noch ein leises Wimmern. Ich trat näher.

Als ich den Jungen berührte, schrie er wieder auf. Wofür hielt er mich? Er war in jedem Fall aus Fleisch und Blut, was mich erleichtert ausatmen ließ.

»Wir haben uns grade gegenseitig erschreckt, oder?«, versuchte ich die Situation etwas zu entspannen.

Dann tat er etwas Eigenartiges. Er fiel auf die Knie, als erwarte er eine Strafe. Es musste in seiner Vorstellung eine fürchterliche Strafe sein, denn er faltete die Hände und hielt sie mir bittend entgegen.

»Ich wollte Sie nicht töten … das wollte ich nicht. Es tut mir leid, es tut mir so leid.« Verzweifelt.

Katharina töten? Er war doch höchstens sechzehn. Dann begriff ich … Er meinte mich.

»Geister können durch Türen gehen, sie müssen sie vorher nicht erst öffnen«, sagte ich. »Ich glaube auch nicht, dass Geister einen Schatten werfen. Mein Name ist Isabel Friedrich, und das ist Katharina, meine Mutter.« Wie einem verwirrten Kind versuchte ich ihm zu erklären, dass das ein hinreichender Grund war, sich in dem Maße ähnlich zu sehen.

»Komm hoch, der Boden ist eiskalt.« Ich streckte eine Hand aus und hoffte, er würde danach fassen. Es war die mit dem Schnitt. Ich ignorierte den Schmerz, denn er nahm sie.

Er sah vollkommen verheult aus, was für einen Jungen seines Alters ungewöhnlich war, darum verlor ich kein Wort darüber.

»Sie lügen«, sagte er schlicht. Der große dunkelhaarige Junge schlug die Augen nieder, und ich befürchtete schon, dass es erneut losging. Ich hatte einen wirklich harten Tag gehabt, das sagte ich ihm auch. Mir reichte es allmählich.

»Was hätte ich für ein Interesse, dich anzulügen?«

»Keine Ahnung. Sie kann jedenfalls nicht Ihre Mutter sein!«, rief er und berührte den Sarg.

»Katharina ist siebenundvierzig Jahre alt, und hättest du neunzehn davon an einem Ort verbracht, an dem es keinen Sauerstoff gibt, würde sich deine Leiche auch nicht zersetzt haben.«

Muss das sein?, fragte ich mich und beantwortete mir die Frage mit Ja. Ich war grausam, aber ich glaubte, dass ihm nur das half, um es zu verstehen. Wer war er überhaupt?

»Mit wem unterhalte ich mich hier eigentlich?«

»Unterhalten nennen Sie das?« Jetzt stieß er ein kehliges Lachen aus. »Ich heiße Christoffer Lehnert. Freut mich irgendwie, Sie kennenzulernen.« Er nickte mir zu und fuhr sich über die Augen.

»Du hast gesagt, du hättest sie umgebracht.«

Er nickte, dann legte er seine Hand auf den Sarg.

»Ich bin sicher eingeschlafen, und wenn ich aufwache, ist alles wieder genauso schrecklich, und sie ist immer noch tot.«

»Sie ist schon sehr lange tot. Und du kannst sie nicht getötet haben.«

»Seit der Sache war ich schon ein paarmal auf dem Friedhof und hab versucht, mich mit dem Tod auseinanderzusetzen. Aber die Gräber sind einfach nur das – Orte, an denen unter der Erde Körper allmählich vergehen. Es ist friedlich hier, aber auch verdammt still.«

Ich ließ ihn reden, obgleich ich nicht glaubte, das würde ihm großartig helfen. Nicht jetzt, vielleicht ein wenig später.

»Alle denken, es war ein Beben, ein Vulkanausbruch oder so was Ähnliches. Aber ich war es. Ich hab eine Sprengladung gezündet, Dynamit. Und die alte Sophia war kurzzeitig verschwunden. Mein Vater hat erzählt, es hätte eine Tote gegeben. Die Alte kam aber quietschfidel wieder nach Hause. Wer war es dann? Als mein Vater gesagt hat, dass die Frau in der Kirche aufgebahrt liegt, wollte ich sie sehen. Darum ist es ein Traum.«

So einfach. Wenn ich das doch auch könnte. Aber Christoffer fürchtete sich vor dem Aufwachen, so wie ich mich vor den Bildern fürchtete. Wir hatten beide Angst.

»Ich würde mich freuen, wenn du zu Katharinas Beerdigung kommen würdest, Christoffer. In zwei Tagen, am frühen Nachmittag.«

»Mal sehen«, bekam ich gesagt.

Mich hätte interessiert, wann er dahinterkäme, dass er nicht träumte, und wann ihm aufging, dass er mir von dem Sprengstoffanschlag erzählt hatte. Christoffer Lehnert. Demnach war er der Sohn des Bürgermeisters. Und *das* war auch Sprengstoff.

***

Sein Kopf dröhnte, und ihm war übel, aber gleichzeitig hatte er ihr Bild vor Augen. Absolut erotisch, und nur zwei Dinge hatten ihn daran gehindert, sie zu küssen, sie an sich zu ziehen, sie zurück ins Bett zu tragen.

Vincent saß an das Kopfende seines Bettes gelehnt. Er verdächtigte Isabel Friedrich, den Inflatorschlauch angeritzt zu haben. Und nach dem ausgiebigen Bad im See, an das er keine Erinnerung mehr besaß, wäre er ohnehin nicht in der Lage für Liebesspiele gewesen. Er fühlte sich von ihr angezogen und war sich darüber im Klaren, dass sie ihn ausgezogen haben musste.

Die Frau verheimlichte etwas, und als er sie das letzte Mal in ihrem Institut im Arm gehalten hatte, sagte sie etwas, von dem sie wahrscheinlich nicht einmal mehr wusste, dass sie es überhaupt ausgesprochen hatte. – Sie hatte um Verzeihung gebeten.

Vincent wusste genau, wie sich Verzweiflung äußerte. Und Luises Sorge um die Freundin war ihm auch nicht entgangen. Außerdem hatte Isabel vorgegeben, Konstantin Höllrath nicht zu kennen. Höllrath war sich nicht sicher, ob sie es vorgab oder ob es tatsächlich so war. Eigentlich sollte er dem Arzt vertrauen, nur diesmal hing mehr davon ab. Er hatte sich möglicherweise verliebt.

Er sollte besser noch ein wenig schlafen, diese Gedanken waren nervtötend. Als er schon wegdämmerte, hörte er Musik.

»Oh, bitte!«, stöhnte er. Was war das denn? Im Morgenmantel mit dem eingestickten Logo des Hauses ging er nachschauen.

Aenna hatte offenbar den gleichen Gedanken gehabt, das Mädchen, wieder in weiten Hosen und mit fragendem Blick, grüßte ihn.

»Hallo, Vincent, Sie sind noch nicht ausgeschlafen?« Es klang irgendwie mitfühlend. Vielleicht wirkte er ja, als hätte er es nötig.

»Mit Schlafen kann ich später weitermachen«, meinte er. »Erst finde ich heraus, was da los ist.«

»Das ist gut, Sie sind Polizist. Ich glaube, Fabian ist in Schwierigkeiten«, sagte sie.

»Das glaube ich auch«, pflichtete ihr Vincent bei. Sein Beruf hatte sich also herumgesprochen.

Luise Sonnenschein und Fabian waren in Luises Büro; die Tür stand offen, darum war die Musik auch so gut zu hören.

Luise gestikulierte in Fabians Richtung. Wie eine böse Zauberin aus dem Märchen wirkte sie, und Vincent schien es, als würde aus ihren Ohren jeden Moment Dampf kommen. Dazu bauschte sich das lange Kleid in Orangerot.

Vincent erkannte die Musik, weil es ein Oldie aus den sechziger Jahren war und er Oldies mochte. Crispian St. Peters »The Pied Piper«, der Rattenfänger. Doch Luise hatte den Song sicher aus einem anderen Grund ausgesucht. Sie sah nicht aus, als würde sie ihn spielen, weil er ihr gefiel.

Vincent drehte am Lautstärkeregler. Plötzlich war es beinahe still. Luise stoppte mit ihrer Litanei und hörte auf mit dem Herumgelaufe.

»Jetzt haben wir den Kommissar geweckt. Vielleicht kommt er aber auch schon, um dich mitzunehmen.«

Im Morgenmantel und mit einem Kopf, der momentan auch einem Elefanten gehören könnte, käme Vincent schwerlich auf einen solchen Gedanken. Er sagte nichts, sondern wartete. Fabians Gesicht verzog sich, und seine Lippen zitterten verdächtig.

»Womit traktieren Sie ihn so früh am Morgen?«, fragte er Luise schließlich.

»Er will nicht sagen, was er in Ihrem Zimmer getrieben hat«, sagte sie. Da war irgendwo irgendwann ein Zettel an seiner Tür gewesen, ja. Eine Warnung. Luise war also die Verfasserin.

Ihr Kopf ruckte zu Fabian herum. »Also?«

»Ich war nur neugierig. *Angestellt* hab ich nichts«, sagte der Junge.

Luise schien es nicht gehört zu haben, diese besondere Betonung, aber Vincent schon. Fabian sah schuldig aus, worauf sich die Neugier auch immer bezog.

Vincent würde sich später darum kümmern. »Ich gehe jetzt zurück ins Bett, und machen Sie das da ja nicht wieder an!« Er deutete unmissverständlich auf die Lautsprecher.

Fabian warf seiner Tante einen triumphierenden Blick zu. »Schau doch in deine Karten«, rief er und rannte an ihm vorbei.

»Fabian ist sauer wegen der Sache mit Caramello. Aber Sauersein ist nicht strafbar«, erklärte Vincent.

»Nein, aber etwas anderes vielleicht«, erklärte sie. »Überprüfen Sie alles, was er in die Finger bekommen haben könnte. Er hat etwas angestellt.«

»Ich rede mit ihm«, sagte Vincent. Möglich, dass sie mit ihrer Vermutung recht hatte. Aber Fabians Tat dürfte harmloser ausgefallen sein als ein Mordanschlag.

»Wo ist Isabel? Sie wollte Sie nicht allein lassen.« Luise sah ihn fragend an.

»Sie hat mich auch nicht allein gelassen«, sagte er. »Nicht freiwillig.«

»Verdächtigen Sie Isabel wegen des Atemschlauchs? Sie hat Angst davor, dass sie es wirklich getan haben könnte. Aber dann war es nicht wissentlich und willentlich. Sie hatte vor einiger Zeit einen schweren Autounfall. Dabei muss etwas in ihrem Kopf durcheinandergeraten sein.« Offenbar wurde ihr bewusst, was sie da gerade erzählte und wem sie es erzählte. »Damit will ich nur sagen, Isabel hat Erinnerungslücken. Im Moment benimmt sie sich etwas eigenartig. Aber das ist vielleicht völlig normal nach so einem Unfall?«

Luise Sonnenschein bat förmlich, er möge es bestätigen, natürlich, völlig normal. Doch völlig normal fand er das nicht, aber Vincent war kein Arzt, der das beurteilen konnte.

Was er selbst gesehen hatte, konnte er jedoch beurteilen. Isabel Friedrich hatte sich in einer völlig anderen Sphäre befunden, als er sie in ihrem Bestattungsinstitut angetroffen hatte. Als hätte sie geschlafen und geträumt – schlecht geträumt, nach ihrem Gesicht und der Furcht zu urteilen. Er würde mit Höllrath über diesen Unfall reden. Zuerst aber fragte er Luise, wann er passiert war.

Vincent ging nicht mehr ins Bett, stattdessen zog er sich an und unternahm einen Spaziergang. Ihm hatte Schalkenmehren schon bei der ersten Inaugenscheinnahme gefallen, obwohl er da kaum Zeit gehabt und nur Sophia Schäfer mit ihrem Brutus nach Hause gebracht hatte.

Die Sternwarte oberhalb des Ortes würde ihn interessieren. Das Observatorium verfügte über sechs Kuppeln mit unterschiedlichen Teleskopen; den Nachthimmel zu bestaunen, das wäre was, sagte er sich. Er hatte Urlaub, auch wenn diese Tatsache in seinem Gehirn bislang noch nicht angekommen war. Urlaub hatte er erst, wenn einige Dinge aufgeklärt waren, nicht zuletzt die Frage, wer ihn, Vincent Klee, loswerden wollte.

Er steuerte den Kiosk am Schalkenmehrener Maar an, um das Heimatblatt zu kaufen, den »Schalkenmehrener«. Ein Klebestreifen »Vergriffen« prangte über der letzten Ausgabe. Vincent hatte offenbar das vorletzte Blatt erwischt. Um neun Uhr morgens. Beachtlich.

Er setzte sich auf eine Holzbank mit Blick aufs Wasser. Vincent konnte sich nicht vorstellen, dass ein friedlicher See Geräusche von sich geben konnte. Doch er schaute hier auf einen Vulkankrater, es war nicht nur ein See.

Im Blättchen stand etwas über Katharina Friedrich. Hier im Ort mussten alle die Frau gekannt haben. Neunzehn Jahre

Abwesenheit waren eine lange Zeit, aber für die meisten nur ein Fingerschnippen, denn es war einfach so, dass man sich in der Eifel an alles erinnern konnte.

»Die verschwundene Schöne«, lautete die Überschrift.

Wie Katharina Friedrich genau gestorben war, stand da nicht zu lesen. Der Täter würde es wissen, und diese Person hatte bislang noch kein Gesicht.

Das Blättchen brachte auch eine Todesanzeige; zurückhaltend formuliert, ohne Details. Katharina Friedrich lag aufgebahrt in der Weinfelder Kirche. Mutige Isabel, dachte Vincent.

Niemand kennt den Grund, weshalb Katharina Friedrich ihre Familie seinerzeit verließ, und niemand kennt den Grund, warum sie zurückkam. Ein wenig geheimnisvoll war sie, die Frau des Bestatters, und selbst ihre beste Freundin zog sie offenbar nicht ins Vertrauen. Was hat ihren Tod verursacht? Noch hängt dicker Nebel über dem Maar. Auch ist nicht geklärt, was genau am Maarsee geschah, als die Erde zitterte. Wie es heißt, sind die Ermittlungen aber in vollem Gang.

Solches Geschreibe ärgerte Vincent, aber darüber hatte er sich noch jedes Mal geärgert. Die Presse konnte sich als nützlich erweisen, wie im Fall des Chefredakteurs der Aachener Zeitung, doch zumeist ging es den Medien nur darum, die schaurigsten Bilder zu haben und satte Berichte, die darauf abzielten, jemanden bloßzustellen, gern die Polizei. Der Artikel gab nichts her. Dicke Nebel über dem Maar, ganz wunderbar.

Im Augenblick war Vincent zwar nur ein Feriengast, aber früher oder später würde er den Leuten Fragen stellen, und einige dieser Leute wussten längst, wer er war. Sie hatten ihn mit seiner Einheit am Totenmaar gesehen. Neugierde macht alles andere als blind.

Dann würde er eben auch neugierig sein. Vincent würde es angehen wie ein Journalist – recherchieren. Nur dass ihm das leichter fallen würde, weil er ohne großes Federlesen an jede Information kam, die er brauchte oder haben wollte.

Auf dem Rückweg klingelte er bei Sophia Schäfer. Er rechnete nicht damit, von ihr etwas zu erfahren, aber er wollte wissen, ob bei ihr alles in Ordnung war.

»Oh, ganz prima«, sagte sie, nur um dann zu bemerken: »Aktuell bekam Brutus die Todesdrohung und nicht ich.«

»Bitte was?« Wenn es im Vorfeld eine Todesdrohung gegen Sophia Schäfer gegeben hatte, dann müssten jetzt andere Ermittlungen geführt werden. Denn die beiden Fälle – Katharina Friedrich und die Detonation – konnten nichts miteinander zu tun haben.

»Habe ich Sie erschreckt? Verzeihung. Ich kenne denjenigen, der droht, Brutus plattzumachen, aber ihn plagt etwas anderes, möchte ich wetten. Das war nur so dahingeschrien. Der Sohn des Bürgermeisters, er wohnt ein Haus weiter. Das schlechte Gewissen steht ihm ins Gesicht geschrieben. Ich halte Sie auf dem Laufenden, wie es sich weiterentwickelt.«

»Was glauben Sie denn, hat er getan?«, erkundigte sich Vincent vorsichtig. Die ältere Dame war ziemlich cool, obwohl der Ausdruck eigentlich nicht zu ihrem Alter passte. Nichtsdestotrotz war sie es.

»Als wüssten Sie es nicht«, antwortete Sophia Schäfer. »Irgendwoher muss er das Zeug gehabt haben, aber er hatte sicher nicht vor, jemandem Schaden zuzufügen. Ich habe schon oft gesehen, wie er in der Garage Sachen zusammenbaut, etwas ausprobiert hat. Er ist ein cleverer Kerl.«

»Der auch das Totenmaar zum Schäumen bringen kann?«, fragte Vincent.

»Er wird es mir sagen«, erklärte sie.

17

Inzwischen war ein ganzer Tag vergangen, seit mir Christoffer Lehnert in der Kirche seine Reue gebeichtet hatte, und der Abend zupfte bereits wieder am Horizont.

Ich hatte eines der Bilder von Katharina, das ich im Koffer gefunden hatte, gerahmt und es zu meinem Lieblingsbild auf das Vertiko gestellt.

Noch einen Tag, und Erde würde sie bedecken. Für immer. Einesteils empfand ich Erleichterung. Sie würde ihre Wunden mit ins Grab nehmen. Doch Vincent Klee würde sich davon nicht abhalten lassen weiterzustochern. Er hatte den Mord an Katharina Friedrich zu seinem persönlichen Fall erkoren. So kam es mir jedenfalls vor, und ich fragte mich, ob es einen Unterschied gemacht hätte, wenn einer der anderen Taucher sie gefunden hätte. Vielleicht, wahrscheinlich.

Man konnte einen Toten nicht anklagen, aber seinen Ruf konnte man zunichtemachen und den seiner Nachkommen. Ich war hier zu Hause, ich lebte und arbeitete in Schalkenmehren, und ich mochte den Ort, die Menschen und seine Toten.

Als Kind wusste man nicht so genau, was es hieß, wenn jemand geschätzt wurde, und als Erwachsene hatte ich meine Mutter ja nicht mehr gekannt. Katharina war geschätzt worden, wie man mir versicherte.

Trotzdem hatte ich Angst, was Vincent Klee über sie herausfinden würde. Obwohl ich mir zuletzt gewünscht hatte, das Totenmaar möge seine Geheimnisse verschließen, wollte ich nicht glauben, dass ich mit einem Messer etwas unternommen haben könnte, um diesen Wunsch in die Tat umzusetzen.

Johnny drehte sich einmal im Kreis und legte sich dann auf den Parkettboden. Er war lieber draußen im Garten. Ich auch, nur hatten mich das Bad im See und die Rettung des undankbaren Polizisten einige meiner Abwehrkräfte gekostet, und ich blieb lieber im Haus, zumal der Abend kühl war.

Luise hatte sich angemeldet, um mit mir den neuen Champagner zu verkosten. In ihrer Stimme klang ein Lachen mit, doch davon ließ ich mich nicht einlullen. Das meinte sie nicht so. Ich kam bereits in den Genuss des Rosé-Champangers.

Ich hatte noch ein wenig Zeit, Luise wollte zuerst noch »ein paar investigative Blicke durchs Glas« werfen. Sie beobachtete Vincent Klee. Ich hatte den Verdacht, sie beobachtete auch Fabian.

Johnny grunzte. Ich hatte doch gar nichts gesagt.

Ich zog die Beine an und machte es mir auf meiner Couch gemütlich. Das alte Leder roch herb. Johnny hatte es eine ganze Weile interessant gefunden, bis ich ihn verscheucht hatte. Ein Hund hatte nicht auf einem anderen Tier zu liegen, auch wenn es nur dessen Haut war.

Ich warf einen Blick in das Codebuch meines Vaters. Ich tat in der letzten Zeit so einiges, was ich zuvor nicht für möglich gehalten hätte. Was glaubte ich, hatte mein Vater niedergeschrieben: etwa, wie er meine Mutter davon abhielt zu gehen? Sicher nicht. Und doch stöberte ich in den einzelnen Einträgen. In gewisser Weise hatte er mit seinen Anmerkungen die Toten ein wenig am Leben erhalten. Also, wer sagte mir, dass er das für Katharina nicht auch getan hatte?

Einige Male musste ich schlucken, denn manche der immer mit Datum versehenen Notizen waren sehr persönlich. Über einen Einsiedler, der lange in der alten Mühle, einem heruntergekommenen Fachwerk-Mühlhaus östlich von Schalkenmehren, gelebt hatte, hieß es: »Einsam kannst du nicht gewesen sein, die Bissspuren an deinem Hintern sind ziemlich frisch.« Eine Person nannte er »Schneeweißchen«, unter einem anderen Frauennamen stand: »Warum konntest du es ihm nicht sagen?« Daneben gab es einen Verweis auf ein Neugeborenes. Offenbar hatte die Frau heimlich ein Kind geboren und es ihrem Ehemann verschwiegen. Sie war verblutet. Und ich fragte mich, wie groß ihre Verzweiflung gewesen sein musste oder die empfundene Scham.

Dann gab es noch einen Eintrag zu einem jungen Mann, den seine Mutter immer bedrängt hatte, er müsse endlich heiraten, die Familientradition fortführen, die Blutlinie. Er war auf die kuriose Idee gekommen, sich für tot erklären zu lassen. Dann hätte er endlich seine Ruhe. Einen Bestatter danach zu fragen war wohl nicht des Rätsels Lösung.

So viele Geheimnisse, musste ich denken. Winzige Teile eines Lebens, zusammengenommen konnte man ein Buch damit füllen. Doch ich fand nichts zu Katharina.

Auf dem Couchtisch lag das antike Stück Rahmen.

Ich nahm es und schloss meine Hand darum. Vincent Klee würde den Verlust sicher bemerken. Na und, dachte ich, soll er doch.

Ich warf einen Blick auf die Uhr. Allmählich müsste meine Freundin samt Champagner auftauchen, investigative Blicke durchs Glas hin oder her.

Wenn das jetzt zu Luises neuem Spleen wurde, dann musste ich gestehen, wären mir ihre Karten und die speziellen Deutungen doch lieber. Da konnte ich mich wenigstens damit beruhigen, dass die möglichen zukünftigen Dinge, die sie sah, ja nicht einzutreffen brauchten.

Beobachtet hatte ich nur ein einziges Mal jemanden, und das richtig, denn ich hatte mich auf die Lauer gelegt. Ich wollte wissen, was man tun musste, um einem Jungen zu gefallen. Und in meiner Klasse gab es ein Mädchen, von der alle annahmen, dass sie diejenige war, die es in jedem Fall wissen müsste. Weil sie mit dem tollsten Jungen der Schule ging. Also hatte ich Romy ins Visier genommen, mit einem Opernglas, weil ich nichts anderes zur Verfügung gehabt hatte. Ich verriet niemandem meinen Plan, ihr nach der Schule nachzuschleichen, und war am Ende froh, es nicht ausposaunt zu haben. Die hübsche Romy hatte sich mit ihrem Freund getroffen, ihm weinend ihre Schwangerschaft gestanden, und er – gab ihr den Laufpass und drohte ihr, ihn ja nicht zu verraten. So viel zu meiner Beobachtung. Man sah und belauschte unter Umständen Dinge, die einem anderen Schmerz bereiteten. Ich hatte Romy nicht sonderlich gemocht, aber von da an hatte sie mir leidgetan.

Einen kurzen Augenblick sah ich Romys Gesicht und die Tränen von damals. Dann löste es sich in meiner Erinnerung auf, und etwas anderes nahm seinen Platz ein. Die Fotos auf dem Vertiko begannen sich plötzlich ineinanderzuschieben, und die Zeiger der Uhr bewegten sich rückwärts. Johnny rappelte sich auf und schlich zu mir herüber. Er spürte die Veränderung, und sein Fell sträubte sich.

Da war er, der Spiegel, dessen Rahmenfragment ich gerade noch in den Händen gehalten hatte. In seiner vollen Pracht. Und Katharina lachte mir daraus entgegen. Ich wollte mich umdrehen.

»Geh nicht weg!«, flüsterte ich heiser, aber mein Körper gehorchte meinen Befehlen nicht. Katharina und ich waren nicht allein. Da war noch eine andere Person, und ich konnte meine Mutter zusammenzucken sehen. Als Nächstes sah ich wieder das Blut über ihre Brust fließen, ein roter Sturzbach, und sie griff sich an den Hals. Ich konnte nur hilflos dabeistehen, eine Beobachterin. Ich schaute in ihr Gesicht. Ihr Blick war liebevoll, als hätte sie mich noch im letzten Atemzug umarmt.

Als ihre Augen glasig wurden, löste sich auch dieses Bild auf.

Ich lag zusammengekrümmt und zitternd auf der Couch. Wer auch immer das war, der sich in meinem Gehirn zu schaffen machte, er löste Stück für Stück heraus.

Und wieder wanderte mein Blick zum Vertiko hinüber. Der Sekundenzeiger der Uhr bewegte sich ganz normal. Johnny stand abwartend da, den Schweif aufgerichtet. Als er sah, dass ich mich nicht mehr komisch benahm, ließ er ihn langsam wieder sinken.

Ich stand auf und streckte mich. Luise würde gleich kommen, dann sollte ich wenn möglich aufgeräumt aussehen und nicht schweißgebadet.

Meine Mutter hat mich geliebt, musste ich denken. Ihr war ich nicht gleichgültig gewesen. Ich wollte glauben, einen Teil der Wahrheit gesehen zu haben, und wollte es doch nicht, denn das hätte bedeutet, dass ich sah, wie sie starb.

Wer war diese andere Person? Für mich war es nur ein Schatten gewesen. In Katharinas Gesicht hatte Entsetzen gestanden.

Wenn ich jetzt weiterdenken würde … Aber das tat ich nicht, ich konnte es nicht.

Da war etwas, das mir schon beim letzten Mal aufgefallen war, aber ich bekam es einfach nicht zu fassen.

Ich nahm ihr Foto auf und erinnerte mich wieder an ihr Lachen. Diese schaurigen Bilder hatten dafür gesorgt, dass ich sie noch einmal lachen hörte.

Ich stellte das Foto zurück, und da sah ich es. Vielleicht zum ersten Mal überhaupt. Ich blickte von einem Foto zum nächsten. Es war ganz deutlich. Warum war es mir vorher nicht aufgefallen?

Es klingelte ziemlich stürmisch, und ich riss mich von Katharinas Gesicht los.

»Ich komme dahinter, und wenn ich dazu in den Spiegel schauen muss«, sagte ich laut.

***

Luise hatte sofort bemerkt, dass etwas nicht stimmte. Isabels Gesicht war tönern, als würde es jeden Moment zerspringen wollen, und nur pure Willenskraft hielt es zusammen.

»Glaub nicht, dass ich zulasse, dass du dich verrückt machst. Glaub nicht, dass ich dich hängen lasse – nur Leichenschauen mag ich nicht. Aber sonst … ich bin da, hörst du?« Sie streckte den Arm mit der Champagnerflasche aus. »Aus dem Hause Sonnenschein«, pries sie ihre Ware an. »Los, sag schon, was ist passiert?«

»Komm mit, sieh es dir an und sag mir, was du denkst. Danach muss ich etwas überprüfen.« Isabel hatte gezögert, als hätte sie gerade eben erst entschieden, sie einzuweihen. Oder sie befürchtete, sie würde ihr vielleicht nicht glauben.

»Wir«, konkretisierte Luise.

»Nein, nicht wir«, sagte Isabel. »Du hast grade betont, Leichenschauen magst du nicht, aber genau darum geht es.«

»Ah«, machte Luise, und ihr Mund wurde schmal.

Isabel schloss die Tür und ging ihr voraus ins Wohnzimmer mit der Ledercouch, die Luise immer schon auffallend scheußlich gefunden hatte. Tierhaut. Dadrauf konnte man doch nicht sitzen, geschweige denn sich wohlfühlen.

Sie setzte sich auch nicht.

Johnny erhob sich von seinem Platz und begrüßte sie, lief einmal um sie herum und stupste sie dann an.

»Was würde er mir sagen wollen, wenn er es könnte? Hattest du wieder … warst du wieder weggetreten?«

»Diesmal hab ich etwas von Bedeutung gesehen.« Isabel schilderte Luise den Inhalt der Bilder.

»Und du konntest nur einen Schatten erkennen? Ich glaube, du weißt, wer dieser Schatten sein könnte, und darum verschließt sich auch jedes Mal dein Geist«, sagte Luise.

Isabel gab ihr darauf keine Antwort.

»Schau dir die Fotos an. Was fällt dir auf?«, bat sie stattdessen.

»Katharina«, sagte Luise. »Voller Lebensfreude und glücklich. Auf diesem zumindest, das andere … Ich weiß nicht, das finde ich nicht ganz so gelungen.«

»Nicht mehr?«, fragte Isabel.

»Manches Mal klappt eine Bildvergrößerung nicht, oder es wird etwas im Fotolabor wegretuschiert. Hier sieht es aus, als wäre genau das passiert.« Luise deutete auf Katharinas linke Wange.

»Du bist die Beste!« Isabel umarmte sie.

»Natürlich, aber ich würde es gern verstehen. Und mach endlich den Champagner auf, sonst wird er noch warm.«

»Ich habe Eiswürfel.«

»Was? Gib sofort die Flasche wieder her!« Luise nahm ihr den Champagner ab und brachte ihn in die Küche, wo er im Eisschrank einen Platz fand. Dort würde er schön kalt bleiben. Auf keinen Fall Eiswürfel. Nicht im Jahrgangs-Champagner.

»Isabel, ich würde mich gern hinsetzen. Dein Sessel ist urgemütlich, wenn etwas draufliegt«, sagte sie, als sie wieder im Wohnzimmer war, mit dem Ergebnis, dass ihr Isabel eine Decke brachte und sie über den Ledersessel warf.

»Das geht.« Luise zog die Stiefel aus und stellte sie beiseite. Ich habe wirklich große Füße, dachte sie.

»Erinnert mich daran, wie Babs Wasser in deine Turnschuhe gefüllt hat.« Isabel lachte.

»Spülwasser«, sagte Luise. »Es schäumte wie verrückt.«

»Das Totenmaar schäumte auch, so heißt es jedenfalls.«

»Hat dein Kommissar das gesagt? Und was noch?«, wollte Luise wissen. »Ihr habt schließlich geraume Zeit zusammen verbracht. Da könnte es doch sein, dass er etwas erzählt hat.«

»Er ist nicht mein Kommissar, und in seiner Position will er Dinge wissen, er verrät sie nicht.«

Johnny hatte seinen Kopf auf die Pfoten gebettet und verfolgte die Unterhaltung.

»Ich hole den Champagner«, erklärte Isabel.

Pure Ablenkung. »Im Eisschrank«, sagte Luise.

Sie sah ihr nach. Sie würde noch herausfinden, was in der Nacht zwischen den beiden vorgefallen war. Vincent Klee konnte ja kaum an sich halten. Nannte man das immer noch »jemand hat sich verknallt«?

Doch verknallt hin oder her, der Mann war Polizist, Isabel war komplett durch den Wind und ihre Mutter Opfer eines Mordes. Falls Vincent Klee Isabel verdächtigte, das Atemgerät manipuliert zu haben, dann könnte ihr vielleicht nicht einmal eine intakte Erinnerung helfen.

Isabel schenkte ihnen Champagner ein. Er perlte wunderbar, und er war genau richtig gekühlt.

»Es war kein Beben am Totenmaar, es war eine Explosion. Mit Dynamit«, sagte Isabel.

Luise verschluckte sich und hustete. »Du hast keine Karten, du bist nicht mal empfänglich für so etwas. Also, woher weißt du das?«

»Ein nächtlicher Zufall, aber Vincent Klee wird es herausfinden, wenn er das nicht schon hat.« Isabel grub ihre Zähne in die Unterlippe, bevor sie sie wieder freigab. Dann schilderte sie Luise, wen sie in der Kirche am Sarg angetroffen hatte.

»Der Junge leidet, er dachte, diese Explosion hätte Katharina getötet und er sei schuld. Er hat niemanden getötet. Katharina schon gar nicht, weil die Frau nicht Katharina ist.«

***

Wie Luise hatte er durch sein Fernglas geschaut. Nur war sein Blick ein völlig anderer gewesen. Er hatte sie gesehen. Wäre Isabel in der Nacht nicht am Totenmaar gewesen, der Kommissar wäre nicht zurückgekehrt. Sie grub sich ihr eigenes Grab und ahnte es nicht einmal.

Galen Blocher würde nichts unternehmen, sich selbst würde er nicht schützen, dafür war es zu spät. Aber er wollte alles, wirklich alles tun, um Isabel von der grausigen Wahrheit fernzuhalten. Womöglich hatte sie einen Teil davon ja längst herausbekommen. Manches Mal schien es, als wäre sie in Gedanken weit weg.

Die Tauchausrüstung in einer Ecke des Raumes war einer Aufforderung gleichgekommen. Es war schnell gegangen, und niemand hatte ihn gesehen.

Er fand Romans Tochter bewundernswert. Sie war in den See gesprungen und hatte den Mann rausgezogen. Galen wusste, der Polizist war lange unten gewesen. Er musste sich mit einer fast übermenschlichen Kraftanstrengung zurück an die Oberfläche gekämpft haben.

In dem Augenblick, in dem er das dachte, hatte Isabel auch schon mit der Reanimation begonnen. Sie hatte ihn zurückgeholt. Aber Vincent Klee traute ihr genauso wenig wie Isabel ihm. Dieser Mann würde nicht lockerlassen, bis er auch noch das letzte Fitzelchen des Puzzles eingesetzt hatte.

Es war Nacht geworden, in ihm, um ihn herum, und auf das Licht am Ende des Tunnels hoffte Galen schon lange nicht mehr.

18

Es wäre die letzte Gelegenheit dafür. Die einzige. Entweder ich würde Luise betrunken machen, dass sie selig schlief, oder ich ließ sie ihre Stiefel anziehen und schleppte sie mit auf den Friedhof.

»Und ich wollte dir schon vorschlagen, dass wir einen Blick in die Karten werfen«, sagte sie und deutete auf ihre Handtasche. Dann streichelte sie Johnny, seufzte ausgiebig und zog sich ihre Stiefel wieder an. »Ich komme mit, hinsehen muss ich ja nicht.«

Doch, das müsste sie, denn wenn sie sich schon dazu bereit erklärte, mitzukommen, dann wäre sie eine brauchbare Zeugin. Meine einzige Zeugin.

Soll ich die Fotos mitnehmen?, überlegte ich. Vielleicht kein schlechter Gedanke. Und noch etwas anderes, denn Schatten waren diesmal nur hinderlich.

Ich holte einen Teil der Beleuchtung, die ich schon auf dem Dachboden benutzt hatte, um mir Klarheit und vor allem mehr Helligkeit zu verschaffen.

»Willst du die komplette Kirche illuminieren?«, fragte Luise und schenkte sich noch ein Glas Champagner ein. Sie trank einen großen Schluck und musste husten. »Ich verstehe es nicht. Wer sollte die Tote denn sonst sein, wenn nicht Katharina? Das ist gruselig, weißt du.«

»Ja«, sagte ich und nahm ihr das Glas aus der Hand.

Es war viel mehr als gruselig, aber ich wollte sie nicht in diesem Gefühl bestärken. Wir würden eine Antwort finden, vielleicht sah ich auch Gespenster. Womöglich sponn ich mir nur etwas zusammen.

Johnny bemerkte die Aufbruchstimmung und lief zur Tür. Ich brauchte ihm nicht zu sagen, dass er nicht bellen durfte und leise sein musste, das hatte er längst begriffen. So zögerlich, wie Luise ihre bestiefelten Füße aufsetzte …

Ich hätte beinahe gelacht, als ich hinter Luise und dem Hund hermarschierte; beide tappten ganz vorsichtig, als könnten sie Tote aufwecken. Wir waren noch nicht einmal in der Nähe des Friedhofs. Das sagte ich den beiden auch.

»Und wenn uns jemand beobachtet?« Luise gab weiter die Leisetreterin, und dazu flüsterte sie.

»Wer sollte das sein? Du bist doch hier.« Kein Scherz, denn ich war ziemlich überzeugt, dass ich, wenn ich ihre Handtasche öffnen würde, darin ihr Fernglas finden würde.

Irgendwann hatte ich außer dem Rucksack, in dem die Fotos waren, und meinen Lampen auch Luise und Johnny ins Auto gepackt.

Wir fuhren, bis die Straße aufhörte, sich auf einer Seite der Wald öffnete und seitlich unter uns das Totenmaar im Mondlicht schimmerte. Es war ein Umweg, aber ich wollte mit den Beleuchtungsutensilien nicht so offen herumlaufen. Vielleicht waren einige Nachtschwärmer unterwegs. Es war eine schöne Nacht, die Luft angenehm kühl.

Den Rest des Weges musste ich mein unförmiges Gepäck tragen. Luise drückte ich eine Taschenlampe in die Hand, sie musste uns lotsen. Johnny hielt sich an Luise oder sie sich an Johnny. Sie hatte ihre Hand in seinem Fell vergraben. Vielleicht half ihr das, Ruhe zu bewahren. Ich hoffte es, doch der Lichtschein sprang hin und her, als würde sie versuchen, noch den allerkleinsten Schatten mit ihrem Strahl zu verfolgen.

Wir erreichten den Friedhof kurz vor Mitternacht. Woher ich das wusste? Für diese wahnsinnig wichtige Information sorgte meine Freundin.

»Glaubst du, es gibt sie, die Gestalten der Nacht? Ich meine, das kann doch nicht alles nur Erfindung sein. Es ist gleich Mitternacht.«

»Darauf willst du nicht wirklich eine Antwort«, sagte ich fest.

»Doch.« Die Wolken verdeckten gerade den Mond, als Luise vor dem Friedhofstor stehen blieb. »Ich gehe da nicht rein, wenn du nicht mit mir redest.«

»Dann werden sie dich hier draußen erwischen«, sagte ich mit düsterer Stimme. Ich öffnete das Tor und schob sie hindurch. »Die Gestalten der Nacht verdanken wir unwissenden Menschen, die Dinge und Situationen, die sie ängstigten, falsch interpretierten. Sie verstanden sie nicht, sie brauchten aber eine Antwort. Dein Glöckchen ist auch so eine Antwort. Könnte ja sein, dass du den Tod überlebst. Aber keine Sorge, ich begrabe dich nicht ohne, dann kannst du jederzeit klingeln.«

»Du nimmst mich nicht ernst!«, beklagte sich Luise. »Aber ich nehme dich ernst, und darum stehen wir jetzt hier, damit du die mögliche Doppelgängerin deiner Mutter untersuchen kannst. Und du meinst wirklich, ich bin diejenige, die auf der Suche nach einer Antwort ist? Isabel, sie wird morgen im Familiengrab beigesetzt.«

Bäng. Das hatte gesessen. Ich blieb stehen. Sie hatte recht.

»Und wo ist Katharina, wenn die Frau im Sarg da drin nicht sie ist?« Luise stieß mich mit der Nase auf die Unstimmigkeit. Aber ich musste es wissen. Nach morgen war alles zu spät.

»Kommst du jetzt mit?«, fragte ich. »Ich will nicht, dass es noch mal passiert.«

»Was noch mal passiert?« Sie drehte sich um und leuchtete mir ins Gesicht. Ich schloss für einen Moment geblendet die Augen.

»Wir hätten damals auch herausfinden können, was Hugo Renz zugestoßen ist, aber das haben wir nicht konsequent bis zum Ende verfolgt. Warum nicht? Immer wieder taucht es auf, taucht er auf. Womöglich möchte ich eine Antwort, aber darauf«, ich deutete auf die Kirche, »brauche ich ganz dringend eine.« Und damit klapperte ich weiter den Weg zwischen den Gräbern entlang und schob die Holztür der Kirche auf.

Meine Knie fühlten sich ein bisschen gummiartig an, als ich mich dem Sarg näherte.

»Willst du das alles aufbauen? Gibt es hier überhaupt Steckdosen? Es wird aussehen, als würden wir Disco machen.«

Sie hielt es nicht für möglich. Obwohl Luise gesehen hatte, was auch ich gesehen hatte, konnte sie es nicht glauben.

»Die Gefahr kommt aus der Tiefe«, zitierte ich sie. »Das waren deine Worte, deine Deutung der Ereignisse.«

»Es ergibt aber keinen Sinn«, bekannte Luise niedergeschlagen. »Dort unten im Maar müsste etwas Bedrohliches sein, nur was?«

Das würde sich noch herausstellen, musste ich denken und wollte nicht darüber nachdenken. Vincent Klee hatte jedenfalls einen Grund gehabt, noch einmal zu tauchen.

Ich nahm den Rucksack ab, dann stellte ich die Lampen auf. Johnny war unsere Aktion nicht ganz geheuer, er blieb in Türnähe und hielt Wache.

»Wenn ich dir ein Zeichen gebe, dann verrück die Lampen. Ich kann keine Schatten gebrauchen«, wies ich Luise an.

Ich musste all meinen Mut zusammennehmen. Besser, ich hätte auch noch ein Glas Champagner getrunken. Die beiden Fotos in der Hand konzentrierte ich mich nur auf das Gesicht. Die Haut sah nicht länger frisch aus. Meine Befürchtung, dass sie sich zersetzen könnte, bestätigte sich nicht, doch ich wollte nicht wissen, wie es unter dem Stoff aussah.

»Sie hat sich grade nicht bewegt, oder?«, hauchte Luise.

»Nein.« Wie sollte Luise etwas sehen, wo sie kaum hinsah.

»Du hast doch gesagt, an den Toten würden sich Insekten und Käfer schadlos halten. Und ich dachte nur, ich hätte …«

»Luise, bitte nicht denken.« Nicht an denen, die aufgebahrt wurden, aber andererseits, wer hatte schon jemals eine Leiche wieder entkleidet? Sie konnte einen verrückt machen.

»Ah ja. Da passiert dann etwas anderes.«

»Nichts passiert.« Aber mein Magen hatte etwas gegen diese anschaulichen Gespräche.

»Schaust du dir auch Katharinas Hals noch mal an?«

»Ich versichere dir, sie wurde nicht gebissen, kein Blutsauger hat sich an ihr gelabt.« Was Luise wohl als Letztes gelesen hatte?

»Isabel, was bist du denn so eklig? Ich wollte bloß wissen, ob sie auch am Hals Schnittwunden hat. Denn das müsste sie doch. Du hast mir davon erzählt, von den Bildern, von dem, was du gesehen hast. Du hast gesagt, ihr Blut sei aus einer Wunde am Hals geflossen. Hat sie eine?«

Richtig, das hatte ich gesehen. »Entschuldige«, sagte ich. »Sie hat keine.«

»Ist das Licht gut?«, fragte Luise.

»Ziemlich perfekt.« Ich sollte endlich meine Fotos mit der Wirklichkeit vergleichen. Auf Katharinas linker Wange befand sich ein kleines herzförmiges Mal. Die linke Wange der Frau im Sarg war absolut makellos, wenn man ein Muttermal für einen Makel halten wollte.

»Kann es im Wasser verblasst sein?« Ich war kritisch. »Luise, ich brauche bitte deinen unverstellten Blick.«

Sie sagte nichts, dann stand sie plötzlich hinter mir. Ich hätte mit etwas mehr Gegenwehr gerechnet.

»Unverstellt«, wiederholte ich. Da konnte sie nicht hinter mir stehen bleiben. Ich erklärte ihr, was ich unbedingt wissen musste. Sie nickte, ohne Luft zu holen, pflückte das Tuch von ihrem Hals und band es sich in Sturmgeschwindigkeit um Nase und Mund.

Ich dachte, sie würde ebenso schnell ihren Kopf in den Sarg stecken und dann wieder eilends herausziehen, aber da irrte ich mich. Sie nahm sich Zeit, streckte sogar zögerlich einen Finger aus und tippte kurz auf die Wangenpartie, ob sich da nicht irgendetwas verbarg. Hochrot im Gesicht wandte sie sich schließlich um. Ich ging ihr voraus und setzte mich in eine der Kirchenbänke. Hier konnte sie die Verbrechervermummung wieder abnehmen.

Sie japste und strahlte mich an. »Ich war richtig gut, oder? Ja!«, bestätigte sie sich ihren Todesmut.

»Absolut!« Ich konnte es immer noch nicht glauben.

Sie schüttelte den Kopf. »Da ist nichts, kein Mal, keine dunklere Stelle. Und jetzt?«

»Die Augen«, flüsterte ich. »Ich möchte ihre Augen sehen.«

Ich wusste nicht, was ich damit anfangen wollte. Vielleicht nichts. Ich musste einfach einen letzten Blick in diese Augen werfen. Vielleicht war es viel eher ein erster Blick. Ich stand auf.

Johnny tippelte auf und ab, er wurde unruhig, ihm dauerte es schon zu lange. Oder er musste mal.

»Luise, würdest du kurz mit Johnny rausgehen?«

Sie nickte. Wieder kein Gegenwort. »Na los, mein Hübscher, gehen wir frische Luft schnappen. Das haben wir uns verdient. Wir waren unerschrocken.«

»Ist möglich, dass ein paar Fledermäuse herumfliegen«, sagte ich und meinte es nur gut.

»Mach uns ruhig Angst«, kam es ziemlich unängstlich zurück.

»Fledermäuse – kleine Biester, die auf der Jagd sind«, schickte ich hinterher und wurde schon nicht mehr gehört.

Wenn Champagner etwas wie Mut bewirken konnte, sollten wir ihn öfter trinken, fand ich.

Und da stand ich nun. Allein und im Rampenlicht, allmählich wurde es richtig heiß. Das war für eine Tote nicht gut, ich musste mich beeilen. Meine Mutter hatte dunkle, ozeanblaue Augen gehabt, meinen ganz ähnlich.

Ich ließ eine Hand über das Gesicht gleiten, diesmal um die Lider zu öffnen. Im ersten Augenblick schrak ich zurück. Einem Leichnam die Augen zu öffnen war etwas, das ich nie zuvor getan hatte. Ich würde es ganz sicher kein zweites Mal tun, der grausige Anblick würde mich bis in meine Träume verfolgen. Welche Farbe diese Augen einmal gehabt hatten, jetzt waren sie an den Rändern farblos, eine weiße gallertartige Masse, die Iris nur ein dunklerer Schatten. Ich schloss ihr die Lider wieder und wandte mich ab.

Ich musste erst mal Luft holen. Was für eine dämliche Idee, Isabel Friedrich, schimpfte ich mit mir. Ein Augenblick an der Luft würde mir auch guttun, beschloss ich.

Luise hatte mich gefragt, was ich tun würde. Morgen war die Beerdigung. Tun würde ich gar nichts, ich musste nachdenken.

Zwei Frauen, die einander so ähnlich sahen, dass nur ein Mal sie voneinander unterschied. Sie mussten Zwillingsschwestern sein.

19

Eine braune Jeans, dazu ein dunkelblaues Hemd und hoffen, dass es tatsächlich kein Traum gewesen war. Christoffer hatte alles, was er heute tragen wollte, aufs Bett gelegt. Sogar an passende Socken hatte er gedacht. Welche Schuhe? Vielleicht die neuen Turnschuhe, die sahen gut aus.

Er würde seine Mutter fragen müssen, was ihm nicht behagte. Sie beobachtete ihn, als wäre er krank. Er hatte sich betrunken, weil es hieß, man würde die Welt dann nicht mehr in ihrer tristen Deutlichkeit sehen, aber das hatte rein gar nichts bewirkt, im Gegenteil, er hatte sich noch viel schlechter gefühlt.

Er würde dort sein, auf dem Friedhof, sich verabschieden von einer Frau, die er nicht einmal gekannt hatte. Es war richtig. Ihm war es wichtig. Er hatte sie nicht getötet, und doch hatte er noch nie zuvor in der Art um jemanden getrauert.

Der Tod war ihm so nah gewesen, dass er Angst hatte, er würde ihn unter seinem weiten Mantel einfach mit in sein finsteres Reich nehmen.

Christoffer fuhr sich durch die dunklen Haare, er wollte gut aussehen. Auf einer Beerdigung. Super.

Er überprüfte vor dem Spiegel noch einmal die Kombination Braun-Dunkelblau. Dann lief er die Treppen hinunter, um passende Schuhe auszusuchen.

Blumen. Verdammt, brachte man nicht mindestens eine mit, um sie ins Grab zu werfen? Was diese Bräuche anging, wusste er nicht sonderlich gut Bescheid. Vielleicht hatte seine Mutter ja etwas in einer Vase stehen, das er nehmen konnte.

Es war wohl keine gute Idee, sich in einem fremden Garten erwischen zu lassen, sonst hätte er das riskiert.

Er hatte sich verändert, plötzlich schien er so etwas wie ein Gewissen zu haben. Ob ihm das gefiel, da war er sich nicht so sicher. Dass Alex und Silvio über ihn lachen würden, da konnte er sich allerdings ziemlich sicher sein. Bisher hatte er sich den beiden immer überlegen gefühlt und sie das auch spüren lassen.

Nicht in Ordnung. Ganz und gar nicht. Silvio hatte sich nach der Sprengung um ihn gekümmert, als er nicht wusste, ob an ihm noch alles heil war, und er desorientiert und mit einem Hörtrauma umherstolperte. Sein Freund hatte ihn zu sich nach Hause gebracht, weil dort niemand war, der Fragen stellen würde. Silvios Mutter arbeitete vormittags im Supermarkt. Dann war er zurückgegangen und hatte sich zusammen mit Alex darum gekümmert, die Sachen, die sie benutzt hatten, verschwinden zu lassen. Freunde. Beide. Christoffer hatte nie gewusst, was genau das bedeutete. Er hatte es auch nie wissen wollen, es hatte ihn gar nicht interessiert.

Und er hatte nichts Besseres zu tun gehabt, als Silvio und Alex zu drohen, sie sollten den Mund halten, sonst würde etwas passieren. Etwas Schlimmes, dagegen würde ihnen die Sprengung nur wie ein Silvesterkracher vorkommen.

»Wie bescheuert ist das denn?« Er hatte laut gesprochen. Sein Plan stand fest, er würde sich entschuldigen. Noch heute. Und er würde die Schuld für die ganze Sache auf sich nehmen. Ein Gast auf dem Weingut der Sonnenscheins war Kriminalpolizist. Das hatte er jedenfalls von seinem Vater aufgeschnappt.

Der würde toben, wenn sein Sohn die Familie in Verruf brachte mit seiner Tat. Trotzdem, es war richtig, und er würde keinen Zentimeter von seiner Absicht abrücken. Er brauchte nur noch die nötige Courage dafür.

»Christoffer?«, sagte seine Mutter und sah ihn an, als hätte sie ihn lange nicht gesehen, als müsste sie herausfinden, ob er es überhaupt war.

»Ich gehe auf die Beerdigung von Katharina Friedrich. Welche Schuhe, was meinst du?«, fragte er, in der einen Hand die Turnschuhe und in der anderen die schicken, aber mörderisch unbequemen Lackdinger. »Und hast du zufällig ein paar Blumen?«

Gundis Lehnert keuchte, drehte sich um und schrie nach ihrem Mann.

Na dann, er würde die Turnschuhe nehmen.

***

Ich wollte tapfer sein und wusste nicht, wie ich es anstellen sollte. Ich wollte trauern und wusste nicht, um wen. Die vergangene Nacht hatte alles verändert. Ich stand vor den Scherben einer persönlichen Beerdigung und vor den nutzlosen Fragmenten meiner Trauerrede. Aber wenn ich jetzt plötzlich behauptete, ich könne die Rede doch nicht halten, würde Galen es für mich tun müssen.

Entmutigt und müde sank ich auf meinen Bürostuhl.

Wir waren in der letzten Nacht zusammen zurück zum Auto gegangen und dann zu mir gefahren. Luise, Johnny und ich. Der Champagner prickelte noch genauso schön. Ich wusste nicht, worauf ich mit Luise anstoßen sollte, aber nach dem dritten Glas war das nicht mehr wichtig. Luise war bei mir geblieben, und ich glaube, wir sprachen am Rand des neuen Morgens sogar über die Gestalten der Nacht. Da konnten sie uns ja nicht mehr gefährlich werden.

Mir würde gleich etwas ganz anderes gefährlich werden.

Die Tür öffnete sich im Zeitlupentempo, und ich fragte mich, wer dahinter hervortauchen würde. Ein Besucher hätte geklopft.

Ich war schon paranoid. Vielleicht ging die Tür gar nicht auf, und es sah für mich nur so aus. Dann bemerkte ich die Gitterstäbe. Nach meiner Vermutung ein Käfig, den eine kleine dicke Hand hielt.

»Isabel?«

Es war Fabian, und er war nicht allein gekommen. Ich suchte in seinem Gesicht nach der Trauer, die Caramellos Tod verkündete.

»Ist er verschieden?«, erkundigte ich mich genauso einfühlsam, wie ich es auch bei meinen Kunden tat, die einen Verlust erlitten hatten.

»Nein, er hat sich nur im Weinberg erkältet. Das ist es aber nicht, ich … Also, es gibt da ein Mädchen. Aenna ist wirklich nett und sehr krank. Sie hat Caramello gern, und ich hab Aenna gern. Ich wollte ihr Caramello schenken und fragen, ob du vielleicht irgendwas hast, was man ihm um den Hals binden könnte, eine Art Schleife. Meine Tante will ich nicht fragen, also frag ich dich.«

Oh Luise, musste ich denken. Halt durch, Erlösung naht. Fabian bekäme alles von mir. Eine Schleife, wunderbar. Ich würde etwas auftun, das sich schön binden ließe.

»Wir finden bestimmt etwas«, sagte ich und hielt mein Versprechen. Ich zog den Seidenbezug eines kleinen Kissens ab und schnitt ihn – zugegebenermaßen ziemlich unprofessionell – auf. Noch ein weiterer Schnitt, die Seide in eine Bahn gebracht, und Caramello wäre die feudalste Ratte in Schalkenmehren und Umgebung.

Aenna.

Ein schöner nordischer Name. Die Familie würde hoffentlich Fabians Herzensgeschenk für ihre Tochter erlauben. Ich tastete mich fragend in diese Richtung vor und erfuhr, dass sich Aennas Vater an der Suche nach Caramello beteiligt hatte. Das klang sehr freundlich.

»So, jetzt kann's losgehen«, verkündete ich. »Nimm ihn raus, dann binden wir ihm die Schleife um.«

Wenn er die Ratte festhält, kann ja nicht viel passieren, dachte ich. Ich legte mir die Seidenbahn zurecht und behielt Caramello im Auge, während ich das Tuch um seinen Hals legte. Eine Schleife zu binden war nicht ganz einfach. Aber die Ratte war fügsam und zeigte keinerlei Gegenwehr.

»Hey«, sagte ich und strich ihr übers Fell. »Wir haben es geschafft.« Die Ratte sah mich aus ihren Knopfaugen an, als würde ihr ihre Schleife gefallen. Klar, unbedingt. Was für eine Vorstellung.

Fabian bedankte sich überschwänglich. »Er sieht toll aus.« Dann schaute er auf meine Hand und erschrak. »Isabel, du blutest.«

Der blöde Schnitt, ich hätte die Hand längst neu verbinden sollen. Dieses Spiegelglas enthielt Gift, aber ich sollte mir lieber die Verletzung anschauen, ich vermutete, sie war tiefer, als ich bislang bemerken wollte.

Fabian bot an, mir zu helfen, aber ich würde das schon hinbekommen. »Viel Glück für dich«, wünschte ich ihm. Wobei auch immer, aber natürlich nicht zuletzt, dass Aenna Caramello behalten durfte.

Gerne würde ich eine Wette abschließen, dass Galen ihm das vorgeschlagen hatte.

Ich spürte sein Zögern, etwas gab es da noch, was er loswerden musste. »Ja?«, half ich ihm. Die Frage war eine Aufforderung. Immerhin vertraute er mir ein kleines bisschen.

»Wenn jemand einen anderen jemand gesehen hat und der eine jemand dann beschuldigt wird, etwas getan zu haben, was er aber nicht getan hat …«

Er war um Worte verlegen, und die, die er benutzt hatte, vermittelten mir den Anschein, als wäre Fabian ein heimlicher Zeuge. Es sickerte erst allmählich in mein angeschlagenes Bewusstsein, was er andeutete. Der Anschlag auf Vincent Klee, nichts anderes konnte gemeint sein. Verdammt! Am liebsten wäre ich in einem Erdloch versunken.

»Ich darf doch niemanden verraten, oder?«, bekräftigte er, und ich konnte nur müde nicken.

Ich musste ganz dringend diesen geheimnisvollen Dr. Freud aufstöbern.

Fabian sauste mit seiner Ratte in Seidenschleife hinaus, grüßte noch mal, und ich wunderte mich ein wenig, wie flink er war.

Ich riss den Mull herunter und hielt die Hand unter kaltes Wasser. Erst als die Blutung nachließ, rieb ich sie mit einer Alkoholtinktur ab. Die benutzte ich sonst für meine Klienten, um Reste von Blut oder Flecken zu entfernen. Gerade wollte ich mir den Schnitt ansehen, als hinter mir jemand fragte: »Woher stammt das ganze Blut im Becken?«

Galen war hereingekommen, als ich mich am Arzneischrank zu schaffen machte, auf der Suche nach etwas, das ich als Verband benutzen konnte. Es war zu blöd, mit nur einer Hand war man ziemlich hilflos.

Einen winzigen Augenblick spielte ich mit dem Gedanken, etwas zu erfinden, aber ich hatte mich an einer Spiegelscherbe geschnitten, was sollte ich mir da ausdenken. Dass es eine alte Scherbe gewesen war, würde ich einfach weglassen.

»Zeig her«, sagte er und nahm meine Hand. »Ungünstige Stelle, unterhalb des Daumens«, meinte er.

»Ich hab an der falschen Stelle zugepackt«, sagte ich schulterzuckend.

»Es hat sich entzündet. Du solltest es von einem Arzt anschauen lassen.«

Eine Empfehlung, die ich nicht befolgen würde. »Dafür hab ich jetzt wirklich keine Zeit. Verbinden?«, fragte ich und schaute ihn bittend an.

»Aber morgen lässt du es jemanden anschauen«, sagte Galen.

Ich nickte, morgen war morgen.

Mein Totengräber war erfolgreicher als ich, und im Nu hatte er Salbe aufgetragen, und eine Mullbinde lag um meine Hand.

»Du hast alles verkittet«, lachte ich. »Und du hast dir Gedanken um Caramellos Zukunft gemacht. Er ist übrigens wirklich putzig«, gestand ich und berichtete ihm, was Fabian sich von mir erbeten hatte, ohne aber zu sagen, was er mir im Anschluss Gruseliges offenbart hatte. Das würde ich für alle Zeit für mich behalten müssen.

»Meine Rede.« Er grinste. »Und? Bist du gerüstet und bereit? Ich rechne mit einigem Auflauf auf dem Friedhof. Isabel … Vincent Klee wird sicher auch da sein. Konzentriere dich nur auf dein Innerstes. Achte nicht auf dein Umfeld. Es kommt alles in Ordnung. – Ich habe noch etwas aufgeschrieben, das jemand, der ihr nahestand, einmal gesagt hat.« Er gab mir ein Stück Papier.

Der wem nahestand? Und da fiel mir auf, dass Galen dieser Frau bis auf ein einziges Mal keinen Namen gegeben hatte. Wusste er, dass es nicht Katharina war? Wenn er es wusste, würde er sich mir nicht offenbaren; das konnte er nicht, weil ich die Tochter meines Vaters war. Galen war Roman Friedrich ergeben gewesen. Ich hatte mich das nie gefragt, aber jetzt kam mir der Gedanke, dass diese beiden etwas verbunden hatte. Vielleicht sogar ein Mord.

Er unterbrach mein Nachdenken. »Welche Musik hast du ausgesucht?«

Ich hatte etwas aussuchen wollen, für Katharina, nicht für die andere Frau. Jetzt tat ich so, als fände ich Musik aus den Neunzigern passend. Wegen der Kleidung im Koffer und weil mich mit dieser Frau nicht das Geringste verband.

»Die Neunziger. Aha, interessant.« Galen hob eine Braue. Ich tat so, als würde ich es nicht bemerken, doch er schaute mich einen Moment lang an, als sähe er mich plötzlich mit anderen Augen.

Galen hatte recht, es war ein Auflauf. Ich achtete auf die Gesichter, ich konnte einfach nicht anders. Es war ja möglich, dass hier jemand aufgetaucht war, der mehr über die Frau wusste, die gleich beerdigt werden würde. Deshalb wollte ich auch während der Feierlichkeiten so aufmerksam sein, wie es nur ging.

Ich wurde schon zu Anfang herzlich umarmt, man wünschte mir Kraft und sprach mir Mut zu. Der ganze Ort war am Grab versammelt, und weil der Platz nicht ausreichte, hatte man sich auch auf die Nachbargräber verteilt. Es gab nur diese eine Beerdigung, und sogar Pfarrer Wagner war gekommen, was ich für eine mitfühlende Geste halten wollte.

Ich wusste nicht, ob die Musik passte, dazu hatte ich keine Ahnung, wen ich hier der Erde überantwortete. Die vier Sargträger brachten die Tote zu ihrem neuen Bestimmungsort.

Luise winkte mir übers offene Grab hinweg zu. Zumindest dachte ich, es sei ein Winken, aber dann mutierte ihre Gestik zu der eines engagierten Fluglotsen. Was?, formte mein Mund. Hatte sie geglaubt, ich würde alles absagen? Was sollte ich denn mit der Leiche anfangen, wenn nicht sie bestatten. Es war das falsche Grab, aber dagegen war nun nichts mehr zu machen. Ich fühlte mich wie eine Betrügerin, doch wen betrog ich – meinen Vater und mich. Und einer von uns würde ganz sicher schweigen wie ein Grab.

Das Blumenarrangement waren weiße Callas, aus den Lautsprechern tönte »Mama« von Genesis. Luise verzog ungläubig das Gesicht.

Christoffer Lehnert stand ein bisschen abseits, aber er war gekommen, und er machte auf mich nicht länger den Eindruck eines Verlorenen. Als hätte er für sich etwas beschlossen. Dafür bekam er von mir ein Lächeln, das hatte er sich wirklich verdient.

Vincent Klee stand auch abseits. Ein Beobachter. Und wenn ihm etwas nicht entgangen war, dann Luises Gestik. Als Nächstes sah er mich an, aber ich schaute weg. Nicht jetzt.

Galen war an meiner Seite, und das nicht nur im übertragenen Sinn. Ich konnte mich auf ihn verlassen, vielleicht beinahe so, wie mein Vater sich auf ihn verlassen hatte. Galen hielt keine langen Reden, und mit Sicherheit behielt er vieles für sich. Aber ich würde einen Teil seines Ichs schon noch aufdecken. Versuchen wollte ich es zumindest, denn noch länger im Nebel zu stochern würde mich todunglücklich zurücklassen.

Der Himmel hatte sich in Wolken gekleidet, die Stimmung passte. Über meine war ich mir nicht schlüssig.

Ich trug eine dunkle Kombination, Rock und Blazer, Anthrazit, kein Schwarz. Perlenohrringe, dazu eine Brosche. Mein Haar war im Nacken zu einem lockeren französischen Zopf geflochten, auf die Lippen hatte ich ein dezentes rotes Gloss aufgetragen. Ich wollte nicht auffallen, es ging nicht um mich, aber natürlich wurde ich begutachtet.

Als Genesis geendet hatte, sprach ich die einstudierten Worte, zumindest meinen Anfang. Immer wenn ich stockte, mussten die Leute glauben, ich täte es, weil es für mich schwer war, über meine Mutter zu sprechen. Ich erntete anerkennende Blicke und wollte doch nur, dass es vorüberging.

Julia Koch war auch zur Beerdigung gekommen. Die ehemals beste Freundin meiner Mutter. Warum hatte sie nicht erkannt, dass die Frau nicht ihre Freundin war? Julia hatte meinen Vater geliebt. Konnte sie geglaubt haben, er wäre der Mörder von Katharina? So wie auch ich es glaubte?

Ich sah zu Julia hinüber. Sie nickte leicht.

Die Betrachtung des Gesichts der Toten in der Kapelle hatte mir die einzig mögliche Lösung gezeigt. Zwillinge.

Dann konnte ebenso gut Katharina diese andere Frau, ihre Schwester, getötet haben. Und danach … war sie verschwunden.

Es passte nicht. Nicht zu der Mutter, die ich gekannt zu haben glaubte. Aber was wusste ich schon.

Galen stieß mich an. Der nächste Song; ich hatte mich für

einen Untergang entschieden – Titanic. »Never an Absolution« von James Horner. Oh ja, schon ein bisschen theatralisch.

Ich schleppte mich weiter durch meine Trauerrede. Den finalen Abschluss bildete musikalisch »Remember when it rained« von Josh Groban. Es passte alles, selbst mein Gesicht, und als der Sarg ins Grab hinabgesenkt wurde, bat ich meinen Vater um Verzeihung für den fürchterlichen Schwindel, der entschieden gegen meine Bestatterehre ging.

Schaufeln voll Erde wurden ins Grab geworfen, viele hatten kleine Blumensträuße mitgebracht oder einzelne Blüten. Anschließend tränkte man alles gebührend mit Weihwasser.

Ich ließ jedem seinen kleinen Abschied. Es schien kein Ende zu nehmen. Die Beileidsbekundungen auch nicht, und jetzt erwartete jeder die nachfolgende Einladung. Irgendwo ein kleiner Imbiss, Unterhaltungen und wenn möglich auch ein paar Antworten. Ich hatte Galen gebeten, für mich in die Bresche zu springen, die einladenden Worte zu sprechen und mich bei den Anwesenden zu entschuldigen.

Nach der Beerdigung trödelten gleich drei Trauergäste herum, um mich abzufangen, mit mir zu reden, mich zu schelten, mich zu befragen.

Christoffer kam als Erster auf mich zu. »Hey«, grüßte er etwas verlegen. »Das war ziemlich gut. Wer braucht schon den Pfarrer? Ich hatte keine Blumen, hoffe, Ihre Mutter nimmt es mir nicht übel.«

Er meinte es ehrlich, und ich versicherte ihm, Katharina würde sich ganz sicher nicht daran gestört haben. »Bist du in Ordnung?«, fragte ich. »Keine Todesträume mehr?«

»In Ordnung würde es meine Mutter sicher nicht nennen.« Jetzt lachte er. »Aber ich bin zufrieden mit mir. Ich habe etwas angestellt, aber ich hab zum Glück niemandem etwas Schlimmes zugefügt. Am ehesten mir selbst. Seitdem höre ich nämlich schlecht. Finde ich aber nicht wirklich dramatisch.«

»Du hast es mir erzählt in dieser Nacht«, erinnerte ich ihn, falls er diese Erinnerung brauchte. Tat er nicht.

Er nickte. »Ich muss ein paar Dinge ins Reine bringen«,

sagte er und deutete hinter sich. »Der ist doch von der Polizei, oder?«

Christoffer verabschiedete sich von mir und ging mit durchgestrecktem Rücken hinüber zu Vincent Klee. Ich hörte, wie er zu ihm sagte: »Wir sehen uns nachher noch – bitte. Ich muss etwas gestehen und warte auf Sie.«

Die Friedhofsgärtner hatten bereits damit begonnen, das Drumherum wieder abzubauen und die Kränze und Blumengebinde zusammenzustellen. Als Nächstes würden sie das Grab wieder mit Erde auffüllen.

Der Sarg wäre bedeckt, die Frau darin verschwunden. Nur nicht aus meinen Gedanken. Eine andere kam in flachen Absätzen, die nicht an ihren Lieblingsstiefeln hingen, über den Weg spaziert.

Luise hielt sich nicht lange auf, mir ihr Beileid auszudrücken. Sie bemühte sich kaum, leise zu sprechen. »Das ist doch gelogen. Warum redest du sie tot? Wir haben es doch beide gesehen … Wir müssen Katharina suchen. Wo fangen wir an?«

»Direkt gelogen war es nicht. Was, denkst du, hätte das für ein Chaos verursacht, wenn ich gesagt hätte, diese Frau ist wahrscheinlich die Zwillingsschwester meiner Mutter? Rufus hat das Foto in der Aachener Zeitung gesehen und sie Kristina genannt. Könnte ich doch nur mit ihm reden«, sagte ich. Oder könnte er mit mir reden. »Wenn du mir helfen willst, dann müssen wir Berge von alten Dokumenten durchforsten.« Und bei einer solchen Aufgabe konnte ich wirklich jede Hilfe gebrauchen. Jede Hilfe, die einen Reißverschluss am Mund trug.

»Sie kann doch nur Katharinas Zwilling sein. Und deine Mutter hat die Schwester verschwiegen, dafür muss es einen Grund gegeben haben«, sagte Luise, diesmal leise. »Aber wo ist sie, die Schweigerin?«

Nicht mehr am Leben, aber woher ich das wusste … wusste ich nicht.

»Ich helfe, natürlich«, versicherte mir Luise. »Das Weingut Sonnenschein hat übrigens eine Auszeichnung für seinen Pfirsich-Mandel-Likör bekommen. Sehr fein. Obwohl du ihn nicht verdient hast, würde ich uns eine Flasche mitbringen. Es liegt auch kein Tod mehr im Getränkekühlschrank.«

***

Isabels Worte konnten einem einen Schauer über den Rücken jagen. Mit der eingespielten Musik war es ihm nicht viel besser ergangen.

Vincent hatte nicht gehört, worum es in dem nachfolgenden Gespräch zwischen Luise und Isabel gegangen war, doch Luises Miene hätte er bestenfalls als erstaunt beschrieben, und Isabels Reaktion darauf als »ich hatte keine Wahl«.

Konstantin Höllrath hätte daraus vielleicht etwas schließen können, Vincent konnte das nicht. Er hatte sich bislang mit einigen der Bewohner von Schalkenmehren unterhalten, ganz zwanglos, doch der Vertraute von Isabel, Galen Blocher, war ihm bis jetzt immer entwischt; oder man könnte auch sagen, der Mann war ihm sehr erfolgreich aus dem Weg gegangen. Rufus Dissen dagegen war nicht ansprechbar, und der Stationsarzt hatte ihn und sein Anliegen ziemlich forsch abgewiesen.

»Wenn Sie von ihm etwas erfahren, wird es sich nur um die Vergangenheit drehen, denn die Gegenwart ist ihm nicht mehr vertraut.« Die Vergangenheit hätte ihm jedoch schon genügt. Er musste es wenigstens versuchen. Auch wenn diese Pflegeeinrichtungen so traurig und freudlos waren wie eine Beerdigung, für die Vincent nicht das Geringste übrighatte; es war auch erst seine vierte gewesen. Nicht dass er einen Vergleich gebraucht hätte.

Die schlimmste Trauerfeier hatten sie damals für Belle, seine kleine Schwester, abgehalten; Familie und Freunde. Ein Meer von Blumen und tränennasse Augen. Es gab kein Grab, nur einen Gedenkstein. Dort lag kein Körper, keine Asche, dort war nur Leere. So wie die Leere in ihm selbst.

Er konnte den entsetzten Schrei noch in mancher Nacht hören. Dann befand er sich unversehens wieder am Strand der Gold Coast, umgeben vom munteren Treiben, Surfern mit ihren Boards, Bikinischönheiten und braun gebrannten Körpern.

Von einem auf den anderen Moment zersplitterte seine Welt.

»Ein Hai, da draußen schwimmt ein Hai!« Für einen winzigen Augenblick war es still gewesen, man hörte die Brandung, dann brach der blanke Horror los. Um ihn herum, in ihm selbst und dort draußen auf dem Wasser, das sich rot färbte.

Er musste wissen, was los war, also hatte er sich durch die Menge geschoben. Eine große Rückenflosse durchstach die Oberfläche. Vincent hielt verzweifelt nach Belle Ausschau. Er hatte Panik, doch er legte sein Brett aufs Wasser und paddelte damit hinaus, die Flosse im Fokus. In seinem Rücken hörte er die Stimmen, aber sie waren bedeutungslos. Der Hai zog einen Kreis.

Angst war er schon immer mit Aggression und Zorn begegnet, und beides trieb ihn an. Er schrie etwas, und obwohl er alles über Haie wusste, zählte dieses Wissen nicht mehr. Es ging um Belle, und für sie glitt er vom Surfbrett und tauchte. Über Wasser würde er den Kampf nicht gewinnen, unter Wasser auch nicht, aber er konnte nicht ohne sie zurückkommen, er durfte sie nicht verlieren.

Er hatte sie verloren.

Im Hier und Jetzt verabschiedeten sich die Trauergäste, einige drückten Isabel kurz an sich, kondolierten ihr mit betretener Miene und suchten dann das Weite. Der Totengräber mit dem lahmen Bein hatte zu einem kleinen Imbiss in Isabels Namen gebeten. Sie sah nicht so aus, als würde sie dem Ganzen beiwohnen wollen.

Beerdigungen waren eine eigenartige Sache, man sah und hörte Dinge, die man unter normalen Umständen nicht erfuhr. Als Christoffer Lehnert die Bühne betreten hatte, hatte er sämtliche Aufmerksamkeit auf sich gezogen. Vincent hatte die Leute neben sich flüstern hören. Der Sohn des Bürgermeisters, was konnte der hier wollen, er war doch zu jung, er konnte Katharina Friedrich überhaupt nicht gekannt haben, so wurde geredet.

Schuld. In einer sehr eigenwilligen Form. Man sah es ihm an, und Vincent war gespannt, was darauf folgen würde.

Er hatte gewartet, er wollte Isabel allein sprechen. Etwas anderes aber wollte er noch viel mehr, und er sah wieder diese Augen, die ihn nicht losließen, und ihre verletzliche Nacktheit.

Vincent könnte ihr sagen, dass sie einen gemeinsamen Bekannten hatten, nur hatte Isabel das offenbar vergessen. Aber Vincent wusste, er würde sich besser fühlen, wenn Konstantin Höllrath etwas für sie tun könnte.

Er musste versuchen, irgendwie an die Wahrheit zu kommen, sagte er sich, wenn es sein musste, an Isabels Wahrheit. Von ihrer Familie gab es nur noch sie und ihren Großvater. Und es schien Vincent so, als wären beide für ihn verloren.

Er hatte viele Stunden an seinem Laptop damit verbracht, etwas über die Familien Dissen und Friedrich herauszufinden. Sollte Luise ihn beobachtet haben, müsste ihr aufgefallen sein, dass er sein Zimmer kaum verlassen hatte.

Der Angriff auf Katharina lag lange zurück, die Beschreibungen und Fotos in der Akte, die er aufgerufen hatte, ließen ihn frieren. Kristina Dissen hatte ihre Zwillingsschwester mit einer Rasierklinge an Hals und Brust verletzt.

Die Vergangenheit brachte oftmals die Lösung, denn die Tote, die sie hier beerdigt hatten, war nicht Katharina Friedrich. Am Körper dieser Frau hatte die Rechtsmedizin keine alten Verletzungen gefunden, und Katharina Friedrich hätte welche gehabt.

Wusste Isabel, wen sie im Familiengrab bestattete, oder besser, wen sie dort nicht bestattete?

Als er noch einmal hinübersah, waren Isabel und Luise gegangen. Wie auch immer, als Nächstes hätte er eine Unterredung mit Christoffer Lehnert.

Der Junge erwartete ihn jenseits des Friedhofstores, als müsste er sinnbildlich mit etwas abschließen, eine Tür hinter sich zuziehen und sie womöglich geschlossen halten.

»Es geht um den Vorfall beim Totenmaar«, begann er zögerlich. »Kann ich etwas zu Protokoll geben?«

»Ich höre mir an, was du zu sagen hast, und dann sehen wir

weiter«, sagte Vincent. »Dein Geständnis dürfte die Kollegen allerdings mehr interessieren, ich bearbeite derzeit einen alten Mordfall.«

Christoffer schluckte. Dann begann er unaufgefordert vom Fund des Dynamits im Wald zu berichten und wie er die Idee gehabt hatte, die alte Sophia mit ihren Schauermärchen eines davon mal hautnah erleben zu lassen.

»Allein zieht man solch eine Aktion nicht durch, aber wenn du der einzig Schuldige sein willst, bitte schön«, sagte Vincent.

»Ich bin der einzig Schuldige«, betonte Christoffer Lehnert, was ihm Vincents Achtung einbrachte. Er meinte ganz offensichtlich, was er sagte.

»Wie gut bist du mit Isabel Friedrich bekannt?« Was für eine Frage, Herr Kommissar. Er sollte sich schämen.

»Warum ich auf einer Beerdigung war, wenn ich die Frau, die da eingegraben wurde, nicht einmal gekannt habe? Ja, schon klar, das sieht komisch aus, aber ich dachte, ich hätte sie umgebracht.«

Vincent ließ sich die Details der Tat eines Einzelnen, wie Christoffer felsenfest behauptete, schildern.

»Du beschuldigst niemanden, musst du auch nicht. Ich brauche keine Namen, aber halte mich nicht für dumm. Die Kriminaltechnik hat längst herausgefunden, womit gesprengt wurde. Sophia Schäfer und ihrem Hund ist nichts passiert, aber es hätte auch ganz anders ausgehen können.«

Wenn das die Strafe für eine Geschichte, besagtes Schauermärchen, sein sollte, dann würde sich Vincent jetzt eine für ihn ausdenken. Christoffer Lehnert hatte seine aber schon bekommen, das konnte er sehen. Der Schock und die Annahme, vielleicht einen Menschen getötet zu haben, saßen tief. Vincent würde ihm jetzt einen Vorschlag machen und hoffte, dass Christoffer ihn annahm.

»Die Erschütterung war heftig, und du hattest Riesenglück, dass du heil davongekommen bist und dass niemand zu Schaden gekommen ist. Ihr haltet dicht, prahlt nicht herum und leistet ein paar Stunden Arbeit ohne Lohn. Etwas Uneigennütziges. Oder nur du, wenn du drauf bestehst.«

»Mach ich«, sagte Christoffer. »Was wäre das?«, wollte er wissen.

»Brutus ausführen beispielsweise oder Sophia Schäfer im Garten helfen, für sie einkaufen gehen. Unterstützende Dinge eben.«

»Ah ja.« Christoffer schaute verdattert. Wahrscheinlich hatte er etwas anderes erwartet.

»Deine Schuld begleichen, würde ich es nennen.« Vincent sah ihn an. »Ich möchte mich auf dich verlassen können.«

»Können Sie«, nickte Christoffer. »Danke.«

»Und was verbindet dich mit Isabel Friedrich?«

Christoffer grinste. »Eine gespenstische Nacht, die ich auch geträumt haben könnte.«

20

»Müssen wir dazu ins Institut? Was wir uns ansehen, könnten wir doch auch mitnehmen«, schlug Luise vor.

Wir könnten, aber das wäre umständlich, worüber wir einer Meinung waren, wenn auch erst nach einiger Überredung meinerseits.

»Ich habe keine Ahnung, wonach genau wir Ausschau halten, nur dass wir alles durchgehen sollten. Die Fotos haben mir etwas offenbart, und vielleicht gibt es ja noch mehr zu erfahren. Es muss noch mehr geben.«

Ich dachte an mein Büro, das einmal das meines Vaters gewesen war, und an all die Dokumente, die dort lagerten. Ich wusste nicht, ob es etwas bringen würde, aber wenn ich etwas zu verbergen hätte, dann würde ich es dort tun, wo es am wenigsten auffiel. Dokumente und Briefe zwischen anderen Dokumenten und Briefen.

Dann dachte ich eine Spur geheimnisvoller und hielt es für möglich, dass in einem der Särge etwas versteckt war.

»Tagsüber oder lieber nachts?« Luise rieb mit einem Finger unter ihrer Nase herum. Wickie und seine unnachahmlichen Eingebungen.

»Es ist mein Institut, und wenn ich vorhabe, dort das Oberste zuunterst zu kehren, dann darf ich das.«

»Schon. Und du hast keine frische Leiche?« Sie schielte unauffällig an mir vorbei, als wäre das des Rätsels Lösung. Wie sollte ich denn in dem Tempo an eine frische Leiche gekommen sein?

Die Frage war völlig unbedeutend, denn ihr Blick wanderte hinüber zum Friedhofstor, hinter dem Vincent Klee und der Sohn des Bürgermeisters gerade verschwanden.

»Ist er grade dabei, sich anzuzeigen? Christoffer Lehnert.« Sie deutete vorsichtig hinüber.

»Es war ein Anschlag, und wenn man will, kann man Heimtücke anführen. Ich wünsche ihm jedenfalls das Beste«, sagte ich.

»Vincent Klee ist in Ordnung«, sagte Luise überzeugt, und ich fragte mich, woher sie diese Überzeugung nahm. Oder war es nur ein pauschales Der-wirkt-ganz-sympathisch-Gefühl?

»Und wenn er das ist, warum hätte ich dann etwas an seinem Atemgerät versuchen sollen.« Es war keine Frage meinerseits.

»Isabel, hör auf damit! Du hast ihn vor allem gerettet, und das zählt mehr.« Wieder diese Überzeugung. Diesmal unumstößlich.

»Ich hab dich lieb«, sagte ich.

»Ich dich auch«, versicherte sie. »Du interessierst dich für ihn, drehen wir doch den Spieß um und ermitteln ein bisschen im Fall Vincent Klee.«

Was würde es da zu ermitteln geben? Wie begann man so eine Ermittlung überhaupt? Luise hatte jedenfalls mehr Erfahrung, immerhin benutzte sie ein Fernglas.

»Er hat eine Vergangenheit. So viel steht fest. Vielleicht fällt uns darüber etwas in die Hände. Findest du nicht auch, dass er traurige Augen hat?«

In die Hände fallen – welch wunderbare Umschreibung für schnüffeln. Und wenn ich es doch wollte, dann hatte Luise diese vermeintliche Vergangenheit bislang nur in ihren Karten gesehen. »Ich will nichts darüber wissen«, erklärte ich.

»Jemand muss zu Tode gekommen sein, und wir finden es heraus.« Luise wirkte, als trüge sie ein Kettenhemd, sie war geschützt, und nichts vermochte ihr etwas anzuhaben.

So etwas bräuchte ich auch. Nicht Vincent Klees wegen, aber wegen Katharina und der anderen Frau.

Wir verbrachten den restlichen Nachmittag bei mir zu Hause.

Johnny, der während der Beerdigung nicht auf den Friedhof mitkommen durfte, stupste mich an, fand, ich könnte ihm allmählich etwas zu futtern hinstellen.

Er bekam sein Futter und Luise und ich süße Oblaten. Wir hatten noch allerhand zu erledigen, Zeit zu essen hätten wir auch später noch. Meine Freundin zauberte aus ihrer Handtasche eine Flasche von dem ausgezeichneten Pfirsich-Mandel-Likör. Ich war höchst erfreut. Für einen langen Moment entspannten wir uns. Luise auf dem Sessel, der einen Überwurf über dem tierischen Lederbezug hatte, und ich auf der Couch, die solch einen Fremdkörper nicht brauchte.

Luise fand, wo ich doch derzeit allein im Institut war, könnte sie es auch wagen mitzukommen.

»Ich würde gern hier im Haus anfangen«, sagte ich.

Als wir ins Dachgeschoss hinaufstiegen, fiel mir ein, dass ich Luise nichts von dem Koffer erzählt hatte, und während ich noch überlegte, hatte sie bereits die Schlösser geöffnet und war dabei, sich die Kleidung anzuschauen.

»Weißt du, was komisch ist?«, fragte sie mich, und ich hatte ihr immer noch nichts gesagt. »Ich glaube, das da kenne ich.« Sie hielt mir ein Kleid hin. Auf dem Stoff waren große Blumen aufgedruckt, und es hatte ein ziemlich exklusives Designerlabel eingenäht. »Ich hab dir doch erzählt, dass ich Katharina damals im Ort gesehen habe und den Eindruck hatte, als hätte sie mich nicht erkannt. Das könnte das Kleid gewesen sein, das sie an dem Tag trug. Die Blumen … sie passten so schön zu ihren Augen.« Sie zuckte die Schultern, als wüsste sie nicht weiter.

Lag ich falsch, und es war doch der Koffer meiner Mutter? Oder lag ich richtig, und es war der Koffer der anderen Frau, und Luise hatte an jenem Tag gar nicht Katharina gesehen, sondern war der anderen begegnet?

»Ich glaube, sie war sehr eitel, auf eine gewisse Weise selbstverliebt. Ich würde ihr trotzdem gern einen Namen geben. Sie ist tot, aber ich kann einfach nicht anders, als zu glauben – Katharina ist es auch.«

»Katharina hätte mich freundlich gegrüßt, bestimmt. Es kann nicht deine Mutter gewesen sein. Damals hatte ich das Gefühl, als ginge es ihr vielleicht nicht gut. Das war die Zeit, als Oma Minze immer komischer wurde und der Arzt dann von Alzheimer sprach. Papa hat es mir erklärt, so gut er konnte – was dabei im Gehirn vor sich geht oder eben nicht. Und ich gestehe, dass ich dachte, das könnte es sein. Also, bei Katharina, weil sie sich anscheinend nicht an mich erinnerte. Und ich würde sie nur in Verlegenheit bringen, wenn ich sie anspräche. Deshalb hab ich es nicht getan.«

Luise und ihre Oma Minze. Mathilde Minzinger hatte sie geheißen. Eine liebe Frau, für Luise war es schrecklich gewesen, ihren geistigen Verfall mitzuerleben.

Ich musste an meinen Großvater denken und dass er ähnlich verfiel.

Da erinnerte ich mich viel lieber daran, wie Luise mir weiszumachen versucht hatte, mit Hilfe von Joddämpfen könne man Fingerabdrücke sichtbar machen. Es war die Zeit, als wir unter Lydia Herrlich historische Kriminalfälle nachstellten. Frau Herrlich unterrichtete Geschichte und Chemie, und das war ein Mix aus beidem gewesen.

Luise hatte mich in die Apotheke geschleppt, um eine Jodlösung zu kaufen. Von den verdammten Dämpfen war uns bloß hundeelend geworden, von Fingerabdrücken keine Spur. Die tapferen Ermittlerinnen.

Aber diesmal hatten wir eine echte Spur. Katharina hatte, soweit ich das beurteilen konnte, nicht an Alzheimer gelitten, und Luise hatte recht, meine Mutter hätte sie erkannt. Der Zwilling dagegen nicht, woher auch? Aber das würde heißen, die andere Frau war vielleicht mit einer bestimmten Absicht nach Schalkenmehren gekommen.

»Kannst du dich noch erinnern, wann das war?«, fragte ich.

Luise hob den Kopf, saugte ihre Unterlippe ein, dann streckte sie den Zeigefinger aus und tippte einige Male in die Luft. »Ich hab's. Das war, als die Schaustellertruppe, dieser Zirkus, bei uns in der Gegend gastierte. Romanus oder so ähnlich. Ich fand den kleinen Affen so süß, vielleicht auch den Jungen, der sich um den kleinen Affen gekümmert hat.«

»Nie im Leben fandest du einen kleinen Affen süß.« Da führte sie ihre Erinnerung aber ganz schön aufs Glatteis.

»Egal. Es war aber genau zu der Zeit.« Sie zählte etwas an den Fingern ab. »Ich war neun.«

»Ich auch. Katharina war achtundzwanzig, und es war ihr Todesjahr.«

»Mein Gott! Die Ungewissheit ist schrecklich. Wir müssen etwas finden, irgendetwas. Hat Vincent Klee etwas gesagt? Warum er noch einmal getaucht ist?«

Auch davon hatte ich Luise nur bruchstückhaft erzählt. Genau die Bruchstücke hatte ich verschwiegen, die Vincent Klee im Totenmaar entdeckt hatte. Als ich die Geschichte für Luise damit auffüllte, mit Glas aus einem antiken Spiegel und den Überresten eines vergoldeten Rahmens, hatte ich sogar ein Beweisstück dafür.

Sie sah mich verdattert an. »Du hast ihn bestohlen?«

»Er hatte noch mehr davon. Man könnte sagen, es war meine Belohnung für seine Rettung.«

»So abgebrüht bist du nicht. Du hast dich verliebt, es soll nur niemand Wind davon bekommen.«

Das überging ich. »Er hat mich erwischt. In der Dusche. Meine Hand blutete, ich hatte mich an einer der Scherben geschnitten.«

»Du warst nackt in seiner Dusche?«

»Angezogen wäre entgegen der Erfindung des sich Waschens und Erfrischens«, sagte ich. »Genau das wollte ich aber. Dann fing der Schnitt wieder an zu bluten. Er kam herein und hat es gesehen.« Es war mein Geständnis, und es wäre kindisch, rot zu werden.

»Du siehst zum Anbeißen aus, wenn du nackt bist.« Sie grinste und schnalzte wenig damenhaft mit der Zunge. Mir fehlten die Worte.

»Ooooh, ich kann mir lebhaft vorstellen, in welcher Glaubenskrise der Gute seitdem steckt.« Ein Wackeln mit dem Zeigefinger.

Meine Freundin war nicht sonderlich hilfreich. Im Moment jedenfalls nicht.

»Was würdest du mir empfehlen?«, fragte ich.

»Der Spiegel. Er muss irgendwo hier im Haus seinen Platz gehabt haben. Vielleicht gibt es ein Bild davon.«

Das war ein ziemlich guter Rat, nur: Man fotografiert keine Spiegel – es spiegelt. Aber wo ich nicht länger an Erotik und mehr denken wollte, durfte Luise mir gern das Notwendige, Machbare vor Augen führen.

»Ich kümmere mich ein bisschen um den Hauptkommissar. Wenn es da einen dunklen Fleck in Vincent Klees Leben gibt, dann … Ich schaue einfach, ob ich ihn erkenne.« Sie grinste wie ein Kind und erinnerte mich ein wenig an Fabian.

Für die Recherchen hatte ich das Notebook geholt; es hatte seinen Platz sonst auf meinem Nachtschränkchen. So konnte ich immer, wenn es mir gefiel, nach Informationen suchen, die ich brauchte, oder mich mit Kollegen austauschen. In der Branche gab es ein paar wirklich schräge Vögel, aber vielleicht mussten wir alle ein klein wenig *jenseits* sein, um die Arbeit mit den Toten zu bewältigen.

Ich hatte Luise das Notebook überlassen, und während sie unbedingt meinte, sie müsse Vincent Klee auf die grell erleuchtete Bühne zerren, meinte ich, ich müsste mir alte Fotoalben ansehen. Ich rechnete nicht damit, den Spiegel zu entdecken, aber es gab womöglich ja noch mehr. Und irgendwo musste ich beginnen.

Ich fand die Alben im Bücherregal, ganz hinten, unbemerkt und ein wenig staubig. Ich hatte lange nicht hineingeschaut, und ich hatte niemanden, der sich dafür interessierte, niemanden, mit dem ich schauen konnte. Es musste öde sein, ähnlich wie eine Briefmarkensammlung. Nur ein Philatelist konnte sich dafür begeistern. Zum Herzeigen war das nichts.

In dem Album befand sich ein kleiner Teil meines Lebens. Der gute Teil vermutlich, denn alles andere hätte niemand auf Fotos festhalten wollen. Über einiges musste ich lächeln. Überdies, fand ich, war ich ein hübsches Baby gewesen. Doch das war nun wirklich lange her. Ich achtete nicht weiter auf mich, sondern im Wesentlichen auf die Kleidung, die Katharina trug, und wo das Bild aufgenommen worden war.

Wenn es mir vorher nicht klar gewesen sein sollte, dann zeigte sich auch auf diesen Bildern das Mal auf ihrer linken Wange deutlich, es sah wie ein ganz kleines Herz aus. Vor allem ihr Blick unterschied sie von der Doppelgängerin, er war voller Liebe, während die andere kühl gewirkt hatte. Aber was dachte ich da – es war unfair, ich glaubte nicht, dass ich sie je kennengelernt hatte. Und falls doch, so wusste ich es nicht mehr.

Einmal meinte ich, dort am Rand eines Bildes, das könnte

der Rahmen des Spiegels sein, aber dafür bräuchte ich eine Lupe, überlegte ich und blätterte erst mal weiter.

Da waren Bilder von Rufus und Carolin. Galen hatte gesagt, Katharina hätte meiner Großmutter ähnlich gesehen. Darum sein Schock bei der Betrachtung des Zeitungsfotos. Das stimmte aber ganz und gar nicht. Carolins Äußeres war eher unscheinbar. Ihre Gesichtszüge waren gut geschnitten, aber nicht so fein wie Katharinas. Carolin hatte dunkles Haar, doch trug sie ihres kurz. Und sie hatte graue Augen. Ich konnte mich an sie nur vage erinnern, sie war früh an Krebs gestorben.

Ein spitzer Schrei riss mich aus meiner versunkenen Welt der Kinderzeit.

»Jaaaa, daaaa.«

Johnny schreckte auf und schimpfte mit Luise. Das war jedenfalls meine Interpretation, denn der Labrador grunzte einige Male höchst ungehalten, bevor er aus dem Zimmer stolzierte und mich bat, ich solle ihn schnell hinauslassen, hier habe man ja keine Ruhe. Ich erfüllte ihm seinen Wunsch.

»Könnte sein, dass ich den Spiegel auf einem der Bilder entdeckt habe«, sagte ich, bevor Luise mich mit ihren Erkenntnissen überschütten würde. Sie ignorierte mich, wischte meine mögliche Entdeckung mit einer Hand beiseite, als wäre es eine Fliege, die ihr ums Gesicht schwirrte.

Ich bewegte meine eigene Hand. Der Schmerz hatte sich inzwischen zu einem wütenden Pochen entwickelt. Ich würde den Verband abmachen. Ich würde vielleicht auch Dr. Wagner aufsuchen.

»Das kannst du dir nicht mal in deinen schaurigsten Träumen ausmalen«, sagte Luise mit Leichenbittermiene, die ganz im Gegensatz zu ihrem Erfolgsschrei stand. »Sie haben den weißen Hai getötet, das war vielleicht ein Koloss. Ich möchte nicht wissen, was der so alles in seinem Verdauungstrakt hatte.«

Sie drehte den Bildschirm für mich, sodass ich den Artikel lesen konnte.

»Surfers Bloody Paradise« – damit der Leser sich auch gleich ein Bild machen konnte, worum es ging.

Ein Hai hatte an der australischen Küste ein Blutbad angerichtet. Den Menschen am Strand bot sich ein makabres Schauspiel, Panik brach aus. Ein Surfer wurde getötet, man fand seine verstümmelte Leiche erst einen Tag später. Es wurde vermutet, das Tier habe außerdem eine Schwimmerin getötet. Vermutet deshalb, weil es keine Leiche gab. Die Schwimmerin, eine Deutsche, blieb unauffindbar.

Die nachfolgende Aktion des Bruders der Frau wurde als komplett verrückt und selbstmörderisch bezeichnet. Vincent K. paddelte mit seinem Surfboard hinaus. Zeugen beobachteten, wie er das Brett zurückließ und tauchte. Er verschwand, und die entsetzten Zuschauer waren überzeugt, der Hai hätte auch ihn erwischt.

Was auch immer dort unten passiert war, Vincent K. tauchte wieder auf, außer ein paar blutigen Schrammen trug er keine Verletzungen davon. Er schaffte es aus eigener Kraft wieder an Land, machte aber keine Aussage über das Geschehen, wiederholte nur immer wieder, man solle nach seiner Schwester suchen.

Belinda K. wurde nicht gefunden. Der Pazifik war an der Stelle bekannt für seine starken Strömungen. Wenn der Hai die Frau verletzt oder getötet hatte, war es denkbar, dass ihr Körper ins Meer hinausgetragen worden war.

Luise wartete darauf, dass ich etwas sagte. Irgendetwas. Das nahm einem den Atem, es war grauenvoll.

Ich fragte mich, wie es ihr gelungen war, Vincent K. als Vincent Klee zu überführen. Das Bild zum Artikel zeigte einen jungen Mann von vielleicht Mitte zwanzig, eine Ähnlichkeit gab es zwar, doch die genügte nicht, um sicher zu sein.

»Du bist eine prima Detektivin«, lobte ich Luise. Ich war ehrlich beeindruckt. »Da steht nur Vincent K.«

»Ja«, grinste sie. »Er ist ein Held – ein trauriger.«

Luises Recherche hatte ganz woanders ihren Anfang genommen. Sie hatte zuerst die Internetseite der Wasserschutzpolizei aufgerufen, wo sich Beschreibungen der Einheit und Fotos der diensttuenden Beamten fanden. Es gab einen Blog zu den verschiedenen Fällen, und weil sie nur Vincent Klee im Visier gehabt hatte, war sie schnell auf eine Anmerkung gestoßen.

Jemand kondolierte ihm zum Verlust der Schwester in Down Under, ein anderer schrieb: »Du konntest sie nicht retten, dafür genug andere.«

Eine Frage aber blieb. »Jetzt kennen wir Vincent Klees Vergangenheit, zumindest einen kleinen Teil davon. Und was machen wir damit?«

»Ich fürchte, sie ist uns nicht sonderlich nützlich«, meinte sie schulterzuckend. Nur um gleich darauf zu bemerken: »Ich hab's gesehen. Die Frau, der Verlust und dass er sich die Schuld gibt. Aber weiterhelfen wird uns das nicht grade.«

Was hatte sie erwartet?, fragte ich mich. »Du hättest in Betracht gezogen, ihn zu erpressen, falls ich an diesem Atemschlauch hantiert haben sollte.«

»Wo ist dieser Spiegel?«, wollte sie wissen. Ich hätte gewettet, dass ihr mein Einwurf entgangen war.

»Auf einem der Fotos – glaube ich.«

»Ich müsste eigentlich etwas eingesteckt haben, womit wir etwas sehen können.« Luise nahm sich nicht die Zeit, in ihrer Tasche zu suchen, sie leerte den Inhalt einfach auf die Couch. Das Beobachterglas kam zusammen mit einer Puderdose, einem Make-up-Fläschchen und einem Lippenstift zum Vorschein. Da lag außerdem eine Klapplupe, was mich mit offenem Mund staunen ließ.

Wir schauten uns das Foto im Album an, und ich holte dazu das vergoldete Stück des Rahmens, das ich aus Vincent Klees Beutel genommen hatte.

»Könnte das der gleiche Rahmen sein?«

»Derselbe Rahmen, wenn es dieser Rahmen ist«, berichtigte mich Luise. »Die alten Dinger sehen doch alle ähnlich aus.« Sie verzog enttäuscht das Gesicht, was eigentlich meine Reaktion hätte sein sollen. Es stimmte.

»Schöne Ermittlerinnen sind wir«, meinte Luise und klopfte mir auf die Hand, die ich auf meinem Oberschenkel abgelegt hatte, wahrscheinlich wollte sie mich aufmuntern. Ich gab ein Stöhnen von mir. Dann färbte sich der Verband rot.

Keine Möglichkeit, das Blut ungesehen zu machen, Luise erschrak.

Ich holte tief Luft. »Wir haben Vollmond, da bluten Wunden stärker«, versuchte ich zu erklären. Das hatte ich einmal gelesen und fand, es passte gerade, aber in Wahrheit ängstigten mich die Situation und das Blut doch ein wenig. War das normal, trotz Vollmond? Morgen würde ich gleich als Erstes Dr. Wagner aufsuchen.

Jetzt musste ich den Verband wechseln, aber Luise kam mir natürlich nach ins Bad.

»Das ist feuerrot«, sagte sie, als ich den Verband abgenommen und das Blut abgewaschen hatte. »Entzündet. War es das wert? Für ein Stück Rahmen?« Sie schüttelte den Kopf.

Ich fand schon, dass es das wert war.

Luise strich fürsorglich eine entzündungshemmende Salbe auf den Schnitt, klopfte sie richtiggehend ein. Ich war kurz davor, an die Decke zu gehen. »Ist gut, ist gut. Danke.«

Wir hatten vor, mit der Suchaktion im Institut zu warten, bis meine Mitarbeiter fort waren und die Uhr mir sagte, nun würden auch keine Klienten mehr anklopfen. Notfälle ausgenommen.

Bis dahin stöberten wir noch etwas in den alten Fotos. Der Spiegel tauchte nirgendwo auf.

»Es klopft«, machte Luise mich auf ein Pochen an der Vordertür aufmerksam.

Der Imbiss war vorbei, fiel mir ein, und ich hoffte, es wäre nicht ausgerechnet Vincent Klee. Mir war es so vorgekommen, als gäbe es noch etwas zu sagen. Vielleicht gab es aber auch *wieder* etwas zu sagen. Er war Ermittler, also war davon auszugehen, dass er genau das tat.

Ich bedeutete Luise, sie solle ihre Nachforschungen schnell außer Sicht bringen, auch das Teil des Rahmens, das auf dem Tisch lag.

Aber es war Galen. »Dachte ich's mir doch … und darum hab ich auch genug für alle besorgt«, erklärte er und hielt eine große Tüte in die Höhe. »Kalter Braten, verschiedene Käsesorten, etwas Obst. Sicher hat hier niemand etwas gegessen. Was habt ihr stattdessen gemacht?« Er beäugte die aufgeschlagenen

Fotoalben. Kurz zuckte ein Muskel in seinem Gesicht. Es sah aus, als wollte er etwas sagen.

Ich wartete sein Zögern ab, doch dann schien er es sich anders zu überlegen. Er hatte mir eine Frage gestellt, also müsste ich sie beantworten. »Mir ging Rufus nicht aus dem Sinn. Ich wollte mich an bessere Zeiten erinnern und habe allerhand entdeckt.« Allerhand traf es nicht unbedingt, aber das Stück eines Spiegels und keine sonderliche Ähnlichkeit zwischen Mutter und Tochter. »Katharina sah nie wie Carolin aus.«

Luise sah mich an. Vielleicht wusste ich, was sie dachte, und ich wusste auch, dass ich für mich gedacht hatte, ich würde Galen mein Leben anvertrauen. Wenn er jetzt etwas erwidern würde in der Art, seine Erinnerung habe ihn getrogen, dann …

»Vielleicht hab ich das nur gemeint«, sagte er.

Luises Miene besagte: »Wer ist da die Schweigerin?«

Ich bedeutete ihr ein »Später mehr«.

»Hab ich euch schon erzählt, dass Fabian Caramello verschenken möchte?«, fragte Luise.

»Ach«, sagte Galen mit einem leicht amüsierten Verziehen der Mundwinkel.

»Ach?«, fragte Luise. »Das ist die beste Nachricht seit der Suchaktion mit dem Wiedergefundenen. Ich kam mir schon vor wie die Hauptdarstellerin in ›Schuld und Sühne‹.«

Dostojewski. Und Luise hatte mit Sicherheit überhaupt keine Ahnung, worum es in der Geschichte ging. Ich übrigens auch nicht großartig, doch ich wusste, dass sie im St. Petersburg des 19. Jahrhunderts spielte.

»Esst endlich was«, regte Galen an.

Er brachte die Tüte in die Küche, und ich sorgte dafür, dass die guten Sachen schön angerichtet allesamt auf Tellern und in Schüsseln landeten.

»Schuld und Sühne« in Gedanken beiseitewischend, gab es noch etwas, das ich womöglich auflösen konnte, und ich überlegte, ob ich es ansprechen sollte. Den Spiegel.

Galen müsste sich eigentlich daran erinnern. Ich riskierte es, denn ich konnte mir sicher sein, dass er mich fragen würde, was daran so wichtig war.

»Es gab hier irgendwo im Haus einen großen antiken Spiegel. Ich erinnere mich an einen vergoldeten Rahmen und dachte, ich fände ihn vielleicht auf einem der Bilder. Ich weiß nicht, was mit ihm passiert ist.«

Das stimmte, ich wusste nicht, was damit passiert war, ich wusste aber, wo der Spiegel sich jetzt befand.

»*Dieser* Spiegel«, sagte Galen wissend, und erwartungsvoll beugte ich mich vor. »Er war wirklich sehr alt und sehr beschädigt. Ich kann mich erinnern, dass es an der Legierung lag. Dein Vater hat ihn zu einem Händler gebracht. Viel hat er dafür nicht mehr bekommen.«

Zu einem Händler. »Dann muss ich ja nicht danach suchen«, sagte ich leichthin. Ob mein Gesichtsausdruck allerdings zu meiner Stimme passen wollte … Warum log er mich an?

»Ich sterbe vor Hunger«, verkündete hinter uns Luise. Wie schon einmal entspannte sie die Situation, obwohl die Spannung rein an mir lag. Galen hatte mich belogen, wegen eines Spiegels.

Ich würde vielleicht später darüber nachdenken. Gerade stellte ich für mich nur wilde Vermutungen an, ohne etwas zu wissen. Außerdem wollte ich doch viel lieber hören, was sich nach der Beerdigung ereignet hatte, deswegen war Galen wahrscheinlich auch gekommen.

Wir aßen in der Küche. Es war naheliegend. Sie hatte eine kleine Theke und dazu hohe Stühle. Galen wollte stehen bleiben, aber Luise und ich bugsierten ihn gemeinsam auf eine Sitzgelegenheit.

Luise griff nach seiner Hand. »Danke«, sagte sie. Galen fragte nicht, wofür, und ich tat es schon gar nicht.

»Es tut mir leid, ich habe dich der Meute überlassen.« Eine Entschuldigung, fand ich, musste sein. »Sie hätten mir Fragen gestellt, sie hätten gewollt, dass ich etwas dazu sage; und ich war feige«, gestand ich.

»Wenn ein geordneter Rückzug Feigheit bedeutet, dann hätte man das auch einigen Feldherrn unterstellen können. Du hast getan, was du konntest. Sie sind nur alle um dich besorgt und natürlich auch neugierig und meinen, ein Anrecht auf ein bisschen Information zu haben. Von mir bekamen sie keine Antworten, von mir wollten sie auch keine.« Galen deutete auf die Teller. Man konnte auch gediegen essen und sich trotzdem ein wenig unterhalten, hieß das.

Auf die Bratenscheiben hatte ich Salz und frischen Pfeffer gegeben. Luise musste niesen und schob den Braten möglichst weit weg.

»Katharinas Beerdigung war weniger das Thema als die Anwesenheit des Bürgermeistersohnes auf dem Friedhof«, sagte Galen. »Als das abgehandelt war, kam Sophia Schäfer an die Reihe. Sie hielt sich dezent im Hintergrund, aber natürlich musste sie ihre Geschichte noch einmal erzählen. Dann entdeckte man Vincent Klee. Der blieb standhaft und nahm die Gelegenheit wahr, sich etwas über Schalkenmehren und seine Bewohner erzählen zu lassen.«

»Er wollte etwas über Katharinas Vergangenheit erfragen.«

Das war denkbar, und es war das, was auch ich gern getan hätte.

»Das wollte er nicht«, sagte Galen.

Jetzt war ich überrascht. Galen sah mich direkt an, und ich glaubte, die Antwort war nur für mich bestimmt. Die nächste war es ganz sicher.

»Er fragte nach Ereignissen, die den Leuten seltsam vorkamen – vor neunzehn Jahren. Ob jemand etwas beobachtet hatte, sich erinnerte, dass jemand Neues in die Stadt gekommen war. Eine Frau.«

Luise machte den Mund auf. Meine Entscheidung fiel in einer Nanosekunde, obwohl es mir länger erschien, denn ich ratterte wie eine altmodische Zählmaschine Gedanken am Stück herunter.

Sie würde gleich sagen, dass ihr eine Frau aufgefallen war. Womöglich auch noch etwas anderes. Es ging nicht, noch nicht. Ich griff nach dem Glas und schob dabei scheinbar ungeschickt meinen Teller vom Tresen. Er zersprang. Explosionsartig flogen Besteck, Braten und einige Trauben durch die Luft.

Freundinnen verstanden einander. Im Normalfall. Und Luise verstand. Dafür kannten wir uns lange genug.

»Na toll, die guten Sachen. Du hast Glück, dass du so reinlich bist. Die Fliesen sind blitzblank, einiges davon kann man noch essen«, befand Luise, rutschte von ihrem Stuhl und machte sich daran, die Lebensmittel zusammenzusuchen.

Ich war ihr dankbar für den lockeren Ton. »Tut mir leid, die Hand ist nicht sonderlich verlässlich«, entschuldigte ich den Vorfall.

Luise hieß mich sitzen bleiben und kehrte das Porzellan zusammen, bevor sie Wasser und Spülmittel holte, um den Schaden wegzuwischen. Sie zwinkerte mir zu. Für mich hieß es, ich schuldete ihr mindestens eine Erklärung dafür.

»Du solltest es morgen anschauen lassen«, sagte Galen.

»Sie hat gesagt, sie tut es«, kam mir Luise zuvor. »Es hat ziemlich geblutet, es sieht auch nicht gut aus. So etwas käme mir grade sehr gelegen. Der diesjährige Gastgeber der Weinrallye gibt ein unglaublich verkorkstes Thema vor. Wenn ich eine verbundene Hand hätte, dann könnte ich nicht schreiben, bräuchte mir folglich auch keine Gedanken zu machen, wo ich mir schon so unglaublich viele Gedanken gemacht habe. An allen Ecken und Enden.«

Und es würden noch ein paar mehr werden.

21

Isabel hatte sich entschuldigen lassen, Luise Sonnenschein musste das nicht.

Vincent hatte mit den Trauergästen, zumindest mit einigen von ihnen, auf der großen Terrasse mit der Natursteinumrandung im Dorfgasthof gesessen. Er würde sich nicht einladen lassen, doch er spekulierte ein wenig darauf, dass sich die Leute etwas erzählten, Geschichten austauschten. Er bestellte eine überbackene Zwiebelsuppe und lauschte erst einmal in die Runde.

Vincent hatte nicht vorgehabt, mit seinen Fragen wirklich etwas in Erfahrung zu bringen, er hatte nur jemanden aufschrecken wollen, und soweit er es beurteilen konnte, war er darin erfolgreich gewesen.

Wenn er sich allerdings gedacht hatte, er könnte Galen Blocher erwischen, dann sah er sich getäuscht. Der war plötzlich wie vom Erdboden verschluckt. Du entkommst mir nicht, sagte sich Vincent.

Er hatte mit dem Gedanken gespielt, nach der Trauerfeier und dem Imbiss Isabel aufzusuchen. Entweder im Institut oder zu Hause. Doch dann hatte er sich kurz entschlossen anders entschieden und sich stattdessen mit Konstantin Höllrath verabredet, das erschien ihm sinnvoller an einem Beerdigungsabend. Vielleicht war das auch nur sein persönlicher Vorwand, und er wollte dem Psychoanalytiker einige Fragen stellen. Höllrath würde ihn durchschauen, so viel war klar, und es war auch nicht maßgeblich, es störte ihn nicht.

Vincent hatte sich die Unterlagen über Isabels Unfall angeschaut. Der Wagen war auf den Bildern kaum als Mini zu erkennen gewesen. Er war die Strecke selbst gefahren, da war überhaupt nichts, das einen solchen Überschlag gerechtfertigt hätte, und es gab keine Anzeichen, dass ein anderes Fahrzeug daran beteiligt gewesen war. Die Spuren im Unfallbericht deuteten darauf hin, dass Isabel mitten auf der Strecke abrupt gebremst haben und irgendetwas ausgewichen sein musste.

Die Frau, die sie gefunden hatte, beschrieb sie als verwirrt, aber was ließ sich davon schon ableiten? Verwirrung war das Mindeste, nachdem man sich zweimal überschlagen und eine schwere Gehirnerschütterung davongetragen hatte.

Von wo war sie auf dem Rückweg gewesen? Er hätte nicht geglaubt, dass Konstantin Höllrath die Antwort darauf hatte …

Es passte. Der Tag, die Uhrzeit. »Du hast mir nicht gesagt, an welchem Tag Isabel Friedrich bei dir war.« Vincent wusste, es klang etwas nach Gemecker.

»Du hast nicht gefragt«, gab Höllrath trocken zurück. »Und ja, es könnte sein, dass der Besuch bei mir Auslöser für ein Erinnern war. Diese Art Gedächtnisverlust stecke ich in die Kongrade-Amnesie-Schublade. Der Betroffene kann sich an ein bestimmtes Ereignis nicht mehr erinnern. Aber da spielt auch noch etwas anderes mit rein, ich bin mir sicher, weil Roman Friedrich es anklingen ließ. Nicht bewusst, aber du weißt schon.«

Vincent nickte nicht aus Höflichkeit, er wusste, Höllrath interpretierte das Gesagte oftmals völlig anders. Nach Psychologenart, nicht nach Polizistenart.

»Und das nennt sich psychogene Amnesie«, fuhr Höllrath fort. »Der Betroffene kann sich nicht mehr an ein bestimmtes traumatisches Ereignis erinnern.«

»Wie lange hält dieser Gedächtnisverlust an?«, fragte Vincent.

»Dieser oder jener?«, fragte Höllrath zurück. »Ich würde Isabel Friedrich eine Hypnosetherapie vorschlagen, genau genommen habe ich das schon, aber dann begegnete mir die Angst in ihrem Blick.«

»Könnte sie aus Angst versucht haben, mich umzubringen?«

Der Psychoanalytiker zuckte bei dieser Frage nicht einmal mit der Wimper. »Gewaltpotenzial habe ich bei Isabel nicht bemerkt. Aber das ist jetzt nicht verwertbar, bloß eine persönliche Meinung, ich hab nur kurz mit ihr gesprochen.«

»Gewaltpotenzial war auch keines nötig, mein Inflatorschlauch war angeschnitten.« Vincent war klar, worauf Höllraths Bemerkung abzielte. Dass der Charakter einer Person entweder eine Tat zuließ oder sie beinahe unmöglich machte.

Und »beinahe« schloss immer noch nicht eine Ausnahmesituation aus, eine Kurzschlusshandlung. »Sie hat mich aus dem See gefischt, mich beatmet und mich irgendwie in mein Zimmer auf dem Landgut transportiert; ich kann mir nicht denken, dass sie mich nur aus schlechtem Gewissen retten würde, das urplötzlich einsetzte«, sagte Vincent. Ein wenig hoffte er darauf, dass Konstantin Höllrath Isabel von der Tat freisprechen könnte, doch das tat er nicht.

»Verliebte Ansichten können trügerisch sein, Vincent, und die nachfolgenden Entscheidungen gefährlich falsch. Und das ist jetzt kein Psychologenrat.«

Er seufzte, sagte »schon klar« und meinte »verdammter Mist«.

»Wie weit bist du in dem Mordfall vorangekommen?«, wurde er gefragt.

»Ein paar Puzzlestücke fehlen mir noch.« Außerdem musste er sie richtig zusammensetzen. Im Augenblick fehlte noch eins der kleineren Stücke. Zumindest dachte Vincent, dass dieses Stückchen eines von den kleineren sei. »Da gibt es eine Person in Isabels nahem Umfeld. Galen Blocher. Er geht mir beharrlich aus dem Weg, anders kann ich es nicht sagen.«

»Du siehst aus, als hättest du noch was auf dem Herzen.« Höllrath wartete, als wäre er sich dessen sicher. Und Vincent hatte ja tatsächlich noch eine Bitte an ihn.

»Es geht um Rufus Dissen, Isabels Großvater.« Vincent legte Höllrath die Sachlage dar.

»Und du meinst, wenn ein Arzt dabei ist, sichert dich das ab.«

Besser hätte es Vincent nicht formulieren können. »Du brauchst nicht zu sagen, dass du Psychiater bist.«

Höllrath nickte nur, was kaum überzeugend war. Aber egal, denn Vincent war einfach nur froh, seine Unterstützung zu haben.

Er zückte sein Handy, um sich und Höllrath im Haus Diamand anzukündigen. Konstantin Höllrath verbiss sich das Grinsen, aber Vincent hatte es trotzdem bemerkt. Ins Telefon sagte er:

»Nein, Sie werden Rufus Dissen nichts von einer Befragung

sagen, es wird niemand befragt.« Da hatte er ausgerechnet eine der Aushilfsschwestern erwischt. Nachdem er aufgelegt hatte, wischte er sich die imaginären Schweißtropfen von der Stirn.

»Wir dürfen Rufus Dissen besuchen, müssen uns aber beim zuständigen Stationsarzt melden.«

Und Vincent überlegte schon mal, wie man den Arzt am besten loswurde. Er wollte Rufus Dissen allein sehen. Nur zusammen mit Konstantin Höllrath.

Simon Berger, der Stationsarzt, den sie aufsuchen sollten, war noch ziemlich jung, jedenfalls wirkte er so mit den Grübchen und der Fusselfrisur. Der blonde Schopf sah aus, als hätte er jedes Härchen einzeln gezwirbelt. Vincent und Konstantin Höllrath hatten sich gerade vorgestellt.

»Abendessenszeit ist vorbei«, meldete Berger, und Vincent wollte ihn schon fragen, ob das jetzt gut oder schlecht sei.

»Unsere Gäste sind dann meist ruhiger«, erklärte er.

Gäste, das vermittelte Vincent ein halbwegs positives Gefühl.

»Ich werde Herrn Dissen sagen, dass Sie da sind. Bitte regen Sie ihn nicht auf, denn sonst muss ich darauf bestehen, dass Sie sofort gehen.« Er sah Konstantin Höllrath an. »Sie sind Arzt, hoffentlich kein Zahnarzt.«

»Psychiater«, sagte Höllrath. »Es geht um einen alten Fall, zu dem Rufus Dissen vielleicht ein paar Angaben machen kann.«

»Also gut. Fünf Minuten, nicht länger«, gestand ihnen Simon Berger zu.

Vincent hatte sich auf dem Weg hierher überlegt, wie er seine Fragen formulieren wollte, doch als sie jetzt im Zimmer des alten Mannes waren, glaubte er nicht mehr daran, dass ihm die zurechtgelegte Strategie großartig helfen würde.

Das Fenster war offen, und Rufus Dissen stand davor, die Arme zu beiden Seiten weit ausgestreckt. Er führte Selbstgespräche.

»Du bist tot. Endlich bist du tot.«

Vincent sah Höllrath an und hob fragend die Handflächen. Er musste den alten Mann ansprechen, er hatte sie nicht ins Zimmer kommen gehört.

»Herr Dissen«, sagte er möglichst leise, um ihn nicht zu erschrecken. Er drehte sich um, was Vincent dazu bewegte, weiterzusprechen. »Ich bin Vincent Klee, und das ist Konstantin Höllrath, wir sind …«

»Polizei«, führte Rufus Dissen die Vorstellung fort.

»Ja«, bestätigte Vincent und beobachtete genau die Reaktion seines Gegenübers.

»Wo ist Katharina?«, wurde er gefragt.

Bevor er darauf antworten konnte, bedeutete ihm Konstantin Höllrath, er würde gern übernehmen.

»Sie ist fortgegangen«, sagte er.

»Das gute Kind«, murmelte Dissen. »Katharina ist das gute Kind.«

»Und das andere Kind?«

Dissens Blick wurde leer. »Sie wird töten.«

»Sie kann niemanden mehr töten. Jemand hat das böse Kind ermordet. Wer?«, wollte Vincent wissen und ignorierte Höllraths Blick. Die fünf Minuten waren gleich um.

Rufus Dissen schüttelte vehement den Kopf, bevor die Tür aufging und der Stationsarzt auf die Uhr deutete und zugleich Rufus Dissens Stimmung beurteilte.

Er hatte keine Ahnung, ob er jetzt mehr wusste, und Vincent fragte sich, ob Rufus Dissen wohl noch irgendetwas von Bedeutung gesagt hätte. Er bedankte sich bei Konstantin Höllrath für dessen Begleitung und war froh, dem Haus Diamand und seinen Gästen den Rücken kehren zu dürfen.

»Alt werden ist unschön«, sagte Vincent. Rufus Dissens Gesundheits- und Geisteszustand hätten schlimmer sein können, das war ihm vollkommen klar. Der Mann hatte sie sogar als Polizisten erkannt. »Ich hätte ihn fragen sollen, warum er mit der Polizei gerechnet hat.«

Höllrath gab ihm keine Antwort.

Vincent fuhr zurück zum Landgut Sonnenschein und in das gemütliche Spanische Zimmer. Diesmal sperrte er die Tür ab. Zur Sicherheit, sagte er sich. Es gab jemanden, der sich bedroht fühlte und ein sehr starkes Interesse hatte, einen Polizisten loszuwerden. Er würde die Augen offen halten. Möglich, dass er Isabel zu Unrecht verdächtigte.

Sie hatte ihn aus dem See gezogen, vielleicht war es Zufall gewesen, dass sie gerade zu der Zeit dort gewesen war. Womöglich war es Neugierde gewesen. Auch etwas anderes wäre ihm genehm – sie könnte ihn ja attraktiv finden und deshalb seine Nähe suchen.

Natürlich, darum flüchtet sie wahrscheinlich auch bei jeder sich bietenden Gelegenheit. Vincent Klee, du bist ein Ochse.

Als das Handy in seiner Tasche klingelte, hatte er noch immer Isabel im Sinn.

»Die bin ich nicht«, sagte eine ihm bekannte Stimme. Er hatte Isabels Namen fragend an sein Telefon weitergegeben. Prima.

»Was gibt's?«, fragte Vincent und brachte es fertig, verlegen zu hüsteln. Er hörte Lori Sensers leises Lachen, und natürlich, ganz wie es ihre Art war, hatte sie einen Kommentar dazu.

»Bei dir ist ja einiges los, wie man liest … und jetzt auch noch eine Frau? Vincent, ich wundere mich.«

»Senser, es ist spät, und Rätsel nicht gelöst hab ich heute schon einige.« Er klang genervt. Das sollte er nicht, weil sie schließlich nichts dafürkonnte, dass er sich verplappert hatte.

»Du hast eine interessante Rundmail geschrieben. Ein richtiges Geständnis«, sagte sie.

Vincent verstand überhaupt nichts. Er mochte Geständnisse, aber ihr Ton hatte so gar nichts Zufriedenes.

»*Dein* Geständnis«, sagte Lori Senser. »Sehr aufschlussreich – und so was von fehlerhaft. Also wirklich, Herr Kriminalhauptkommissar. Dein Vater hat die Mail auch bekommen. Darin beschreibst du die Entführung eines gewissen Caramello. Schon der Name sagt alles. Sizilien, wahrscheinlich ein Mafioso.«

»Er ist eine Ratte«, sagte Vincent.

»Sind sie das nicht alle?«, wurde er gefragt.

»Ja. Nein. Caramello ist ein Nager.« Jetzt war er auch noch genötigt, eine Erklärung abzugeben. Außerdem musste er sich die Frage gefallen lassen, wie jemand Unautorisiertes an sein Notebook kam. Er hatte auf eine aufwendige Verschlüsselung verzichtet, aber das brauchte er niemandem zu sagen. So bekam

Fabian Geniestatus, er war plötzlich ein unbekannter Hacker, der sein System geknackt hatte. Unbekannt. Besser, als zuzugeben, dass der Junge erst acht Jahre alt war.

Vincent musste anerkennen, dass er das sich selbst zuzuschreiben hatte. Doch damit würde Fabian nicht durchkommen. Das war mehr als frech, obwohl seine Kollegin sich das Lachen verkneifen musste. Sie kaschierte es mit etwas Gehuste, was weder sonderlich gut klappte noch ihn überzeugen konnte. Vincent bedankte sich dafür, dass sie ihm in den Rücken fiel, aber das löste bloß erneutes Husten aus.

»Dürfte ich dich bitten, die Kollegen davon abzuhalten, die verdammte Mail zu lesen?« Am besten die ganze Dienststelle.

»Dafür ist es ein bisschen zu spät.«

Ob er jetzt noch Lust hatte, sich Galen Blocher zu widmen … Vincent wusste, er sollte es. Bevor er, schlimmer als Luise, ins Haupthaus spazieren und Fabian die Ohren lang ziehen würde.

Blochers abschätzend-vorsichtiger Blick, als Vincent ihm vor dem Institut der Rechtsmedizin in Mainz begegnet war. So als hätte er auf etwas gewartet, und als er es nicht eintreffen sah, aufgeatmet. Vincent hatte auf Isabel geachtet, aber nicht ausschließlich.

Es gelang ihm nicht, etwas über den Mann in Erfahrung zu bringen. Von Blocher gab es keine Personenakte, er hatte keine Vorstrafen oder Ähnliches. Vincent würde ein kleiner Hinweis genügen, ein ehemaliger Arbeitgeber oder Entsprechendes. Ihm fiel ein, wie Isabel von Katharina erzählt hatte. Sie hatte auch Galen Blocher erwähnt und dass er in einer Bank in Frankfurt gearbeitet hatte, bevor er nach Schalkenmehren gekommen war. Frankfurt – Schalkenmehren. Ein Bankhaus und ein Bestattungsunternehmen. Vincent würde Lori Senser bitten herauszufinden, welche Banken es vor über zwanzig Jahren in der Mainmetropole gegeben hatte. Vielleicht ließ sich da anknüpfen. Außerdem fand er, das war sie ihm schuldig – irgendwie. Für die über ihm ausgeschüttete Häme.

***

Es würde nicht einfach werden. Der Kommissar hatte es ihm prophezeit.

Wie fing man es an, jemandem zu helfen, den man vorher hatte zu Tode erschrecken wollen?

Nicht zum ersten Mal gestand Christoffer sich das so schonungslos ein. Und nicht zum ersten Mal hatte die Sprengaktion nichts Großartiges mehr.

Reue kam nie zu spät. Das hoffte er jedenfalls. Er hatte gesehen, dass bei Sophia Schäfer der Putz am Eingang abblätterte. Das sah unschön aus und war zudem etwas, das er beheben konnte. Dafür hatte sein Vater sogar das nötige Material in der Garage. Danach bräuchte es einen neuen Anstrich, aber das war auch kein Problem.

Das wäre vielleicht zu nahe dran, fand er dann. Gleich mit der Tür ins Haus fallen. Vielleicht sollte er erst mal im Garten anfangen. Die Frau hatte keine Ahnung von Gartenarbeit, das Unkraut spross freudig und stand schon knapp einen Meter hoch.

Er war seiner Mutter öfter im Garten zur Hand gegangen, zwar nicht freiwillig, aber das Gute daran war, dass er den Unterschied Nutzpflanze – Unkraut kannte, und die Gerätschaften, die man brauchte, um alles auf Vordermann zu bringen, müsste er sich nicht erst irgendwo leihen.

Jetzt ging es nur noch darum, wann er damit anfangen würde.

Sie saßen beim Essen, und Christoffer hatte seine Mutter für die tolle Gemüselasagne gelobt, was ihr unerklärlicherweise Tränen in die Augen trieb. Er wollte einfach nett sein, Gemüse war nicht unbedingt sein Ding, aber die Lasagne schmeckte wirklich gut, und das durfte man doch sagen. Sie aber sah regelrecht verzweifelt aus.

Er ließ es sich auch gefallen, dass sie ihm übers Haar strich, normalerweise wich er dem aus. Als sie verkündete, sie hätte noch einen Termin, nickte Christoffer und freute sich. Das war der Startschuss für seine gute Tat.

Seine Mutter arbeitete drei Tage in der Woche für eine Steuerkanzlei, und sein Vater war noch im Rathaus, er würde wahrscheinlich erst gegen Abend nach Hause kommen. Als er den Wagen seiner Mutter wegfahren sah, suchte er im Schrank nach einer alten Jeans und einem Hemd. Die Turnschuhe, die er sowieso längst hatte wegwerfen wollen, waren genau richtig.

Im Hause Schäfer war es ruhig, und Christoffer hoffte, das würde noch einige Zeit so bleiben. Er hatte die alte Frau den ganzen Tag noch nicht zu Gesicht bekommen, auch den Kläffer nicht.

Die Grundstücke in der Straße waren alle ziemlich groß, sodass die Nachbarn sich nicht gegenseitig in die Fenster schauen konnten. Gute Taten waren nicht dazu gedacht, sie öffentlich zu machen. Ihn würde niemand sehen, und zu hören wäre auch nicht viel.

Sophia Schäfers Garten umgab ein schmiedeeiserner Zaun, es gab sogar ein kleines Tor, nur sah man von beidem kaum etwas. Christoffers Ehrgeiz war es, wenigstens den Zaun wieder sichtbar zu machen.

Er holte sich eine Stufenstehleiter und eine kleine Wanne für die Schnittabfälle. Zuerst musste das Unkraut weg, um überhaupt etwas sehen zu können. Danach schnitt Christoffer die kleinen Bäume in Form, gab dem Buchs eine schöne Rundung und stutzte den Efeu, der alles zu vereinnahmen drohte.

Er grinste, als er zum ersten Mal den schmiedeeisernen Zaun in voller Höhe sah. »Nicht übel, Lehnert!«, lobte er sich und trank einen Schluck aus der mitgebrachten Wasserflasche.

Die Hand auf seiner Schulter hätte ihn normalerweise nicht erschreckt, aber er hatte mit niemandem gerechnet, und er hatte auch niemanden kommen hören.

»Was tust du denn da?«

Christoffer wirbelte herum. Sophia Schäfer schaute ihn an, als würde sie die Antwort wirklich interessieren. Erstaunt, aber nicht misstrauisch. Der Hund schnupperte an seinen Turnschuhen, aber er sah in ihm offenbar keinen Eindringling.

»Ich glaube, ich bringe Ihren Garten auf Vordermann«, sagte er.

»Du bist der Sohn des Bürgermeisters«, sagte sie.

»Ich bin der, der versucht, etwas gutzumachen.« So einfach.

»Mein Geld ist nicht im Garten vergraben, falls du so etwas vermutest, und ich bezahle auch nichts für die Arbeit. Weil ich sie nicht in Auftrag gegeben habe. Verstanden?«

»Ich will kein Geld für die Arbeit.«

»Was dann?«, fragte sie und schien es lustig zu finden.

Vergebung, aber das konnte er nicht sagen. »Der Garten war ein Schandfleck, jetzt sieht man wenigstens den schönen schmiedeeisernen Zaun wieder.«

Der kleine Hund tippelte zum Zaun, hob sein Bein und markierte eine Stelle.

»Brutus gefällt es«, sagte Sophia.

Schön, wenn es Brutus gefiel. Sollte er jetzt weitermachen?

»Wie wäre es mit einem Stück Kuchen als Bezahlung?«, fragte Sophia Schäfer. Und wenn ihr Kuchen noch so scheußlich schmecken würde, im Augenblick freute er sich über die unerwartete Einladung. Obwohl er ihr zutraute, etwas im Schilde zu führen. Ihre dunklen Prophezeiungen konnten einen vielleicht täuschen, aber nicht ihre wachen Augen. Die Frau mochte tatsächlich glauben, das Totenmaar, der ruhende Vulkan, könnte irgendwann erneut ausbrechen, aber ob sie auch glaubte, das wäre bereits passiert … Möglich, dass sie es besser wusste.

»Ich hoffe, Ihr Kuchen ist genießbar, sonst komme ich nicht wieder«, scherzte er. Das würde er doch, aber beim nächsten Mal sollte sie es nicht mitbekommen. »Ich heiße Christoffer«, stellte er sich vor.

»Als würde ich jemanden zum Kuchen einladen, den ich nicht kenne«, gab sie zurück. »Dann los, Christoffer Lehnert, es gibt Apfelkuchen mit Sahne.«

Den gab es auf der Terrasse, was Christoffer angenehm war, denn seine Kleidung und die Schuhe waren voller Erde und nicht geeignet, um mit ihnen durchs Haus zu stiefeln.

»Der ist ziemlich gut«, sagte er, und es hörte sich überrascht an.

Es war an diesem Tag schon das zweite Lob, das über seine Lippen kam. Der Apfelkuchen war sogar mehr als ziemlich gut.

Sophia Schäfers Blick wanderte zu ihrem Garten hinüber.

»Und ich dachte immer, du taugst nichts.« Sie schaute ihn unverwandt an. »Du wirst nicht mal rot, Christoffer Lehnert.«

Er zuckte mit den Schultern. »Wenn das die Wahrheit ist, lohnt das Rotwerden nicht, Miss Sophie.« Er kannte den Namen aus »Dinner for One« und fand, er passte.

»Miss Sophie. Wie in diesem Film.« Sie lachte. »Hab ich dir erzählt, wie unlängst plötzlich die Erde bebte und sich ein Höllenschlund auftat? Wie das Totenmaar blubberte und schäumte?«

Damit hatte Christoffer nicht gerechnet. Ein Falke war in der Lage, seinen Kopf um hundertachtzig Grad zu drehen, Miss Sophie war in der Lage, einem Gespräch eine Hundertachtzig-Grad-Wendung zu verpassen.

»Das müssen Sie nicht«, sagte Christoffer.

»Nein, nicht wahr?«, bestätigte sie.

Sie weiß es, dachte Christoffer. Und trotzdem saß er hier und aß Apfelkuchen mit Sahne.

»Der Garten sieht richtig gut aus. In deinem Kopf sind ja doch ein paar ganz brauchbare Gedanken«, sagte sie. »Was meinst du, sollten wir daran noch was machen? Die Wege vielleicht und etwas Buntes einpflanzen?«

Wir, sie hatte »wir« gesagt. Warum bedeutete ihm dieses »wir« mehr als jede Anerkennung?

»Weißer Kies. Der würde sich gut machen. Und Rosen. Gelb, fröhlich eben. Weil der Zaun etwas Blaues hat«, schlug er vor.

»Das gefällt mir.« Miss Sophie wandte den Kopf. Christoffer hatte das Motorengeräusch auch gehört.

»Ich glaube, deine Mutter kommt grade nach Hause. Bekommst du jetzt Ärger?«

»Nur wenn ich ihr sage, dass Ihr Apfelkuchen unschlagbar ist.«

22

In einem Film hätte die Einblendung geheißen: »Keinen ganzen Tag später …«

Ich hatte nicht sonderlich gut geschlafen, denn jedes Mal, wenn ich mich umdrehte, musste ich überlegen, was ich mit der Hand anstellte. Luise hatte sie am vergangenen Abend noch einmal neu verbunden. Ein Schmerzmittel wollte ich zuerst nicht nehmen, aber irgendwann zwischen zwei und drei Uhr morgens wurde es mir dann zu bunt. Ich nahm zwei Tabletten.

Vielleicht lag es an mir, vielleicht lag es an meinem heiß gelaufenen Verstand … Irgendwie schien das Mittel überhaupt nicht das zu bewirken, was ich mir erwartet hatte.

Um vier Uhr war ich aufgestanden, hatte mich angezogen und war zu Johnny in den Garten gegangen. Der Labrador schlief natürlich. Für ihn war alles gut, glaubte ich jedenfalls, denn Hundegedanken waren für mich ein Rätsel. Meine eigenen derzeit auch. Wie sollte ich auf andere kommen, wenn um mich her nur Tod und Verderben lauerten?

Vincent Klee war also ein Held. Ein trauriger, wenn es nach Luise ging. Galen war nicht ehrlich zu mir, und ich konnte mir nicht erklären, warum. Luise war für mich über ihren übergroßen Schatten des Todes gesprungen, was ich ihr nie zugetraut hätte. Trotzdem mussten das Institut und die Durchsuchung der Unterlagen warten. Ich wäre heute früh Dr. Wagners erste Patientin. Er würde mir etwas geben, und danach konnte ich wieder Isabel Friedrich sein.

Der allzu frühe Morgen begrüßte mich mit einer Stille und Kühle, die die Nebel in meinem Kopf herrlich erfrischend wegpusteten. Ein wenig fürchtete ich trotzdem, plötzlich wieder in diese Zwischenwelt zu geraten. Vielleicht würde ich sie auch erst hinter mir lassen, wenn ich sicher wusste, was Katharina und ihrem Zwilling passiert war. Aber solange ich nichts entdeckte, das für eine Erklärung taugte, musste ich annehmen, dass auch meine Mutter tot war.

»Ach Johnny«, seufzte ich leise und konnte sicher sein, dass der Hund es nicht hörte.

Ich wollte nicht allein sein, wenn ich die Vergangenheit ausgrub, auch wenn es nur ein paar Unterlagen oder Fotos waren. Ganz kurz, kaum der Rede wert, stellte ich mir vor, ich würde zum Weingut hinauffahren, nicht zu Luise, sondern zu Vincent Klee.

Wirklich, es war kein richtiges Drandenken, es war … eine komische Art von Sehnsucht. Allerdings eine, die ich erklären konnte. Ich wollte wissen, was er dachte und womit ich zu rechnen hatte. Seine Verdächtigungen trafen, wie es aussah, zu, und trotzdem konnte ich es nicht glauben. Aber ich konnte ja auch nicht nachvollziehen, wie ich vom Haus Diamand auf den Friedhof gekommen war. Noch dazu mit ebender Zeitung, in der sich das Foto befunden hatte.

Es war Wirklichkeit. Alles andere – war nur meine Wirklichkeit.

Ich hätte in meinem Kopf gern Staub gesaugt. Vielleicht würde etwas zum Vorschein kommen, das ich zuvor irgendwo abgelegt und anschließend vergessen hatte. War es denkbar, dass Katharina im Institut etwas über ihre Zwillingsschwester aufbewahrt hatte? Würden wir etwas finden?

Vielleicht, beantwortete ich mir die Frage und stellte eine andere.

»Wo bist du, Mama?«

Ich musste irgendwann eingeschlafen sein, aufgebahrt wie … eine Leiche. Nein, mit dem Gedanken wollte ich nicht aufwachen.

Der Verband war erneut blutig, aber ich würde ihn nicht abnehmen, nur einen weißen Klebestreifen darübermachen, sodass das Blut nicht nach außen drang.

Nach einem schnellen Frühstück – Orangensaft und Knäckebrot – machte ich mich auf den Weg in den Ort. Ich hatte mir eine leichte Stola übergeworfen, die den Verband verdecken sollte.

Dr. Wagners Praxis lag in der gleichen Straße, in der auch der

Bürgermeister und die alte Sophia wohnten. Christoffer war offenbar früh aufgestanden. Es sah aus, als hätte er sich eine Arbeit vorgenommen. Er trug einen Sack Erde auf den Schultern. Die Tür zum Nachbarhaus öffnete sich. Sophia Schäfer hatte Jeans und ein Hemd an. Sie hob eine Hand. »Guten Morgen, Christoffer Lehnert.«

»Guten Morgen, Miss Sophie«, kam es munter zurück. »Kann's losgehen?«, fragte er, dann sah er mich die Straße entlanglaufen. »Hallo, Isabel«, grüßte er.

Was war da denn passiert? Etwas richtig Gutes, wie mir schien. Vielleicht liegt es nur an Christoffers schlechtem Gewissen, mutmaßte ich, aber dann registrierte ich seinen zufriedenen Gesichtsausdruck. Er war mit sich im Reinen.

»Sieht nach einer größeren Aktion aus«, sagte ich.

»Ja«, bestätigte Christoffer. »Es ist richtig viel Arbeit, aber ich würde sagen, sie lohnt sich.« Er zwinkerte mir zu.

Ich hatte Christoffer Lehnert vorher nicht gekannt. Ich war ihm vielleicht einige Male irgendwo begegnet, wie man sich in einem kleinen Ort eben begegnet. Gut möglich, dass ich ihn nicht gemocht hätte, aber jetzt war er mögenswert, sogar sehr, und ich freute mich mit ihm. Ich hob eine Hand, die linke, winkte und wünschte gutes Gelingen.

Die Sonne schien nicht gerade, aber sie bemühte sich, durch die Wolken zu dringen, und Sophias Hund bemühte sich, Christoffers Bein zu erklimmen. Er setzte den Sack ab und zog aus seiner Hemdtasche etwas, das wie ein Knochen aussah, beugte sich hinunter und gab ihn dem kleinen Hund.

Es war derselbe Junge, der vor wenigen Tagen gedankenlos eine Sprengladung gezündet hatte. Aber vielleicht nicht mehr der gleiche.

Dr. Wagners Praxis war im Erdgeschoss in einem schönen Fachwerkhaus untergebracht. Darüber hatte er seine Wohnung; soweit ich wusste, bewohnte er das Haus allein, aber ich musste ja nicht recht haben, schließlich kannte ich den Mann nur von ein paar vereinzelten Besuchen, die sich Konsultationen nannten. Mir fehlte selten etwas, ich war nicht oft krank.

Krank war mit Bestimmtheit unser Pfarrer, der Bruder des Doktors.

Kaum dachte ich an Pfarrer Wagner, tauchte er wie ein Dschinn aus der Flasche plötzlich am Fenster auf. Ohne Beklebung. Ich versuchte ein freundliches Lächeln und dachte nur, du lieber Himmel!

Ich drückte das kleine Tor auf und ging den Gartenweg entlang. Das Grundstück war gepflegt und sauber, und das Haus strahlte eine angenehme Atmosphäre aus, die dazu gemacht war, sich trotz Krankheit wohler zu fühlen.

Ich klingelte, und eine ältliche Sprechstundenhilfe mit rosa gefärbten Haaren und ebensolchen Fingernägeln ließ mich ein.

»Haben Sie einen Termin?«, fragte sie. Ich schüttelte den Kopf und hob meine verbundene Hand. Sie wies auf das Wartezimmer, in dem ich doch bitte kurz Platz nehmen sollte. Ich glaubte, mich an sie zu erinnern, aber zu der Zeit hatte sie pechschwarzes Haar gehabt.

Schriftliche Informationen über alle möglichen Krankheiten waren in einem Ständer gesammelt und arrangiert worden, sie starrten mich an. Davon wollte ich wirklich nichts haben, und setzen wollte ich mich auch nicht, weder kurz noch länger. Außer mir war sonst niemand hier.

Ich hörte Stimmen, dann steckte Dr. Wagner seinen Kopf zur Tür herein. »Isabel«, grüßte er. »Kommen Sie.«

Sein Sprechzimmer war hell und geräumig. Ein paar Bücher lagen herum, in denen er geblättert hatte, aber man hatte nicht den Eindruck, als wollte er damit Eindruck schinden. Dr. Wagner hatte nur bedingt Ähnlichkeit mit seinem Bruder und im Augenblick eher gar keine.

»Wo fehlt es?«, fragte er mich. Ich reichte ihm die Hand, die rechte, und er packte sie vorsichtig aus. Nachdem er die Wunde gereinigt hatte, leuchtete der Schnitt grellrot und begann wieder zu pochen. »Womit haben Sie sich geschnitten?« Er sah mich an.

»Altes Spiegelglas«, gab ich zur Antwort.

»Ich gebe Ihnen eine Spritze gegen die Entzündung und eine Tetanusspritze, weil damals Substanzen in der Herstellung und zur Legierung verwendet wurden, die heute verboten sind. Dann verschreibe ich Ihnen noch ein Schmerzmittel, falls Sie es brauchen.«

Ich nickte. Gleich darauf entblößte ich mein Hinterteil und empfing die Spritze gegen die Entzündung. Die Tetanusspritze verabreichte mir der Doktor in den Oberarm. Wie so viele Menschen mochte auch ich keine Nadeln.

»Setzen Sie sich, Sie sind ja ganz blass«, ordnete Dr. Wagner an. »Mindestens so blass wie in der Nacht, als Ihr Vater Sie zu mir brachte. Daran erinnern Sie sich wahrscheinlich nicht, Sie waren noch klein. Sie hatten Fieber und waren nicht ansprechbar.«

»Ich war ein Kind?«, fragte ich, was ihm verriet, dass ich es tatsächlich nicht mehr wusste.

»Acht oder neun Jahre alt«, sagte er.

Mir fiel etwas ein. »Haben Sie vielleicht die Unterlagen von damals noch?«

Dr. Wagner musterte mich.

»Bitte, es ist wichtig«, sagte ich. Meine Krankheit interessierte mich überhaupt nicht, etwas anderes dafür umso mehr.

Er murmelte etwas von alten Karteikarten, dann nahm er den Telefonhörer ab, gab die Frage an die Frau mit den rosa Haaren vorne an der Rezeption weiter, und wir warteten.

»Ich habe Ihren Bruder am Fenster gesehen, und er sieht gar nicht gut aus.« Verdammt, das hätte ich nicht sagen sollen.

Dr. Wagner zog ein Gesicht. Dann lachte er. »Mein Bruder leidet an einer seltenen Hautkrankheit. Es treten Pusteln, Knötchen sowie Schwellungen auf, die sich entzünden und eitrig degenerieren können. Es ist nichts Ansteckendes, obwohl sich einige Leute fernhalten und glauben, die Beulenpest sei zurückgekehrt.«

Ich nickte, brachte es aber nicht über mich, dass mir der Pfarrer leidtat.

»Er sollte das Thema endlich offen ansprechen, besser als mit seinen Pflastern herumzulaufen«, sagte Dr. Wagner.

Ob ich ihm da zustimmen sollte …? Ich hatte vorhin immerhin einen Blick auf das Gesicht von Pfarrer Wagner geworfen.

Kurz darauf wurde an der Tür geklopft, dann marschierte die Frau mit den rosa Haaren herein. »Die Karteikarte Isabel Friedrich«, sagte sie und legte das Dokument auf den Schreibtisch.

Gekritzel, musste ich denken. Überall Abkürzungen, ich würde nichts davon verstehen. Hoffentlich stieß ich im Institut nicht auch auf Abkürzungen und Verschlüsselungen, die nur derjenige verstand, der sie geschrieben hatte. Hier und jetzt war es gleichgültig, denn derjenige saß mir gegenüber.

Dr. Wagner klappte die Krankenakte auf. Sein Finger verfolgte die Notizen, bis er schließlich den Kopf hob.

»Im Sommer vor neunzehn Jahren, Juli. Ich hatte bei Ihnen eine funktionelle Störung diagnostiziert. Das heißt, Krankheitsanzeichen oder Beschwerden, die keine organische Ursache erkennen lassen. Offenbar hielten Fieber und Desorientierung aber nur wenige Tage an.«

Fieber und Desorientierung. Ich erinnerte mich nicht.

Im Sommer vor neunzehn Jahren.

Dr. Wager hatte mir ein weiteres Puzzleteilchen in die Hand gegeben.

Ich rechnete damit, dass Luise schon bald auftauchen würde. Anlass war mein Arzttermin, Grund war, dass wir nach Koblenz zu meinem Großvater wollten.

Die erste Frage schon brachte mich zum Lächeln.

»Hat dir der Doktor Knipplatz gegeben?« Sie stieß mich an.

Es war eine gemeinsame Erinnerung. Wir hatten uns gegenseitig mit Mumps angesteckt, und Dr. Wagner hatte seine Mutter gebeten, für genügend Knipplatz zu sorgen.

»Seine Mutter hat uns ein ganzes Blech voll gebacken«, lachte Luise. Wir waren die Einzigen gewesen, die in den Genuss dieses Hefesüßgebäcks kamen, und erzählten es natürlich überall herum. Die freundliche Bäckerin lebte längst nicht mehr.

Dann war der Augenblick vorüber, und Luise war wieder ernst. »Und?«, fragte sie.

»Er hat mir eine Spritze gegen die Entzündung und eine gegen Tetanus verabreicht. Es fühlt sich schon viel besser an, es hat aufgehört zu pochen«, versicherte ich ihr. Ich erntete nur ein Nicken, also sollte ich besser noch etwas hinzufügen. »Ich hab Pfarrer Wagner gesehen«, sagte ich und erzählte Luise, was mir der Doktor über seinen Bruder verraten hatte.

»Eine seltene Krankheit, das ist doch mal eine Erklärung.«

Luise wechselte nicht direkt das Thema. Als seltene Krankheit galt Alzheimer mittlerweile nicht mehr, aber sie versuchte, mich wegen Großvater zu trösten.

»Ich weiß noch, wie komisch mir das mit Oma Minze vorkam, als sie ganz ernsthaft Unsinn erzählte und ich erst begreifen musste, dass meine geliebte Oma sich irgendwo versteckt hatte, wo ich sie nicht immer erreichen konnte.«

Luise bestand darauf, sie würde fahren, ich könne ja lotsen. Und ich gab zurück, dass ich hoffte, es zu können. Es war eine leichtsinnige Bemerkung.

»Ich wollte Rufus von Katharina erzählen, aber dann …« Und ich teilte Luise mit, was mir Schwester Hildegard gesagt hatte, und auch von meinem Weg zu einem Friedhof, auf dem ich niemanden kannte.

»Das stimmt gar nicht«, sagte ich. »Ich kenne jemanden. Carolin.«

»Deine Großmutter ist dort beerdigt?«, fragte Luise.

»Ihre Asche befindet sich in einer Urne in einer Stele. Es ist der Hauptfriedhof in Koblenz.« Was war nur mit mir los? Es war mir gerade erst wieder eingefallen.

Das Haus Diamand hielt für uns an diesem Tag eine kleine Überraschung bereit.

Schwester Hildegard kam uns im Gang entgegen, und ich wappnete mich. Irgendwie schien sie immer da zu sein.

Sie begrüßte Luise und mich wie alte Bekannte und sagte uns, es ginge Rufus ein wenig besser, er hätte sich beruhigt. Oder vergessen, was ihn beunruhigt hatte, musste ich denken.

»Die Polizei war bei Ihrem Großvater«, informierte sie uns. »Der Stationsarzt konnte der Anfrage keine Absage erteilen. Aber Herr Dissen war nach dem Besuch völlig unaufgeregt, höchstens ein wenig nachdenklich.«

Vincent Klee war gründlich. Ich fragte mich, was er erfahren hatte.

»Was kann er denn von Rufus wollen?«, fragte Luise. Vielleicht etwas über die Vergangenheit. So wie ich auch.

Mein Großvater war ansprechbar, seine Augen blickten mich wach an, als ich ihn umarmte. Erleichtert. Luise erkannte er nicht, aber das nahm sie ihm nicht übel. Dann drehte er mein Gesicht ins Licht, und meine Welt brach entzwei.

»Nein, nein … geh, verschwinde!«, rief er mit solcher Intensität, dass ich zurückschreckte.

»Ich bin's, Isabel«, versuchte ich ihn zu beruhigen, aber ich wusste nicht einmal, ob ich zu ihm durchdrang. Wenigstens wollte ich es versucht haben.

»Kein Herzmal, du hast kein Herzmal.« Er blitzte mich an.

»Ich bin Isabel«, versuchte ich es erneut. »Katharina hatte ein Herzmal, ich habe keins.« Ich biss auf meine Unterlippe. Warum nur erinnerte er sich nicht an mich? Es tat weh, und Luise berührte meinen Arm.

»Ich … weiß es nicht mehr. Weiß es nicht mehr. Du musst gehen.«

Ich nickte, blieb aber noch einen Moment unschlüssig stehen. Seine Augen sprachen nicht mit mir, mein Großvater war heute nicht hier.

Luise packte meinen Arm und zog mich aus dem Zimmer.

»Ich geh wieder rein, auch wenn Rufus mich nicht einordnen kann, und rede noch ein wenig mit ihm.«

Ich war ihr dankbar und stand wie ein begossener Pudel oder wie eine fälschlicherweise für eine andere Person gehaltene Enkeltochter vor der geschlossenen Tür.

Sie schaffte es offenbar, denn ich hörte Stimmen und schließlich sogar meinen Großvater lachen.

»Was hast du ihm erzählt?«, fragte ich sie auf dem Weg nach draußen.

»Einen Bestatterwitz«, gab sie ein wenig schamhaft zurück. »Und er hat von der neuen Produktionslinie erzählt, die ihm durch den Kopf geht. Bunte Schreine, ein bisschen Picasso-artig.«

»Danke«, sagte ich. Die Picasso-artigen Schreine hatte es tatsächlich eine ganze Zeit lang gegeben. Daran hielt sich sein

Verstand noch immer fest und auch noch an etwas anderem. Rufus hatte weder mich noch Katharina gesehen, aber diejenige, die er meinte … Warum war die Vorstellung so beängstigend für ihn?

»Rufus hat versucht, sich an etwas zu erinnern, aber es gelang ihm nicht«, sagte Luise.

»Zumindest wusste er, dass sie kein Mal auf der Wange gehabt hatte.« Doch was wusste er außerdem noch? Die Furcht kroch mir kalt über den Rücken, aber alles war besser, als meinen Großvater weinen zu sehen.

Heute Nacht würde ich zusammen mit Luise weiter in dieser Sache ermitteln.

Luise hatte gefragt: »Wann geht die Sonne unter?«, und dabei in die falsche Richtung geblickt, aber wer war schon perfekt.

»Wenn es dunkel wird und wir das Licht einschalten. Zieh dir was Gemütliches an, es könnte dauern.«

»Wir müssen einfach etwas finden«, sagte sie und umarmte mich zum Abschied. Aber ich hatte noch etwas auf dem Herzen.

»Luise … hast du mich jemals komisch erlebt? Als wir beide neun Jahre alt waren, im Sommer.« Dr. Wagners Diagnose ging mir nicht aus dem Kopf. Es musste jemanden geben, der solch ein Verhalten bestätigen konnte. Mein Vater hatte mich sicher nicht versteckt.

»Erinnerst du dich an etwas?«, fragte sie. Meine Antwort platzte in ihre Überlegung. Beinahe gleichzeitig sagten wir …

Ich: »Dr. Wagner war der mit der Erinnerung.«

Luise: »Du warst längere Zeit krank. Eine schwere Irgendwas. Ich durfte dich nicht mal besuchen, weil es hieß, du seist ansteckend.«

Wir sahen uns an, und Luise sagte: »Ja, das war im Sommer. Du weißt es nicht mehr, oder?«

Ich wusste offensichtlich so einiges nicht mehr.

»Sonnenuntergang«, meinte sie, und ich bestätigte: »Sonnenuntergang.«

Am späten Nachmittag brachte man eine Leiche ins Institut.

Keine normale Leiche, sondern ziemlich unansehnlich – ich hätte es zerstört genannt. Es handelte sich um einen Unfall. Ein junger Mann war mit dem Motorrad verunglückt. Er sah nicht gut aus. Was für mich bedeutete, dass ich sein Gesicht rekonstruieren musste, weil seine Eltern ihn noch einmal sehen wollten. Galen hatte mir Fotos mitgebracht.

»Um so auszusehen, kann er keinen Helm getragen haben.« Ich sah, dass außerdem sein Genick gebrochen war. Ein hübscher junger Mann, von dessen Gesicht alles Gutaussehende buchstäblich weggefräst worden war.

»Er hieß Felix«, teilte mir Galen mit. Felix bedeutete »der Glückliche«, aber sein Glück war nur von kurzer Dauer gewesen.

»Es geht auch um die Versicherung, oder?«, mutmaßte ich. »Er soll aussehen, als hätte er den Helm getragen. Das wird nicht einfach.«

»Du bist eine Künstlerin«, schmeichelte mir Galen. Nur war er kein Schmeichler.

»Isabel«, sagte er dann, und ich wurde hellhörig. »Es wird Zeit, dass ich es dir sage. Ich muss gehen. Sicher wirst du einen Ersatz finden, doch allmählich solltest du anfangen, danach zu suchen.«

»Ersatz, wie meinst du das? Du kündigst?« Ich sah ihn schockiert an und stellte fest, dass sich in meinen Augen Tränen sammelten. »Wieso?« Ich klang verletzt. Galen würde fortgehen, er würde mich verlassen. »Aber …« Wie konnte er das tun, er war doch meine Familie?

»Isabel … ich kündige doch nicht, was denkst du denn? Ich sterbe. Es wird jeden Tag schlimmer, und an einem davon wird es zu Ende sein. Du musst es doch wissen, weil du jemanden brauchen wirst, der meine Arbeit übernimmt.«

Wir standen vor einer Leiche, und Galen erklärte mir, dass er bald selbst zu den Toten gehören würde.

»Das geht nicht«, sagte ich, weil das vielleicht meine einzige und letzte Gelegenheit war, ihm zu sagen, was er mir bedeutete. Tränen liefen mir übers Gesicht.

»Ich habe lange durchgehalten; der Krebs findet das sicher auch«, meinte er mit einem leichten Zucken der Mundwinkel. Ich fand es nicht erheiternd. Meine Tränen tropften auf die Fliesen.

Galen zupfte einige Kosmetiktücher aus der Schachtel und reichte sie mir.

»Ich möchte, dass du meinen Körper verbrennen lässt. Asche ist etwas Reines. Bis auf die Kugel.« Er lachte. Ich hatte keine Ahnung, worüber.

»Für die Urne eine Nische, davor eine kleine Platte. Und es muss nicht unbedingt der Pfarrer sein. Wäre schön, wenn du mich verabschieden würdest, das würde mir gefallen. Ich glaube, ich habe das nie erwähnt, aber ich mag Rapmusik.«

»Das reicht!«, rief ich. »Ich will dich nicht verlieren, ich will nicht um dich trauern, ich will dich nicht zu einem Rap-Sound totreden. Ich will nicht«, schniefte ich.

»Isabel, ich habe keine Wahl, also lass mir bitte diese eine.«

Ich fiel ihm in die Arme. Er hielt mich fest und strich mir tröstend übers Haar. Ich würde tun, was er sich von mir wünschte, aber es würde mich viel Kraft kosten.

Nach einer Deadline wollte ich nicht fragen, aber wenn er es jetzt in dem Umfang ansprach und mir gleichzeitig die ihm wichtigen Details mitteilte, würde sich sein Zeitfenster des Lebens bald geschlossen haben.

Während ich meine Utensilien für die Rekonstruktion bereitlegte, schossen mir Tausende Fragen durch den Kopf. Ich wusste, ich sollte zusehen, meine Augen trocken zu halten, um nicht alles nur verschwommen wahrzunehmen, und das konnte ich dem jungen Mann auf meinem Tisch nicht antun.

Galen musste es schon länger gewusst haben, nur jetzt war seine Stimmung auf Endzeit.

Man spürte, wenn es zu Ende ging, also tat es das.

Wie sollte ich Luise und Fabian Galens Sterben erklären?

Wie sollte ich eine Trauerfeier organisieren – ohne ihn?

Ich wandte mich zu ihm um. »Ich weiß nicht, wie ich es ohne dich schaffen kann. Du warst für mich da. Immer.«

»Du schaffst alles, Isabel. Und nimm dich vor dem Kommissar in Acht«, sagte Galen. »Vertraue deinen Erinnerungen, auch wenn sie wehtun.«

Damit ließ er mich und Felix allein. Galen hatte mir seine Musik verraten, aber nichts von Blumen gesagt, die er mochte.

Eine dicke Träne stahl sich über meine Wange; nicht wegen der Blumen.

Noch ein Kosmetiktuch, dann müsste ich so weit sein, Felix die Feinheiten seines Gesichts zurückzugeben. Ich war Maskenbildnerin und Skulpteurin gleichermaßen.

In den Wunden fanden sich noch Asphaltpartikel. »Warum warst du nicht vorsichtiger?«, fragte ich ihn und strich sein volles blondes Haar zurück. Ehemals war dieses Gesicht ein sehr ansprechendes gewesen, und sein Lächeln hatte vielleicht jemandem die Welt bedeutet.

»Ich werde für dich tun, was ich kann«, versprach ich.

Diese Tür würde verschlossen bleiben, bis Felix wieder vorzeigbar wäre. Möglichst bevor Luise mich bei Sonnenuntergang treffen wollte.

Ich hatte konzentriert an Felix gearbeitet und schreckte auf, als ich die Klingel hörte. War es schon so spät? Schnell zog ich meine weiße Arbeitskleidung aus. Handschuhe und Kittel, der mich immer schmuck- und farblos aussehen ließ.

Ich würde Luise sagen, ich müsse noch kurz etwas erledigen. Sie könne inzwischen schon mal ins Büro gehen. Die Tiegel und Töpfe konnte ich nicht geöffnet herumstehen lassen, und den Spatel und die Pinsel musste ich reinigen.

»Du riechst nach Tod«, sagte sie und schnüffelte an mir. »Du sagtest doch, du hast keine Klienten. Ist alles in Ordnung?«

»Felix ist ganz frisch, und ich bin fast fertig, ich muss nur noch die benutzten Werkzeuge sauber machen.«

Sie schnüffelte erneut. »Frisch riecht anders.«

Es dürfte ja wohl klar sein, dass ein frischer Toter anders roch als ein frischer Lebender.

»Im Büro riecht nichts, ich bin gleich da«, versicherte ich ihr.

»Ich glaube, ich hole Johnny«, sagte Luise voller Überzeugung und wandte sich um.

Der Labrador wäre nicht allzu begeistert, er hatte zum Institut keine Affinität, aber wenn sich Luise dann sicherer fühlte …

Ich kam gerade rechtzeitig zurück, um zu sehen, wie Luise Johnny den Gang zum Büro entlangschob. Er gebärdete sich wie ein störrisches Muli.

»Los, los«, kommandierte sie. »Du kannst uns nicht im Stich lassen, sonst werde ich kein Handtuch und keinen Föhn haben, wenn du beim nächsten Mal tropfnass auftauchst. Überleg es dir gut.«

Ich war überrascht, denn Johnny beschleunigte etwas widerwillig seine Schritte. Luise öffnete die Tür zu meinem Büro, der Labrador drängte sich an ihr vorbei und suchte sich einen gemütlichen Platz unter dem Schreibtisch. Seine Wahl würde ich nie begreifen, denn er musste sich zusammenrollen.

»Ich hab ihm Hundekuchen versprochen, hast du welchen?«

»Du hast ihm ein Handtuch und einen Föhn versprochen«, sagte ich.

»Mit dem Entzug von Handtuch und Föhn habe ich gedroht, als nichts mehr half.« Sie zog ein Gesicht. »Aber ich fühle mich besser, wenn er hier bei uns ist. – Hast du die Leiche eingesperrt?«

»Felix ist sicher nicht nach einem Spaziergang zumute«, sagte ich und versicherte ihr, dass er nicht wegkonnte. »Er hat auch gar nichts an.«

»Oh«, sagte sie, rückte sich meinen Schreibtischstuhl zurecht und ließ sich darauf nieder.

»Womit beginnen wir?« Luise lehnte sich in dem drehbaren Stuhl zurück. Es wirkte, als würde sie Entspannung suchen.

»Wir teilen die Ordner auf, sehen, was wir finden, und wenn dort nichts ist, dann …« Ich gab ihr zwei der vier Ordner, die ich in dem grässlichsten unserer Ausstellungssärge entdeckt hatte. Er wurde zwar abgestaubt, doch er gefiel niemandem. Und so hatte ich ihn nie öffnen müssen. Das Versteck hätte nicht besser gewählt sein können. Hier war eine Sache eingesargt worden, musste ich denken. Eine tödlich ernste Sache.

Die anderen beiden Ordner nahm ich mir vor, und ich gab mir Mühe, ruhig zu bleiben.

»Wo soll ich anfangen? Darf ich alles lesen, oder hast du Geheimnisse?«, fragte Luise in meine Gedanken.

Ich hatte ganz sicher Geheimnisse, nur dass ich davon nichts mehr wusste. »Was du auch immer findest, versprich mir, es auf Leben und Tod für dich zu behalten.«

Auf Leben und Tod. Das war immer unser Spruch gewesen.

Sie wollte gerade antworten, da sagte ich: »Du kommst doch zur Beerdigung eines Freundes, oder?« Und wieder traten mir Tränen in die Augen.

»Welcher Freund? Isabel, was ist denn?« Luise schob den Stuhl zurück, kam auf die andere Seite des Schreibtisches und berührte meinen Arm. »Ich dachte mir doch, dass du seltsam angespannt bist. Und an Vincent Klee liegt es nicht.«

An Vincent Klee hatte ich gar nicht mehr gedacht.

»Galen wird sterben«, sagte ich schnörkellos. »Bald«, fügte ich hinzu.

Luise schluckte und suchte meinen Schreibtischstuhl wieder auf. »Das ist sehr endgültig.«

Wem sagte sie das.

»Woher weißt du's? Schrecklich ist es auch.« Ihre Stimme brach. »Wie soll das alles gehen? Wir werden ihn vermissen ohne Ende.«

Das würden wir, das würde ich. Natürlich gab es noch einige offene Fragen. Luise hatte immer Fragen. Selbst an den Tod, und ich erklärte, so gut ich konnte, was mir Galen offenbart hatte.

Sie nickte. »Isabel …« Schon wieder diese seltsame Art einer unausgesprochenen Frage. »Könnte Galen etwas mit dem Tod der anderen zu schaffen gehabt haben?«

Da begegneten wir uns in Gedanken.

»Vielleicht nicht direkt mit ihrem Tod, aber mit ihrem Verschwinden im Totenmaar.«

Vielleicht hätte ich Galens bevorstehendes Ableben später ansprechen sollen, aber genau da sah ich das Problem; später konnte zu spät sein.

»Lass uns schauen.« Luise deutete auf die Ordner. Sie war dabei, sich selbst zu überzeugen. In ihrem Gesicht sah ich die

Sorge, etwas von Bedeutung zu entdecken. Aber so ging es mir auch, eine absolut widersprüchliche Empfindung.

»Isabel …«, sagte sie kaum eine Minute später. »Galen hat den Anschlag auf Vincent Klee verübt, oder? Nicht du und auch sonst niemand.«

Sie schaute mich an, als wäre ihr die grausige Beinahe-Konsequenz der Tat erst jetzt bewusst geworden.

Mir dagegen wurde sie tatsächlich erst jetzt bewusst. Ich hatte mich verdächtigt, Isabel Friedrich, ohne intakte Erinnerung.

Ich musste mich setzen. Mein Atem ging heftiger. Galen war mir Beistand und Freund, sollte ich jetzt etwa annehmen, dass er ein Mörder war?

»Es ergibt keinen Sinn«, flüsterte ich.

»Doch«, widersprach Luise.

Nämlich dann, wenn sich Galen bedroht fühlte. Oder? Aber war der nahende Tod nicht eine viel schlimmere Bedrohung?

Ich schlug den Ordner auf, und in der kommenden Stunde waren Luise und ich damit beschäftigt, unter all den Papieren und Zetteln irgendetwas Nützliches aufzustöbern. Das gelang mir erst in der Mitte des Ordners, und dort waren die Papiere plötzlich in Umschlägen abgeheftet worden.

In meinem Ordner befanden sich Klinikrechnungen. Das Papier hatte einen Gelbstich, und die Schrift stammte nicht von einem Drucker, sondern unverkennbar von einer Schreibmaschine. Dann las ich das Datum.

»Seltsam«, sagte Luise und hielt mir ihren Ordner hin. Sie war genau wie ich auf einige abgeheftete große Kuverts gestoßen.

»Das hier ist sehr persönlich«, sagte Luise. »Die Polizeidienststelle schreibt von …« Sie holte tief Luft. »Protokolliert wird hier der versuchte Mord an der sechzehnjährigen Katharina Dissen durch ihre Zwillingsschwester.«

Ich zuckte zusammen.

Luise sagte: »Der Name der Zwillingsschwester ist Kristina. Es ist auch ein Foto drin. Kristina, als sie sechzehn war. Als man sie festnahm. Sie … du hast fast genauso ausgesehen mit sechzehn. Ich meine nicht … ach, Isabel. Ich wollte damit nicht sagen, dass du so durchgeknallt ausgesehen hast. Schau mal.«

Und ich schaute. Ein hübsches Mädchen, aber mit ihren Augen stimmte etwas nicht. Mit ihrem Blick. Sie wirkte verstört, doch die schönen Augen waren aus blankem Eis. Kristina. Es stimmte also.

»Der böse Zwilling.«

»Der mörderische Zwilling. Hier steht sogar etwas Verständliches. Kristina litt an einer schweren Psychose. Sie konnte es nicht ertragen, dass eine andere die gleichen Gesichtszüge trägt. Darum hat sie gedacht, wenn sie Katharina tötet, gäbe es nur eine Person, die so aussieht. Sie.« Luise presste die Hand auf den Mund.

Das war es, was mir die Bilder, was mir meine Erinnerung und der Spiegel gezeigt hatten. Zwei Gesichter, die ich nur als eines gesehen hatte. Das und ein Angriff, doch der galt keinem Teenager, sondern einer Erwachsenen.

»Ich dachte immer, Zwillinge sind besonders miteinander verbunden, sie spüren, wenn der andere leidet. Im Denken wie im Handeln. Hab ich gelesen. Wer schreibt so einen Schwachsinn?« Luise hieb mit der Faust auf den Tisch. Johnny fuhr auf und drehte sich blitzschnell um. »Tut mir leid, Schatz. Ich hab dich erschreckt, und Hundekuchen gab's auch keinen. Tut mir wirklich leid.«

Der Schatz ließ sich mit einigen Streicheleinheiten besänftigen, doch er spürte Luises Unruhe. Er räumte seinen Platz unter dem Schreibtisch und ließ sich stattdessen in Türnähe nieder, wieder ganz der Wächter. Nur schien es mir so, als drohe uns im Moment von den Toten mehr Gefahr.

Die Behörden konnten eine Sechzehnjährige nicht einsperren, aber sie konnten eine Unterbringung in einer psychiatrischen Klinik verfügen.

»Die Diagnose verstehe ich nicht, medizinische Begriffe in Serie, aber es klingt richtig übel«, fuhr Luise fort. »Katharina war schwer verletzt. Kristina hat eine Rasierklinge benutzt.« An Luises Gesicht konnte ich ablesen, dass sie sich das Schreckliche gerade bildlich vorstellte. »Davon gibt es auch Fotos«, sagte sie leise.

Eine Rasierklinge, wo ein Messer doch zweckmäßiger gewesen wäre und sicher genauso greifbar. Perfide, musste ich denken, weil die kleine Klinge wahrscheinlich flinker in der Handhabung war. Und kaltblütig.

Ich war ein Feigling, ganz langsam pirschte ich mich heran an die Bilder des Grauens. Es war das gleiche Gesicht, nur dass es das Mal trug, das wie ein kleines Herz aussah.

Doch das waren keine seelenlosen Augen, die mir entgegenblickten. Katharina hatte Schnitte an der Kehle, an Hals und Dekolleté. Und am linken Ohr.

Kristina war nicht sofort auf ihr Gesicht losgegangen. Vielleicht hatte sie erst Katharinas Gegenwehr brechen müssen. Es gab Abwehrverletzungen an ihren Händen und Armen. Das hatte ein Mensch einem anderen angetan, eine Schwester einer Schwester.

Luise durchbrach meine Gedanken. Während ich die Fotos betrachtete, hatte sie weiter im Ordner geblättert und gelesen.

Ich wollte etwas entdecken, ich brauchte Antworten. Mein Kopf dröhnte, eine natürliche Reaktion, kein beginnender Blackout.

Luise rieb sich die Schläfen, dann fuhr sie mit dem Finger die Spalten nach. »Sie verbringt viele Jahre in dieser Einrichtung, wird erwachsen. Von Reue ist keine Rede, bis irgendwann eine Wandlung einsetzt. Und dann … oh Gott!« Sie hatte die Hand bereits wieder zur Faust geballt. »Der behandelnde Arzt ist plötzlich der Meinung, dass von Kristina Dissen keine Gefahr mehr ausgeht, weder für sich selbst noch für ihre Zwillingsschwester oder jemanden sonst. Die Therapie sei erfolgreich gewesen, ein Klinikaufenthalt nicht länger angeraten.« Luise tippte auf das Dokument. »Katharina bekam einen Brief, in dem ihr Kristinas Entlassung mitgeteilt wird.«

»Vielleicht war sie nur eine gute Schauspielerin, die endlich einen Weg gefunden hatte, sich zu befreien«, sagte ich, weil ich diese Augen wieder vor mir sah.

»Sie könnte den Arzt überredet haben – sie war eine schöne Frau«, sagte Luise.

»Gerade spekulieren und unterstellen wir gehörig.«

»Dann unterstelle ich es eben. Jedenfalls hat der Kerl mit

einem Gutachten und seiner Unterschrift dafür gesorgt, dass Kristina die Klinik verlassen konnte. Sie kam nach Schalkenmehren. Ich habe sie gesehen. Was sollte sie hier gewollt haben, außer …«

Außer Katharina zu töten.

23

Das Weiß war an manchen Stellen von einem schmutzigen Grau durchzogen. Der Hai war riesig, und er schwamm unbeirrt auf ihn zu.

Vincent trug nichts als Badeshorts und ein T-Shirt. Die Luft würde nur für kurze Zeit reichen, und in dieser kurzen Zeit musste er sie finden. Schlieren von Blut waberten durchs Wasser. Er hatte getötet, aber er musste nicht Belle erwischt haben.

Die Strömung trieb Vincent weiter hinaus, er konnte nicht tiefer hinunter, seine Lungen würden platzen. Der Hai vollzog eine Drehung, er war wendig und schnell, und schon schoss er aus Vincents Blickfeld. Ganz kurz hatte er in seine Augen gesehen. Er musste Luft holen. Belle war nirgendwo, und das Blut kaum mehr zu sehen, das Wasser hatte die Spuren des Mörders verwischt.

Es gab eine Haiart, die sich Engelshai nannte. Wie konnte man eine solche Spezies nach einem göttlichen Wesen benennen?

Damals wie heute war ausgerechnet dieses Wissen mit ihm zurück an die Oberfläche gestiegen.

Der Traum war eine verschwommene Wirklichkeit, doch die gefühlte Intensität erschütterte ihn noch immer. Er hatte dort unten Todesangst gehabt, nie würde er die Augen und das Maul dieses Hais vergessen.

Auch im Spanischen Zimmer war der Tod gegenwärtig, er hing an einer der Wände. Vincent blieb einige Augenblicke auf dem Bett sitzen, bevor er ins Bad ging und dort als Erstes an Isabel erinnert wurde.

Er hatte noch nicht alle Informationen zusammen, aber was ihm vorlag, genügte, um zu schließen, dass Isabel Friedrich mehr wusste, als sie ihm gesagt hatte. In einem kleinen Ort war ein Allgemeinmediziner eine Vertrauensperson, meist kannte man ihn gut, und das von klein auf. Vincent hatte Dr. Wagner aufgesucht. Der Mann war verschwiegen, das musste er sein, aber nicht derart verschlossen, dass Vincent ihm in irgendeiner Weise hätte drohen müssen. Er hatte seine Antwort bekommen, doch auch der Doktor hielt etwas zurück. Er hatte dem Kommissar schlauerweise etwas gegeben und etwas anderes unter den Tisch fallen lassen. Dr. Wagner war gut bekannt mit der Familie, von der es nur mehr Isabel gab. Vincent konnte sich vorstellen, dass er sich da zumindest ein wenig verantwortlich fühlte.

Das Wasser der Dusche spülte die düsteren Gedanken weg – der immer wiederkehrende Traum und die Unterwasserbegegnung mit einer Frau, die vor neunzehn Jahren ermordet worden war.

Isabel hatte die Tote im Familiengrab bestattet. Sie musste doch wissen, dass diese Frau nicht Katharina war. Und wenn sie es nicht wusste, dann kannte sie auch Kristinas Geschichte nicht. Kristina Dissen, Katharinas Zwillingsschwester.

Vincent hatte vor, an diesem Tag einiges zu erledigen, und unter Erledigungen fiel auch die Festnahme von Fabian.

Na ja, übertreib nicht, sagte er sich. Aber er würde dem Jungen ein bisschen Feuer unterm Hintern machen. Kinder unter vierzehn Jahren waren strafunmündig, aber er sollte sich ruhig ein bisschen ängstigen. Das hatte er verdient, aufgerechnet kam da einiges zusammen.

Fabian hatte sich unbefugt Zugang zu seinen Räumlichkeiten verschafft, außerdem kamen noch dazu: ein Angriff auf fremdes Eigentum, Ausspähen von Daten, Datenveränderung, Täuschung, Irreführung, Verunglimpfung, Verschleierung. Prächtig.

Und danach wollte er Galen Blocher und Isabel aufsuchen.

Vincent begann den neuen Tag, der im Radio als extrem sonnig angekündigt wurde, mit einem ausgiebigen Frühstück. Aenna kam an seinen Tisch, sie strahlte, und Vincent dachte, gegen dieses Strahlen hätte die Sonne heute wenig Chancen.

»Eine Überraschung.« Sie hielt eine Karte in der Hand. Vincent warf einen Blick darauf. Die ungelenke Schrift gehörte sicher Fabian. Er hätte Aenna etwas über Fabians Überraschungen sagen können, aber das unterließ er. Mit dem Mädchen hatte es nicht das Geringste zu tun, und sie freute sich so. »Verrätst du's mir später?«

»Wenn nicht Ihnen, wem dann?«, gab sie zurück.

Vincent grinste und gönnte sich noch eine Portion von dem Rührei. Und dann strahlte auch die Sonne von einem blauen Himmel, was er als gutes Zeichen nahm.

Er wollte sich gerade aufmachen, um sich Luises Neffen vorzuknöpfen, als seine Kollegin zurückrief. Lori Senser mit der Bankeninformation.

»Vincent, beantworte mir mal etwas. Wenn du die Chance hättest, in den Aufsichtsrat eines der größten Bankhäuser Frankfurts aufzusteigen, wie wahrscheinlich ist es, dass du das ungenutzt lässt?«

Extrem unwahrscheinlich, dachte Vincent, wenn nicht sogar völlig dämlich und komplett ausgeschlossen. Aber das musste er ihr nicht bestätigen, es war eine rhetorische Frage.

»Ich hab hier noch eine Mailadresse für dich. Der Kerl sitzt in New York, auch so ein Banktyp. Er heißt Nikolas Stromer und arbeitete mit Galen Blocher zusammen. Mehr war nicht zu bekommen.«

Vincent dankte ihr, Lori Sensers Ausbeute war nicht schlecht, fand er. Obendrein hatte sie es immer schon gehasst, in irgendeiner Richtung Nachforschungen anstellen zu müssen.

Das war ein echter Schnitt. Keine Offenbarung irgendeiner Art, aber hier war etwas auffällig. Der Mann hatte offenbar von einem Tag auf den anderen alles hinter sich gelassen. Sein Leben.

Was hatte einen erfolgreichen Banker mit großartigen Aufstiegschancen nach Schalkenmehren und in ein Bestattungsinstitut geführt? Dafür musste es einen Anlass gegeben haben und einen verdammt guten Grund. Vielleicht war darüber ja etwas über den Kontakt zu Nikolas Stromer in Erfahrung zu bringen.

Fabian kümmerte sich um seine Ratte mit dem Zuckernamen.

Vincent hatte kurz geklopft und dann das Zimmer betreten. Sollte der Junge gar nicht erst die Gelegenheit bekommen, nach einem Ausweg zu suchen.

Soweit es Vincent sehen konnte, trug Caramello eine Schleife. Ein Mode-Accessoire? Aennas Überraschung kam ihm in den Sinn. Hoffentlich nicht, denn Caramello lag auf der Seite und sah nur noch bedingt lebendig aus.

»Was ist mit ihm?«, fragte er.

»Ich weiß nicht, ich glaube, er bekommt ganz schlecht Luft. Dabei wollte ich ihn Aenna schenken, und Isabel hat ihm dafür eine Schleife gebastelt. Caramello darf nicht sterben!«

Gar nicht gut, dachte Vincent. Vielleicht würde ihm ja etwas einfallen. Es war ein großes Vielleicht.

»Du steckst in beträchtlichen Schwierigkeiten, Fabian.« Vincent zählte die Liste auf, die er zuvor in Gedanken zusammengestellt hatte.

»Das hab ich doch bloß gemacht, weil Sie geholfen haben, Caramello zu entführen«, verteidigte sich Fabian. »Das war doch nicht gelogen. Das müssen Sie streichen. Und auch das mit dem Ausspähen, ich hab nicht geschaut, was auf Ihrem Laptop drauf ist. Ehrenwort. War doch gar keine Zeit. Verändert hab ich auch nichts, bloß eine E-Mail verschickt. Und verunglimpft hab ich bestimmt keinen, ich weiß gar nicht, was das ist, und verschleiert hatte ich mich auch nicht, wozu wäre das denn gut gewesen?«

Empört sah Fabian ihn an. Vincent musste sich zusammennehmen, um nicht zu lachen. Das war eine ernste Sache, sagte er sich. Er räusperte sich.

»Du hast eine Rundmail verschickt, die einen Polizeihauptkommissar der Entführung bezichtigt, nämlich mich. Das ist ein Straftatbestand, und Einsätze dieser Größenordnung sind teuer. Möglich, dass dich das auf Jahre dein Taschengeld kosten wird.«

»Ist mir doch egal«, heulte Fabian. »Tante Luise ist sauer auf mich«, schniefte er.

»Ich bin auch sauer«, sagte Vincent.

»Sie sind nicht so wichtig«, erklärte ihm Fabian. »Und Caramello stirbt vielleicht.« Er fuhr sich mit dem Handrücken über die Augen.

Vincent kaufte sich auch heute wieder den »Schalkenmehrener Anzeiger«.

Die Überschrift im Lokalteil klang diesmal nicht geheimnisvoll oder reißerisch. »Schalkenmehrer Jugendliche helfen«, hieß es da schlicht. Das Foto zeigte Christoffer Lehnert in Jeans und Hemd, wie er in einem Garten Blumen pflanzte. Er machte sich die Hände schmutzig, und es sah noch dazu so aus, als verstünde er etwas davon.

Vincent konnte sich denken, wessen Garten das war; als er das letzte Mal an Sophia Schäfers Haus vorbeigekommen war, hatte das noch ganz anders ausgesehen. Christoffer hielt Wort.

Seine beiden Freunde sahen weniger fähig aus, aber dafür ebenso entschlossen. Die Komplizen, dachte Vincent. Diejenigen, deren Namen Christoffer für sich behalten hatte. Auf allen Gesichtern lag dieser zufriedene Ausdruck.

Julia Koch würde sicher nicht so zufrieden aussehen, wenn sie ihm erklären müsste, weshalb sie die Tote im Weinfelder Maar als ihre ehemals beste Freundin identifiziert hatte. Gut möglich, dass sie es wirklich nicht gewusst hatte. Und Isabel war ein Kind gewesen. Sie hatte für die Beerdigung »Mama« von Genesis ausgesucht. Ehrliche Musik oder nur Störfeuer?, fragte sich Vincent. Allmählich reichte es ihm gründlich mit all den Rätseln.

Julia Koch lebte in Daun, in einem der größeren Nachbarorte. Sie trafen sich im Stadtcafé, in der Burgfriedstraße unterhalb der Dauner Burg.

Vincent hatte nichts gegen diesen Treffpunkt, aber er war neugierig auf den Grund dafür.

»Mein Lebensgefährte weiß nichts von Roman Friedrich, und ich möchte gern, dass das so bleibt.« Sie sah ihn an, als würde sie ihn als Nächstes darum bitten, sie nicht zu verraten. Dabei hatte er gar nicht die Absicht. Ihn interessierte im Augenblick nur Katharina.

»Darum ging es Ihnen? Um Roman. Nicht um Katharina. Warum haben Sie Katharina identifiziert, obwohl die Tote nicht Ihre Freundin war?«

Einen Augenblick hatte Vincent den Eindruck, als wäre

Julia Koch absolut ahnungslos. »Es ist nicht Katharina? Aber … dann …«

»Was dann?«

Sie senkte den Kopf. Womöglich war sie am Anfang unsicher gewesen, aber jetzt hatte sie die Bestätigung erhalten.

»Beste Freundinnen vertrauen sich. Die eine erkennt die Stimmung der anderen, und wenn es Sorge und Angst ist erst recht. Ich wusste von Kristina. Dann verschwand Katharina, und ich wusste gar nichts mehr, nur so viel, dass meine Freundin niemals ohne ein Wort des Abschieds gegangen wäre. Roman Friedrich und ich, das fand sich erst viel später, und Roman liebte Katharina noch immer, ich glaubte keine Sekunde, dass ich sie jemals ersetzen konnte. Das wollte ich auch gar nicht, aber ich hatte mich verliebt. Er sich vielleicht auch ein wenig, nur stand Katharina immer zwischen uns. Die Erinnerungen. Und zuerst wollte ich wohl auch glauben, dass Katharina zurückkommt. Doch irgendwann konnte ich das nicht mehr.«

Julia Koch sprach ihm gegenüber offen über ihre Gefühle, er konnte den Schmerz in ihren Augen erkennen.

Vincent glaubte zu ahnen, was sie als Nächstes sagen würde.

»Vielleicht war es eine Äußerung, die mich aufhorchen ließ, oder es war Romans Unruhe, seine immerwährende Sorge um Isabel. Ich begann plötzlich, einen schlimmen Verdacht zu hegen. Roman könnte Katharina getötet haben.« Sie drückte ihre Fingerspitzen gegen die Nasenwurzel, als könnte sie damit etwas zurechtrücken.

»Irgendwann habe ich es nicht mehr ertragen, und wir trennten uns. Ausgesprochen habe ich es nie. Und als die Tote geborgen wurde, sah ich nur eine Frau, der jemand Fürchterliches angetan hatte.« Sie schluckte. Über ihren Augen lag ein Schleier.

Vincent ließ sie reden, ihm kam es wie eine Beichte vor. Julia Koch schien froh zu sein, endlich jemandem davon erzählen zu können.

»Auch wenn man mit einer Person wirklich vertraut ist, sie gut kennt, ihre Mimik, ihre Gesten, ihr Lachen … alles, was den Menschen ausgemacht hat, ist im Tod verloren.«

Julia Koch hatte es auf den Punkt gebracht. Im Tod verschwand das, was einen Menschen ausmachte. Er hatte Fotos gesehen; die beiden Frauen waren sich nicht nur ähnlich, sie glichen sich. Aber Gleichheit gab es nur oberflächlich, und für ihn zählte nur die Erbinformation eines Menschen.

Eineiige Zwillinge. In vieler Hinsicht waren sie noch immer rätselhaft. Die doppelsträngige Helix aus Desoxyribonukleinsäure, DNS genannt, setzt sich aus etwa drei Milliarden Genbuchstaben zusammen. Von diesen gibt es vier Sorten: Adenin, Thymin, Guanin und Cytosin. Ihre Reihenfolge ist bei eineiigen Zwillingen gleich, was der Grund dafür ist, weshalb sie sich zum Verwechseln ähnlich sehen. Trotzdem gibt es auch Unterschiede: Die Anzahl der Kopien einzelner DNS-Abschnitte ist bei Zwillingen unterschiedlich.

Und eine weitere Verschiedenheit: Die Handlinien und auch die Fingerabdrücke sind zwar oft ähnlich, aber nie identisch.

Von Kristina Dissen gab es Unterlagen, während von Katharina Friedrich keine Kartei existierte. Sie hatte auch nicht versucht, jemanden zu töten.

Vincent sah wieder Julia Koch an. Sie hatte eine heiße Schokolade bestellt, als wäre ihr kalt. Aber die Kälte konnte auch von innen kommen.

***

Verdrängung. Wie viel und ab welchem Zeitpunkt? Das beschäftigte mich mehr, als etwas anderes es derzeit konnte.

Mit Dr. Wagner wollte ich es nicht besprechen, ich war mir ohnehin nicht sicher, was er wusste oder was er glaubte zu wissen. Es war möglich, dass ich den Mord an Katharinas Zwilling gesehen hatte. Blieb immer noch das Rätsel um meine Mutter.

Und das Rätsel um die Visitenkarte. Ich hatte sie entdeckt oder eher wiederentdeckt. »Konstantin Höllrath. Psychoanalytiker«. War er der geheimnisvolle Dr. Freud, den ich mir notiert hatte?

In jedem Fall war er derjenige, der mit Vincent Klee zu mir

gekommen war, um mir vom Tod meiner Mutter zu berichten, und so wie er mich angesehen hatte, könnte das bedeuten, dass er etwas Bestimmtes erwartet hatte. Nämlich dass ich ihn erkannte. Diese Erwartung hatte ich nicht erfüllt. Ich hatte ihn nicht erkannt. Warum nicht? Vor allem aber musste ich mich fragen, ob ich ihm etwas erzählt hatte – und wovon? Lieber Himmel, ich wusste es nicht mehr!

Und Vincent Klee. In meinen Gedanken war er häufig vorgekommen, aber ich mochte kein Bild von ihm aufrufen. Er machte mich nervös, aber damit konnte ich doch umgehen. Sicher konnte ich das.

Ich machte mich für den Besuch am späten Nachmittag hübscher, als es hätte sein müssen. Nachdem ich mir einige Rechtfertigungen zurechtgelegt hatte – meine Wimperntusche diente nur der Pflege, und das Rouge auf meinen Wangen sollte meine Blässe etwas kaschieren –, begab ich mich auf den Weg zum Landgut Sonnenschein. Ich sollte auch kurz nach Caramello schauen, oder besser nach Fabian schauen und nach Caramello fragen, der vielleicht schon verschenkt worden war, was ich hoffte.

Ich trug eine enge Jeans und ein an den Ärmeln geschlitztes Shirt. Luise würde sofort wissen, was ich da tat.

»Oh«, lautete dann auch ihre erste Bemerkung, bevor eine Umarmung und eine Begrüßung folgten.

Ich war lässig aus dem Wagen gestiegen, hatte mein Haar zurückgeworfen und ein Lächeln aufgesetzt. Heute war ich einmal nicht die Bestatterin.

»Ich möchte nach Fabian und Caramello schauen. Redet ihr wieder miteinander?« Ich wusste, dass Fabian etwas angestellt hatte, aber Luise hatte dieses Etwas nicht näher benannt.

»Fabian heißt nicht zufällig dein netter Umweg zu dem Herrn im Spanischen Zimmer?«, fragte sie augenzwinkernd. Statt einer Antwort fragte ich noch einmal, wie es mit der innerfamiliären Kommunikation aussah.

»Das hat er sich selbst eingebrockt.« Sie war immer noch verärgert. »Er hat tatsächlich von Vincent Klees Notebook aus eine Mail verschickt. Und ich vermute, das war noch nicht alles.

Du weißt, ich liebe diesen Bengel, aber er ist anstrengend. Er müsste in seinem Zimmer sein«, sagte sie.

Aber dort war er nicht, und auch kein Caramello. Keine Spur von den beiden.

Luise lief unruhig hin und her. »Schön, ja, ich bin richtig böse geworden, ich könnte ihn verjagt haben«, klagte sie.

Ich war pragmatisch. »Könnte er bei Galen sein?«

Das war schnell überprüft – auch dort war er nicht.

»Vincent Klee kann vielleicht helfen. Ich sollte ihn fragen.« Luise steuerte mit entschlossenen Schritten das Spanische Zimmer an.

Seltsame Geräusche drangen uns entgegen. Es klang, als … Ich wollte gar nicht wissen, wonach es klang, und zog Luise von der Tür weg.

»Du weißt, ich bin zurückhaltend«, flüsterte sie. Ach. »Aber ich glaube, wir brauchen Unterstützung.«

Na dann. Sie klopfte kurz, es war mehr ein Viertelsekundenpochen mit dem Fingerknöchel. Eine Aufforderung wartete sie gar nicht erst ab, drückte die Tür auf und stürmte ins Zimmer.

Ich lehnte mich im Gang an die Wand, warf nicht einmal einen Blick hinein. Wenn er dort drin mit jemandem zusammen war, dann war das seine Angelegenheit, und zwar allein seine. Was hatte ich mir auch vorgestellt?

Ich kam nicht mehr dazu, mir etwas vorzustellen, denn Luise zerrte mich in den Raum.

»Was tun die denn?«, raunte sie mir zu, und ich öffnete die Augen, die ich geschlossen hatte, um eben nichts sehen zu müssen. Vor allem nicht, was irgendwer tat.

Für mich sah es ziemlich eindeutig aus.

»Sie versuchen, die Ratte zu reanimieren«, sagte ich.

Vincent Klee und Fabian saßen am Boden. Das Display des Notebooks zeigte fortlaufend Bilder, und der Ton gab die Anleitung dazu.

Die beiden hatten uns nicht gehört. Sie waren damit beschäftigt, ein Leben zu retten. Caramello lag auf dem Rücken, die Beine von sich gestreckt – irgendwie ziemlich tot.

»Ich glaube, er hat sich gerührt.« Fabian stupste Caramello an.

Vincent Klee fuhr fort mit der Fingerspitzen-Herzmassage. Im Maul der Ratte steckte ein Strohhalm, und Fabian pustete immer wieder vorsichtig ein wenig Atemluft hinein.

Und jetzt zuckte die Ratte tatsächlich.

»Jaaaaa!«, jubelte Fabian, zog den Strohhalm aus dem Rattenmaul und strahlte Vincent Klee an. Der streckte ihm die Handfläche entgegen, und Fabian klatsche seine dagegen. »Danke!«

»Du solltest ihn vorsichtshalber zum Tierarzt bringen.« Vincent Klee wandte den Kopf und sah uns in der Tür stehen. Über sein Gesicht flog ein Lächeln, über meines auch. Meine amourösen Befürchtungen hatten sich zerstreut.

»Tante Luise, Isabel, wir haben Caramello von den Toten zurückgeholt.« Fabian sprang auf, streichelte die Ratte und griff nach der Schleife. »Nachher mache ich sie ihm wieder dran.«

Caramello rappelte sich auf, als hätte er einen ganzen Tag erholsame Wellness hinter sich. Die Ratte sah erfrischt aus. Ich staunte. Wie konnte das denn sein?

»Hoffentlich trägt er keine bleibenden Schäden davon«, sagte Luise. Dann besann sie sich und versuchte es eine Spur freundlicher. »Pack Caramello ein, wir bringen ihn zum Tierarzt.«

»Echt?«, fragte Fabian. Luise hatte ihren Neffen meines Wissens noch nie in eine Tierarztpraxis begleitet.

»Echt«, bestätigte sie. »Das sah nicht schlecht aus«, wandte sie sich an Vincent Klee. Der rappelte sich jetzt ebenfalls auf und klappte das Notebook zu.

»Anfängerglück«, sagte er. Dabei schaute er mich an.

»Sie wünschen sich doch noch ein bisschen mehr davon, nicht wahr?«, sagte Luise und grinste wissend. Ich hätte ihr gern auf den Fuß getreten, aber sie trug wieder die Stiefel.

Fabian klopfte Vincent Klee auf den Arm. »Ich wollte Ihnen noch was sagen«, begann er, und Vincent beugte sich zu ihm herunter. Es wäre unhöflich gewesen zu lauschen, aber gleichzeitig war es auch ziemlich unmöglich. Fabian flüsterte, und

Vincent Klee nickte. »Oh Mann!«, lautete sein Kommentar. Gleichzeitig sah er eine Spur erleichtert aus.

Luise und der wiederaufgetauchte Neffe verschwanden samt der wiederauferstandenen Ratte zur Tür hinaus. Luise zwinkerte mir listig zu.

»Viel Erfolg«, wünschte ich ihnen, womit ich das Falsche gesagt hatte und es obendrein nicht ganz ehrlich meinte.

»Dir auch«, wünschte Luise zurück. In ihrer Stimme schwang ein leises Lachen mit.

Vincent Klee hatte eine verstörende Art, einen anzuschauen. Hatte mich sein Blick überhaupt losgelassen, seit ich dort in der Tür stand? Ich hatte mich kaum von der Stelle bewegt. Was hatte ich eigentlich bei Luise gewollt? Mit meiner Erinnerung war etwas passiert, sie war aufgefressen worden. Ich war nervös, in meiner Kehle prickelte es, in meinem Bauch flatterte es. Wenn ich mich nicht sofort hinsetzte, würde ich mich womöglich nicht mehr auf den Beinen halten können.

»Ich wollte etwas, aber grade weiß ich es nicht mehr«, sagte ich, nur um meine Stimme zu hören. Sie klang anders.

Er kam auf mich zu, nahm mein Gesicht in die Hände und küsste mich auf den Mund. Dann vollführten wir eine Drehung, während derer er der Tür einen Tritt verpasste.

»Keine fremden Blicke«, murmelte er. »Ich will auch etwas.«

Meine Hand verschwand in seinem Haar, und ich zog seinen Kopf zu mir herunter, während die andere sein Hemd aufknöpfte. Ich wollte nicht nachdenken, was ich da tat.

Ich hatte das noch nie zuvor gemacht. Sex mit einem Mann, der mich einfach wollte und den ich wollte, der mir aber gefährlich werden konnte. Und das in mehr als einer Hinsicht. Ich hatte zu oft an ihn gedacht. Er auch an mich, aber sicher nicht ausschließlich in dieser Art.

Wir landeten auf dem Bett. »Ich habe es mir vorgestellt«, gestand er. Seine Finger zeichneten meine Lippen nach, bevor er mir das Shirt über den Kopf zog. Seine Augen verschlangen mich, wie sie es schon vom ersten Augenblick an getan hatten.

Irgendwann lagen wir nackt nebeneinander, und ich hatte keine Erinnerung, wie es geschehen war. Ich wusste nur noch, dass ich meine Hände wie zwei Diener losgeschickt hatte, um alles Stoffliche von diesem Körper zu schälen. Er war trainiert, was mir bereits aufgefallen war, als ich ihn mit Luise zusammen ausgezogen hatte. Nur hatte er da seinen Slip noch getragen, jetzt nicht mehr. Ich küsste seine Brust, was ihm ein raues Stöhnen entlockte. Meine Diener wanderten derweil abwärts. Ich wollte eines unbedingt und kam mir schrecklich dabei vor; ich wollte, dass er meinen Namen sagte.

»Isabel?«

War das eine Frage? Er griff nach meinen Händen und hielt sie fest. »Ich will dich mehr als alles andere«, sagte er. »Aber ich brauche eine Antwort.«

Der Taumel der Lust war vorüber in dem Augenblick, als er mir meinen Wunsch erfüllte, meinen Namen aussprach und ihn in eine Frage umwandelte. Seine Antwort bekam er nicht.

Was hinter dieser Tür nicht geschah an dem Nachmittag … vielleicht würde es nie geschehen.

Ich hatte nicht gefragt, welcher Art die Antwort sein sollte, die ich ihm nicht gab, doch zurück in meinem Haus, wo mich Stille einhüllte und ich gezwungen war nachzudenken, beschloss ich, ich würde Konstantin Höllrath anrufen. Gleich.

Ich nannte meinen Namen und wurde verbunden. »Isabel.« Er fragte mich nicht. »Ich hätte nicht erwartet, dass ich von Ihnen höre.«

»Ich kann mich nicht an Sie erinnern. Warum kann ich es nicht?« So hatte ich gar nicht beginnen wollen, das hatte ich auch nicht gestehen wollen.

»Wichtig ist, dass Sie sich an etwas anderes erinnern. Ich bin nicht wichtig.«

»Erzählen Sie mir bitte, was Sie mir schon einmal erzählt haben«, sagte ich.

24

Es war ihm gelungen, endlich einzuschlafen. Aber die Macht der Gewohnheit ließ einen Polizisten immer wachen, auch wenn er es nur mit einem Ohr tat.

Der schöne Traum löste sich auf und zerplatzte an den Rändern seiner Empfindungen wie eine Seifenblase. Wenn er das Gespräch entgegennahm, was er in jedem Fall tun würde, sollte er wenigstens klar denken und wenn möglich keinen Unsinn von sich geben.

»Ja?«, fragte er.

»Ich dachte, das könnte dich interessieren«, sagte Konstantin Höllrath. »Isabel Friedrich hat mich vor ein paar Stunden angerufen.«

Und ob ihn das interessierte.

»Was so viel bedeutet wie, du kannst nichts mehr verlauten lassen, weil sie deine Patientin ist?«, erkundigte sich Vincent.

»Dir kann nicht entgangen sein, dass sie Angst hat. Ich werde versuchen, ihr zu helfen und noch ein wenig mehr herauszufinden, aber du wirst es auf andere Art tun müssen.«

Vincent konnte ihn sich vorstellen, wie er in seinem Sessel saß und sein übergeschlagenes Bein wippte. Aber wenigstens hatte ihm heute schon jemand eine zufriedenstellende Antwort gegeben. Einer, mit dem er überhaupt nicht gerechnet hätte. Fabian.

Ganz sicher hätte der Junge ihm das unter normalen Umständen nie verraten. Nicht unter normalen Umständen. Weil die Person ihm etwas bedeutete, ein Freund war. Aber Vincent hatte Caramello gerettet, und somit hatte er diese Auskunft verdient. Es musste Fabian schwergefallen sein, sie zu geben. Aber jetzt wusste er wenigstens, dass Isabel unschuldig war. Nur, ob sie das auch wusste?

Galen Blocher. Langsam zog sich das Netz enger.

Vielleicht war es nur seine Intuition, mehr wohl nicht, musste sich Vincent eingestehen. Aber da war Blochers Loyalität, sicher mehr als nur das, womöglich fühlte er sich Isabel gegenüber verantwortlich, in einer Weise verpflichtet. Vincent musste zusehen, Galen Blocher mehr Transparenz zu geben. Er kam sich schon vor wie ein Detektiv.

Er hatte versucht, diesen früheren Kollegen Blochers, Nikolas Stromer, in New York aufzustöbern, was zuerst nicht schwierig schien und sich dann doch als zeitaufwendig herausstellte; Vincent hatte ihm eine E-Mail geschrieben, in der er angab, er würde einen alten Freund suchen. Und Stromer hatte ihm geantwortet, die Erde hätte Galen Blocher geschluckt, was Vincent wunderbar aufschlussreich fand.

Stromer hatte wenigstens mit einigen anderen Details rausgerückt. Vincent hatte leise auftretend nachgehakt, ob Stromer etwas von einem Unfall wisse, einer Beinverletzung, was verneint wurde. Schummelnd berichtete Vincent ohne Gewissensbisse, diese Verletzung hätte fast zu einer Blutvergiftung geführt. Stromer erzählte, dass Blocher ziemlich sportlich war und er sich so etwas durchaus vorstellen konnte. So ein bisschen verrückt sei er schon gewesen, was der alte Freund, der Vincent angeblich war, natürlich wusste.

Allesamt leider keine relevanten Informationen bezüglich Galen Blocher.

Er würde Spuren legen und sich als Fallensteller betätigen müssen, wenn erforderlich. Das war allerdings leichter gesagt.

***

Galen hatte von der Terrasse seiner Wohnung am Ortsrand von Schalkenmehren einen herrlichen Ausblick über die Eifellandschaft und konnte doch die Herrlichkeit nicht sehen. Seine Gedanken waren trübsinnig, denn nicht zum ersten Mal hatte er im Blick, wen und was er alles verlieren würde. Und er lauschte.

Der Tod und das Sterben waren ihm zu nahe gekommen, schon lange bevor er einen Fuß in ein Bestattungsinstitut gesetzt hatte. Frankfurt hatte ihn nicht verdorben, das hatte er ganz allein geschafft. In dieser Stadt interessierte man sich nicht für den anderen, in Schalkenmehren tat man es, und war es ihm anfänglich unangenehm gewesen, konnte er sich jetzt nicht mehr vorstellen, wie es wäre, wenn Sina Frühauf ihm nicht schon am Morgen lächelnd einen Becher Kaffee einschenkte und wenn Thomas Berendt nicht wegen irgendeines Artikels im »Schalkenmehrener« mit ihm in die Haare geriet, wenn die alte Sophia nicht etwas über seltsame Geräusche im Totenmaar wusste und wenn er Kurt Böse nicht mehr über den Abfall maulen hören würde, der neben den Mülleimern lag. Die Eigenheiten waren ihm längst vertraut, und eben sie machen die Menschen aus.

Er war ein anderer gewesen, bevor er hierherkam. Rücksichtslos, von sich überzeugt, ignorant, ein Überflieger mit einer beeindruckenden Erfolgsbilanz, ohne Geldsorgen, und er hatte gern etwas riskiert.

Galen hatte dieses andere Ich weggesperrt und den Schlüssel zum Schloss fortgeworfen. Das bist du längst nicht mehr, sagte er sich. Aber um Isabel zu beschützen, müsste er vielleicht etwas tun, zu dem nur das andere Ich fähig war.

Galen Blocher wanderte über einen schmalen Grat – mit seinem kaputten Bein ein schwieriger Akt. Um etwas zu sehen, musste man beobachten, um etwas zu verhindern, musste man etwas unternehmen. Und das würde er, und er sollte schleunigst diesen weggeworfenen Schlüssel wiederfinden.

Er war nicht einmal jung und dumm gewesen damals, und eine andere Entschuldigung gab es auch nicht. Überheblichkeit und Gier hatten ihn fehlgeleitet und eine schlichte Bemerkung, wie man schnell und ganz einfach zu sehr viel Geld käme. Wobei ihn Geld nicht interessierte. Für ihn waren der Einsatz maßgeblich und der Kick. Ein Spiel.

Es ging um den Überfall auf ein Spielcasino. Sie waren zu dritt gewesen, hatten sich vorher nicht gekannt. Aber die Kleidung der anderen war wie Galens nicht von der Stange, er konnte also davon ausgehen, dass auch die »Mitspieler« nicht gerade arm waren. Bei dem Überfall sollte niemand verletzt werden und erst recht niemand getötet, dann war alles ganz anders gekommen.

Galen sah vor sich, wie sie alle drei im Smoking die Spielbank betreten hatten, die Köpfe gesenkt, damit keine Kamera ihr Gesicht erfassen konnte. In Windeseile hatten sie sich das Seidentuch, das jeder um den Hals trug, über Mund und Nase geschoben, hatten die kleine Herrenhandtasche geöffnet, die jeder bei sich trug, und die Waffen herausgeholt. Die drei Gentlemen verwandelten sich in eine räuberische Bande. Sie würden die Bank diesmal nicht gewinnen lassen, so viel stand fest.

Nicht gerade bereitwillig, dafür ängstlich zitternd hatten die Casinobesucher Geld und Schmuck herausgerückt, während einer der Croupiers sich in Windeseile unter seinen Tisch verzog.

Galen hatte den Eindruck, es dauerte zu lange … und plötzlich hatte einer der Gäste eine Waffe in der Hand.

Galen hatte im selben Augenblick auf den langen, edlen Spieltisch und den Einsatz des Mannes geschaut – warum er ausgerechnet das behalten hatte, wusste er nicht. Der Mann hatte auf »Zero« gesetzt.

Anders als der Croupier stand er vollkommen aufrecht da und schrie etwas davon, er wäre für die Sicherheit zuständig. Vielleicht ein Bluff, vielleicht auch nicht. Hätte er es nicht gesagt, hätte er die Nacht überlebt. Dass der angebliche Sicherheitsmann zuerst geschossen hatte, machte die Sache nicht besser. Galen hatte das Feuer erwidert. Und der andere bekam die Zero.

Galen versicherte sich selbst, dass er hatte schießen müssen, dass er gar keine andere Wahl gehabt hatte.

Aber die hatte man immer.

Die drei verließen die Spielbank und zogen die Smokings aus. An den Laufschuhen waren sie zu erkennen, sollte jemand darauf geachtet haben, aber unter dem feinen Zwirn trugen sie jeder einen engen Sportanzug. Die Vereinbarung lautete, jeder macht seine Beute und behält sie. Die Waffen hatten sie in den Blumenrabatten zurückgelassen, man würde sie nicht zu ihnen zurückverfolgen können, sie waren sauber.

In ihren Taschen befanden sich jetzt die erbeuteten Wertgegenstände und das Geld. Es gab kein Fluchtfahrzeug, weil sie keines hatten, sie liefen jeder in eine andere Richtung. Nur Galen hatte außerdem einen Toten zurückgelassen. Der Schuss des Sicherheitsmannes hatte getroffen – nämlich ihn selbst in den Oberschenkel. Den Schmerz spürte er kaum, auch blutete die Wunde nur wenig. Er hatte Glück gehabt, denn das Geschoss hatte keine größere Ader verletzt. Aber er konnte damit zu keinem Arzt.

Es war nicht abgemacht, für den anderen einzustehen, aber einer der anderen tat es, was Galen wahrscheinlich gerettet hatte. Er nahm ihn mit auf sein Boot, das am Untermainkai lag, desinfizierte und verband die Wunde.

Sie hatten einander vorher nicht gekannt, und später war es nicht mehr ratsam, sich zu kennen. Sie waren einfach ein paar Typen gewesen, die einander in einer Bar über den Weg gelaufen und so verrückt gewesen waren, zusammen wegen des Nervenkitzels eine Spielbank zu überfallen. Nachdem der andere ihm geholfen hatte, lautete sein brandheißer Tipp: »Verschwinde, solange du noch kannst.«

Galen war in diesem Moment bewusst geworden, dass er sein Leben weggeworfen hatte. Er tat das Gleiche mit dem erbeuteten Schmuck, der ihn nur belasten und schlimmstenfalls verraten würde.

Jetzt war für ihn die Zero gefallen.

Sein Verschwinden hinterließ allenfalls eine kleine Lücke, aber da war niemand, an den er denken musste, auch niemand, der zurückblieb.

Er hatte eiligst einige Sachen zusammengepackt, seinem Vermieter einen Brief geschrieben, in dem er nur wenig erklärte, ihm dafür den gesamten Hausrat und das Mobiliar überschrieb.

Seinem Arbeitgeber eröffnete er, es ginge um eine schwerwiegende persönliche Angelegenheit, weswegen er hiermit seinen Ausstieg und seinen Rückzug aus dem Geschäft erkläre. Dieser Anruf war der letzte, den er erledigt hatte. Aus und vorbei.

Er hatte sich in den Zug gesetzt und während der Fahrt Zeitung gelesen. Vom Überfall am Abend zuvor berichtete die

Presse noch nichts, das war auch nicht der Grund, weshalb er sich eine Zeitung vorhielt. Er wollte nur nicht angesprochen werden.

Dann war er schließlich bei den Todesanzeigen gelandet, mit einem dicken schwarzen Rand und einem Kreuz. Das schien ihm sehr passend, sein Bein starb ohnehin einen langsamen Tod, wie er damals annahm.

Irgendwann war Galen ausgestiegen, und das dicke Kreuz hatte ihn in ein Bestattungsinstitut geführt und zu Roman Friedrich. Unter den Todesanzeigen war eine dezent aufgemachte Werbung platziert gewesen. Sie gehörte zu einem anderen Bestatter in einer anderen Stadt, doch der Gedanke, dass ihn bei den Toten niemand vermuten würde, ließ es ihn versuchen. Zufrieden, irgendwo angekommen zu sein, hatte er genommen, was man ihm anbot. Er hatte wieder auf ehrliche Weise Geld verdient.

Bis Roman Friedrich an einem Tag im Winter sagte: »Erzähl's mir.«

Galen hatte nicht erst gefragt, was er meinte. Seine Kleidung, wie auch alles andere an ihm, hatte ihn schon vom ersten Tag an als jemanden enthüllt, der sich bisher nur selten die Hände schmutzig gemacht hatte, der vor etwas floh, auch wenn Roman in seinen Überlegungen ganz sicher nicht auf den Spielbankräuber gekommen wäre, auf den Mörder.

Galen hatte ihm alles erzählt.

Roman hatte nichts erwidert, und sie hatten nie mehr ein Wort darüber verloren.

Roman Friedrich brachte es fertig, einem Raubmörder zu vertrauen.

Galen hatte sich oft gefragt: Verdammt, wie nur?

Und genau dieses Vertrauen wollte er nicht enttäuschen – es waren gleichermaßen seine Handfesseln, doch es gab Menschen, für die würde man sogar sterben.

25

Der Abend hatte wie ein Dieb den Tag mitgehen lassen.

Ich dachte nichts und fühlte noch viel weniger, rechnete aber damit, dass Luise Sonnenschein schon bald auftauchen würde, um mich zu befragen.

Vincent Klee wollte das Gleiche, doch ich hatte mich angezogen und war aus dem Spanischen Zimmer getürmt, mit so viel Würde, wie ich aufbrachte.

»Das Problem ist, ich könnte mich in dich verlieben«, hatte er gesagt und einen Finger unter mein Kinn gelegt. »Falsch. Das Problem ist, ich habe mich in dich verliebt.«

Zwischen uns stand nur ein Mord.

Es gab für mich noch ein paar Handgriffe im Institut zu erledigen, aber dann wäre Felix vorzeigbar. Seine Mutter klang, als hätte ihr Sohn sie maßlos enttäuscht, als ob sie Felix' Tod als persönliche Kränkung betrachtete.

Wie so oft teilte ich meinen Klienten meine Gedanken mit, gerade auch Felix, und überlegte mir, was er darauf wohl erwidert hätte. Gleichzeitig fürchtete ich mich davor, Katharinas Gesicht statt seinem zu sehen. Vielleicht waren die beängstigenden Szenen auch vorbei, sagte ich mir und glaubte jedoch, das könnte erst sein, wenn sämtliche Rätsel gelöst wären.

Immerhin hatte ich Konstantin Höllrath angerufen. Vielleicht konnten wir gemeinsam auf eine Lösung kommen, nur musste ich jemandem vertrauen. Und ich musste reden, erzählen.

Nachdem Caramello beim Tierarzt vorstellig geworden war, kam Luise Sonnenschein auf schnellstem Weg zurück. Um ein Zusammensein mit dem Polizeihauptkommissar zu genießen, wäre das in keinem Fall genug Zeit gewesen. Ich wusste nicht, was sie erwartete – Turbosex?

»Du siehst schrecklich normal aus«, sagte sie, als sie im Laufschritt durch meine Tür eilte. »So unangetastet.« Sie beäugte mich und brachte es fertig, ein wenig enttäuscht auszusehen.

Luise wollte sich von einer Liebesszene berichten lassen. Sie wippte erwartungsvoll in flachen Schuhen. Ausnahmsweise zeigte sie ein bisschen Bein. Sie trug ihre Jeans aufgekrempelt. Ich hatte sie selten in Jeans gesehen und ihre Unterschenkel das letzte Mal beim Schulsport.

»Wir kamen nicht über Petting hinaus«, sagte ich und winkte sie herein.

»Er sah doch so potent aus.« Luise klang ehrlich erstaunt.

»Sehr potent, wären da nicht ein Mord und ein versuchter.«

Ich konnte ihr nur von Rückzug und Kapitulation erzählen.

»Er will dich, wo liegt das Problem?«, fragte sie und schüttelte den Kopf. »Was für ein seltsamer Held.«

Doch für Fabian war Vincent Klee ein echter, was mich darauf brachte, nach Caramello zu fragen.

»Irgendwie sieht er ja ganz niedlich aus mit dem braunen Haarteil.« Luise wiegte ihren Kopf hin und her. Das hatte ich doch tatsächlich unlängst auch gedacht.

Luise wollte mich im Institut nicht allein zurücklassen, aber ich wollte nicht nach Hause und mich ins Bett legen. Ich überzeugte sie, wenn ich es schon nicht könnte, sollte sie sich für uns beide ausruhen, Johnny mitnehmen und ihm den versprochenen Hundekuchen besorgen.

»Ich könnte bleiben und … erinnerst du dich noch an das Ouija-Brett?«, fragte sie. Johnny argwöhnte eine Verlängerung und trabte auf die Eingangstür zu.

Ich erinnerte mich, aber ungern. Die Haushälterin des Pfarrers hatte es Luise geschenkt, die mit den Wahrsagekarten. Nur war das Ding noch beängstigender. Auf einem Ouija-Brett waren das Alphabet und Ziffern abgebildet, dazu Wörter wie »ja« und »nein«. Und es gab einen Zeiger, der einen Buchstaben markieren konnte. Zur Benutzung musste man die Hände darauflegen. Man stellte eine Frage und wartete. Die markierten Buchstaben ergaben dann eine Botschaft. Meist wurden diese Botschaften als Signale von Wesen aus dem Jenseits interpretiert. Der Führer des Zeigers war sich dabei, wie es hieß, keines Einflusses auf dessen Bewegung über das Brett bewusst. Luise und ich hatten geglaubt, es sei nur ein Spaß. Wir hatten beide ganz leicht zwei Finger auf den Zeiger gelegt, bis sich das Holzding schließlich tatsächlich bewegt hatte und jede von uns schwor, ihn nicht verrückt zu haben.

Wen wollte Luise damit etwas fragen? Katharina vielleicht? So dringend ich auch wissen wollte, was mit meiner Mutter geschehen war, so schrecklich fände ich eine solche Toten-Verbindung.

»Warst du's damals?«, fragte Luise jetzt.

»Nein. Warst du's?«, gab ich die Frage zurück.

»Nein«, sagte sie mit einem Unterton der Entrüstung.

Mir hatte dieses Ding jedenfalls gleich beim ersten Versuch eine Heidenangst eingejagt, und das würde ich auch jederzeit eingestehen.

Eine andere, wenn auch ganz ähnliche Angst würde sich noch einige Zeit von mir ernähren. Ich musste wissen, was passiert war. Mit mir und mit Katharina. Kristina gibt es auch noch, sagte ich mir. Kristina, die Rufus aus seinem Zimmer gejagt hatte.

»Wenn es ein Polizeiprotokoll gab, dass Kristina die Täterin war, dann muss Vincent Klee von dem Mordversuch an Katharina wissen. Kann er auch wissen, wen er im Totenmaar gefunden hat, dass es nicht Katharina ist?« Luise verschränkte die Arme vor der Brust, als müsste sie sich schützen.

Galens Worte fielen mir wieder ein. »Nimm dich vor dem Kommissar in Acht.«

***

Luise ruhte sich nicht aus. Sie hatte die Deckenlampe aus- und stattdessen einige Strahler eingeschaltet. Das Licht war dezenter, und ihre Augen mochten es lieber. Die Vorhänge waren zugezogen.

Sie war immer noch um einen guten Artikel für die Weinrallye bemüht, um Duft und Farbe im Glas. »Was hältst du davon, wenn ich dafür ein paar Zitate bemühe? ›Die Natur der

Nase ist es, Düfte zu lieben.‹ … oder: ›Ein gutes Glas Wein ist geeignet, den Verstand zu wecken.‹ Der Meinung war Konrad Adenauer.«

Johnny lief im Raum umher. Der Labrador beschäftigte sich sicher nicht mit dem Duft von Wein.

»Mach mir keine Vorhaltungen«, sagte Luise und bezog sich dabei auf ihr Versprechen. Er warf ihr einen beleidigten Hundeblick zu. Sie hatte dem Labrador ein nicht mehr ganz frisches Würstchen in eine Schüssel aufgeschnitten. Dazu gab es Wasser. »Ich hab doch nicht mit deiner Gesellschaft gerechnet.« Eine lahme Rechtfertigung.

Sie kramte in ihrer Handtasche nach dem Fernglas.

Im Spanischen Zimmer waren die Lichter gelöscht, es gab nichts zu beobachten, Vincent Klee schlief höchstwahrscheinlich. Er hatte den Wagen nicht bewegt.

Was glaubte sie eigentlich? Dass sich Isabel mitten in der Nacht hier heraufschlich, um ins Zimmer des Polizisten einzudringen?

»Vielleicht nicht nur in sein Zimmer.« Luise musste lachen.

Wenn die Situation nicht so verquer, verfahren und unheimlich gewesen wäre, hätte sie Isabel ermuntert, genau das zu tun.

Luise legte das Fernglas beiseite. Moment … war da ein Schatten gewesen? Schlich jemand draußen herum?

»Ich glaube, ich habe was gesehen«, sagte sie. »Jemanden.« Sie nahm das Glas wieder auf. Da war nichts, aber falls da doch jemand schlich, dann … »Johnny, wir sehen besser nach.«

***

Diesmal verdankte er sein Erwachen einer Stimme. Einer Stimme und einem Geräusch, das frappierend dem Durchladen einer Pistole ähnelte.

Vincent brauchte nicht länger als eine Sekunde, um die Lösung zu haben.

»Ich weiß, wer Sie sind«, begrüßte er seinen Besucher. Verdammt. Das Timing war gemein gewählt. Er hatte kaum etwas an und war wehrlos. »Ungeschickt, oder? Der Polizist, der seinen Mörder überhört«, schickte er hinterher.

»Wird Ihnen nur einmal passieren«, lautete die Entgegnung.

Vincent tastete nach dem Handy. Es musste noch irgendwo am Kopfteil des Bettes liegen. Er war zu phlegmatisch gewesen, es nach dem Telefonat mit Konstantin Höllrath auszuschalten und irgendwo zu verstauen.

Zu sterben im Spanischen Zimmer, mit einem Stierkämpfer an der Wand über sich … Vincent wollte nicht der Stier sein.

Die Dunkelheit war von Vorteil, solange sein Gegner nicht auf komische Gedanken kam. Aber ihn nur zu erschießen, das hätte er viel einfacher haben können. Der Mann hatte also eine Forderung, und Vincent sollte allmählich herausfinden, was das war.

»Ihr zweiter Versuch, mich ins Jenseits zu befördern. Wozu die Mühe?« Vincent hoffte, ihn so lange abzulenken, bis er das Handy zu fassen bekam und es unbemerkt unter die Decke bugsieren konnte.

Nur wenige Stunden früher, und er hätte nicht gewusst, dass es Blocher gewesen war, den Fabian gesehen hatte, aber ob es clever war, ihm dieses Wissen jetzt an den Kopf zu werfen …

»Für einen geliebten Menschen.«

Das hatte Vincent erwartet, doch jetzt kroch eine Gänsehaut über seinen Nacken.

»Sie werden etwas für mich tun, und ich gebe Ihnen dafür etwas anderes.« Es hörte sich selbstsicher an, und einen Augenblick konnte sich Vincent vorstellen, wie Galen Blocher, der Banker, mühelos überzeugte. Gerade tat er es mit einer Waffe in der Hand.

»Es geht um einen alten, ungelösten Fall. Auch Mord kommt darin vor.«

»Der Grund, weshalb Sie nach Schalkenmehren gekommen sind. Der Grund, weshalb Sie alles aufgegeben haben. Ich hab wirklich versucht, es herauszubekommen, aber alles, was ich hatte, waren Frankfurt am Main, Ihre Bank und ein ehemaliger Kollege, der heute in New York sitzt.« Vincent rutschte ein Stück nach oben, wie er hoffte, unbemerkt.

»Ich erzähle Ihnen nichts von Reue, denn das ist allein meine Sache, aber ich erzähle Ihnen, wie der Spielbankraub ablief, wie ich Henning Weiß erschoss und wie Kristina Dissen zu Tode kam im Sommer vor neunzehn Jahren.«

Ein Überfall auf eine Spielbank. Wie hätte ich darauf kommen sollen?, fragte sich Vincent. »Und wenn Sie mit Erzählen fertig sind, was dann?«, wollte er wissen. Ihm entging der Sinn des Ganzen.

»Sie brauchen das Handy nicht zu verstecken«, bekam er gesagt. »Ich weiß, dass ich es nicht mit einem dummen Mann zu tun habe, Sie dürfen im Gegenzug das Gleiche annehmen.«

Es war nicht die Dummheit der Täter, es war deren Überheblichkeit. Dieser Täter aber war vorsichtig.

»Ich würde gern Ihre Augen sehen, lassen Sie mich das Licht einschalten. Irgendeines. Die Pistole ignoriere ich. Erst mal.« Vincent wusste, sie war da und sie war auf ihn gerichtet. Er würde sie gut im Blick behalten. Reagieren konnte er dann immer noch. Hoffentlich.

Warum wollte ihm Galen Blocher überhaupt etwas erzählen? Absolution gab es vielleicht in der Kirche, hier gab es sie nicht.

Der Mordanschlag auf ihn hätte einen Sinn ergeben. Der Einbruch in sein Zimmer, das Geständnis mit vorgehaltener Waffe ergaben keinen. Dieser Mann wollte etwas völlig anderes.

»Machen Sie das Licht an, wenn Sie sich dann besser fühlen«, sagte Blocher.

Von Besserfühlen war keine Rede. Vincent schlug die Bettdecke zurück, schwang die Beine über den Bettrand und schaltete die Nachttischlampe an. Vielleicht fühlte er sich tatsächlich ein klein wenig besser, wenn er saß.

»Sie inszenieren hier etwas. Ginge das eventuell auch weniger theatralisch? Weniger scharf bewaffnet?«

Die nachfolgende Antwort ließ Vincent frieren.

»Am Ende der Nacht werden Sie mich vielleicht töten«, sagte Galen Blocher.

Vielleicht. Das besagte, es könnte sich auch umgekehrt verhalten, und Vincent läge tot im Bett, denn da gab es immer noch Galens geliebten Menschen, Isabel.

Erst mal war es besser, nichts mehr zu sagen. Er sollte sich stattdessen überlegen, wie er die Sache zu einem guten Ende brachte.

»Es war eine Sommernacht«, begann Galen, »und Kristina kam zurück, um Katharina zu töten. Sie traf ihre Schwester nicht mehr an, da war Katharina schon fort. Vielleicht aus Angst. Sie wusste, Kristina würde sie überall finden. Um ihre Familie nicht in Gefahr zu bringen, hatte sie Schalkenmehren verlassen. Schalkenmehren und Isabel und Roman. Wie sollte Roman Friedrich das seinem Kind erklären?«

Vincent ließ Blocher nicht aus den Augen. Der Mann verzog kurz das Gesicht, als hätte er Schmerzen.

»In jener Nacht drang Kristina ins Haus ein. Roman Friedrich und ich waren im Wohnzimmer und besprachen gerade die bevorstehende Doppelbestattung eines Ehepaars. Isabel schlief in ihrem Zimmer.«

Er sprach Isabels Namen liebevoll aus, und sein Blick veränderte sich.

»Wir hatten Kristina nicht gehört, bis Roman aufstand, um aus dem Institut noch einige Unterlagen zu holen. Im Gang erwartete ihn Kristina, ein Rasiermesser in der Hand. Sie ging auf ihn los und verletzte ihn an der Brust. Ich hörte ihren zornigen Schrei, und Isabel musste ihn auch gehört haben. Im Gang hing ein großer antiker Spiegel in einem Goldrahmen. Ich hatte keine Waffe, und mir blieb keine Zeit, um nachzudenken. Ich warf die Porzellanvase, die auf einem Sockel davorstand, in den Spiegel und griff mir eine spitze Scherbe.«

Die Scherben des alten Spiegels. Vincent nickte, und Galen erhob die linke Hand, ballte sie zur Faust, und stieß damit einige Male abwärts. Sein Gesicht war eine Maske des Zorns.

»Ich würde sie töten. Das und nichts anderes war meine Absicht. Isabel bemerkte ich erst, als meine Hände voller Blut waren, Kristina leblos vor mir lag, ihr Körper mit einem Dutzend Wunden übersät. Wir erklärten Isabel, es wäre nur ein böser Traum gewesen und nichts davon Wirklichkeit. Roman brachte sie zu Dr. Wagner, der sich um sie kümmerte und sie eine Nacht unter Aufsicht bei sich behielt.«

Der Traum, der Isabel schließlich wieder eingeholt hatte. Blocher schloss für einen winzigen Moment die Augen. Zu winzig, um etwas tun zu können.

»Das ließ uns Zeit, die Leiche und auch die Scherben und den Rahmen loszuwerden. Das Totenmaar ist sehr verschwiegen. Wie verschwiegen hätte ich aber im Traum nicht gedacht. Neunzehn Jahre, und nur ein Zufall brachte sie zurück ans Licht.«

Blocher schöpfte Atem, als wäre er gerannt, und er schluckte.

»Isabel hatte mich gesehen, den Mörder von Kristina Dissen, doch lange Zeit konnte sie sich nicht erinnern. Roman sagte nichts, und auch ich schwieg. Erst seit dem Tag des Autounfalls kommen einige der Bilder zurück.« Blocher beugte sich vor und verzog schmerzvoll das Gesicht.

Vincent hatte zugehört. Es stimmte alles, und doch fehlte etwas. Blocher würde es nicht offenbaren.

»Henning Weiß' Kugel? Sie steckt immer noch in ihrem Bein, oder?«, fragte er ohne jedes Mitleid.

»Tut höllisch weh. Verdient. Ich hätte ihn nicht töten müssen«, gab Blocher zurück.

»Sie hätten nicht auf ihn schießen müssen.«

»Ich sagte, ich hätte ihn nicht töten müssen, Klee. Sie muss ich auch nicht töten.«

Das klang nicht gut, weil es hieß, Blocher würde auf ihn schießen.

»Ganz wunderbar, Ihre Idee«, raunzte Vincent. Es war zu dunkel, um gut zu zielen.

Vincent musste versuchen, ihm die Waffe abzunehmen; reden, reden und dann das Überraschungsmoment nutzen.

»Isabel dachte, sie hätte den Atemschlauch angeschnitten.«

Vincent konnte Blochers Reaktion nicht sehen, glaubte aber, dass er schmerzlich Luft holte.

»Wir sind bald am Ende der Nacht. So viel Zeit habe ich nicht mehr. Klee, Sie werden das Richtige tun.«

Er sah es nur, weil Blocher sich bewegt hatte, weil sich das Licht des Nachttischlämpchens für einen kleinen Moment auf dem Schlitten der Pistole spiegelte. Die Hand bediente den Abzug.

»Blocher, nicht!«, rief Vincent, bevor die Kugel einschlug.

***

Luise und Johnny schlichen einer hinter dem anderen in den Schatten über den Weg und hinüber zu den Ferienappartements. Sie bildete die Vorhut, weil sie diejenige mit einer Waffe war.

Die Bezeichnung »Waffe« war womöglich etwas übertrieben. Alles, was greifbar gewesen war, war der Feuerlöscher. Prima, wenn sich jemand damit auskannte. Luise kannte sich nicht aus, aber zuschlagen konnte man mit ihm sicher auch.

Wo war der Kerl, den sie gesehen hatte? Den sie glaubte gesehen zu haben. »Der kann doch nicht vom Erdboden geschluckt worden sein. Johnny, schnüffelst du irgendetwas? Zwei saftige Hundekuchen, dickes Ehrenwort.«

Der Labrador ließ sich davon weder beeindrucken, noch wandte er seine Nase dem Boden zu. Das brauchte er auch nicht, denn jetzt waren Stimmen zu hören. Sie kamen aus Vincent Klees Zimmer. Es war eine Männerstimme und dazu eine, die Luise überall erkannt hätte.

»Johnny, das gefällt mir nicht.« Schlimmer, es machte ihr Angst. Galen klang kalt und hörte sich an, als hätte er etwas vor … Und im selben Augenblick, als sie es dachte, ertönte der Schuss.

»Nein, nein, oh nein!«

Ihr Schrei klang durch die Nacht. Sie lief auf Vincent Klees Zimmertür zu. Den Feuerlöscher benutzte sie, um das Türschloss einzuschlagen. Vielleicht war sie gar nicht verschlossen gewesen, aber wen interessierte das. Johnny war vor ihr im Zimmer, er winselte.

»Johnny?« Die Nachttischlampe brannte, aber sie lag halb unter dem Bett. Sie tastete nach dem Lichtschalter. »Vincent? Galen?«

Luise konnte die Silhouette des Bettes sehen, sie stand seitlich davon. Dann vernahm sie das leise Röcheln und wäre beinahe über die beiden Körper vor ihr am Boden gestolpert. Johnny war darübergebeugt.

Sie brauchte ein Telefon, sie brauchte – keinen Feuerlöscher mehr. Luise ließ ihre Bewaffnung fallen, die polternd zu Boden fiel.

»Luise Sonnenschein?«

Was für eine ausnehmend dämliche Frage. Sie drückte auf den Lichtschalter seitlich der Tür.

»Rufen Sie den Notarzt«, sagte Vincent Klee.

»Da liegt doch Ihr Handy.« Luise deutete aufs Bett.

»Das geht nicht, in dem Moment, in dem ich meine Hand von seiner Brust nehme, und damit den Druck, verblutet er. Machen Sie schnell«, sagte er.

Luise schniefte und nickte.

Vincent Klee konnte es nicht sehen. »Nicht weinen, das ist der absolut falsche Zeitpunkt.«

»Ich weine nicht«, gab sie zurück. Lautlos flossen die Tränen ihre Wangen hinunter. Sie entsperrte das Handy und rief den Notruf an.

»Luise …« Es war Galens Stimme. Sie ließ sich mit dem Handy in der Hand neben ihm und Vincent Klee nieder. Seine Stimme war kaum zu verstehen.

»Sag Isabel …« Er brachte den Satz nicht zu Ende.

»Nein, du wirst es ihr sagen, was immer es ist … Bitte halt durch!« Luise wählte Isabels Nummer und hoffte, sie bräuchte keine Ewigkeit, um sich ins Auto zu setzen.

»Du musst sofort kommen, bitte komm – ins Spanische Zimmer … er stirbt!« Im Sich-kurz-Fassen war sie nicht wirklich geübt.

Vincent Klees Ausatmen war pure Missbilligung.

»Hey, ist mir doch egal, wie Sie das finden. Luise Sonnenschein klingt aufgeregt und außer sich?«, schnappte sie. »Oh ja, sie hat auch eine scheußliche Angst, denn da liegt ein Freund am Boden. Haben Sie Galen erschossen? Ich kam grade rechtzeitig, oder? Sie hätten ihn sterben lassen.«

Luise knallte dem Mann alles an den Kopf, was ihr zur

Verfügung stand und noch mehr. Wo war der verdammte Feuerlöscher?

»Luise, so war es nicht«, sagte Vincent Klee und klang dabei so ruhig wie sie selbst aufgebracht. Hoffentlich würde Isabel sich beeilen. Wie es nicht war, interessierte Luise nicht die Bohne. Sie glaubte an die Ewigkeit, die ihrem Namen gerade alle Ehre machte – es dauerte. Man könnte schon x-mal gestorben sein in der Zeit.

***

Luise hatte mich zu Tode erschreckt. Das strukturierte Denken verabschiedete sich und machte einem Angstgefühl Platz.

Felix' Gesicht sah mir aufgefrischt entgegen, er war wirklich ein hübscher Mann gewesen. Ich war froh, nicht ins Bett gegangen zu sein, jetzt brauchte ich nur den Stinkkittel, wie Luise das Ding liebenswürdig nannte, auszuziehen. Für mehr war allerdings keine Zeit.

Ich beeilte mich. Mit zitternden Händen löschte ich das Licht, steckte den Schlüssel ins Schloss, um dann mit einem anderen meinen Wagen zu starten.

Er stirbt. So hämmerte es unablässig in meinen Ohren wie die Soundimpression eines Schlagzeugers.

Ich kam nicht allein im Landgut Sonnenschein an, Notarzt und Rettungssanitäter sprangen gerade aus ihrem blinkenden Gefährt, den Weg entlang und die Treppen hinauf. Ich sprang hinterher.

Luise kam mir mit einem Feuerlöscher in der Hand entgegen. Johnny heulte.

Vincent Klees Hände waren blutig. Ich sah, wie er eine Pistole in einen Beutel packte. Er kam mir nicht sterbend vor.

Der Notarzt hockte über einem Körper und gab seinem Kollegen Anweisungen.

Der Raum war hell erleuchtet. Am Boden lag Galen. Ich schüttelte den Kopf. Nein. Nein.

»Vielleicht dauert es nicht mehr lange«, sagte Luise bedrückt und deutete hinter sich. »Er will dir unbedingt noch etwas sagen … Johnny hat sich keinen Zentimeter wegbewegt. Er singt und hält Wache.« Tränen liefen ihr über die Wangen. Sie hatte recht, Johnny sang. Ich berührte ihren Arm und ging ins Zimmer.

Der Notarzt sah mich an. »Er fragt nach Isabel. Wenn Sie das sind, dann ist das vielleicht Ihre letzte Chance. Ich werde hier nicht mehr viel ausrichten können, ein Kammerschuss, das Herz ist wahrscheinlich zerfetzt.« Ein ehrlicher Mann, dachte ich.

Ich ließ mich neben Galen nieder und berührte seine Wange. »Du hast gesagt, bald, du hast nichts von sofort gesagt«, hielt ich ihm vor. Was hatte er in Vincent Klees Spanischem Zimmer verloren?

»Hör mir zu.« Es war ein mühsames Flüstern. Abgehackt. Und als ich etwas erwidern wollte, hob er die Hand und legte einen Finger auf meine Lippen. Der Notarzt nickte mir zu und verschwand. Es war unser Augenblick.

»Klee weiß … ich habe Kristina getötet. Isabel, vertrau Johnny, er achtet auf Katharina, er achtet auf deine Mutter.«

»Ich verstehe nicht.« Es klang unsinnig.

Uns lief die Zeit davon, Galens körperlicher Abschied vom Leben war eingeleitet, wie der Zünder einer Bombe tickte die Uhr.

»Katharina ist … an ihrem Lieblingsort. Lies den Brief, Isabel. Und vergiss nicht … ich habe Kristina getötet.«

Galens Hand strich noch einmal über mein Gesicht, dann ergab sie sich der Schwerkraft.

»Die Blumen … welche Blumen hast du gern?«, rief ich und erhielt keine Antwort mehr. Die Uhr hatte aufgehört zu ticken.

Ich ließ den Kopf sinken. Dann erhob ich mich schwerfällig. »Johnny …«, sagte ich, und auch der Labrador erhob sich. Er stupste Galen noch einmal an; vielleicht war das sein Abschied, dann wandte er sich ab und trottete zur Tür.

»Ich habe keine Ahnung, welche Blumen er mag«, sagte ich, als wäre es das denkbar Schlimmste. Meine Gedanken waren leer, doch ich musste eine Entscheidung treffen. Vincent hatte gewartet. Ich tat es nicht. »Wenn die Rechtsmedizin Galens Körper freigibt, dann bitte ich um einen Anruf. Ich komme ihn abholen.« Sie würden seine Leiche zuerst haben wollen.

Er würde mir nicht sagen, was zu tun war und was das Beste sein würde, und ich war ihm dankbar. Er nickte und versprach, alles zu veranlassen. »Ich muss mit dir reden«, sagte er dann. »Ich komme, sobald ich kann.«

Wie bald würde das sein?, fragte ich mich.

Er hatte vor, mir mitzuteilen, was sich ereignet hatte und wie Galen gestorben war. Womöglich ahnte ich es bereits. Aber woher sollte ich wissen, welchen Brief Galen meinte?

Luise hatte nichts gesagt, aber jetzt quetschte sie sich mit Johnny und einem Karton in mein Auto.

Wenn Galen einen Brief hinterlegt hatte, dann bestimmt nicht im Institut, wo ihn Paula und Conny entdecken könnten. Bei mir zu Hause?

»Ich muss etwas finden. Vielleicht muss ich auch jemanden finden«, sagte ich zu Luise. Galens letzte Worte waren ohne Zusammenhang gewesen, wie sollte ich in der Geschwindigkeit denken, während ich bemüht war, nicht durchzudrehen?

»Er sagte etwas von Katharina. Er wusste, wo sie ist?«, fragte Luise.

»Johnny weiß es auch«, sagte ich. »Nur ich wusste es nicht.«

26

Der Lieblingsplatz meiner Mutter. Die Linde im Garten. Und Galens erschrockener Gesichtsausdruck, als ich sagte, ich wolle Kleiner Bär im Garten beerdigen.

Ich teilte mit Luise. Galens letzte Worte und meine Vermutung. Wir nahmen meinen Wagen, aber Luise steuerte ihn. Mit einer Hand, weil sie mit der anderen meine festhielt. Ich hatte beinahe alles verloren, musste ich denken, aber ich hatte die beste Freundin, die man sich wünschen kann.

Johnny war als Erster aus dem Fond gehüpft, als ich die Tür aufmachte. Der Mini war eben das – mini.

Wir gingen ins Haus, und ich machte uns Kaffee. Und während ich noch herumhantierte, wedelte Luise mit einem Kuvert.

»Er hat den Brief an das Foto von Katharina gelehnt.«

Sie deutete meinen Gesichtsausdruck richtig. »Wir lesen ihn zusammen.«

Wer hätte gedacht, dass das auch Galens erste Worte waren:

Lies ihn nicht allein. Ich zwinge dich, dich zu erinnern. Es wird im doppelten Sinn wehtun.
Du hast vergessen, mich nach den Blumen zu fragen – Nelken, für Freundschaft und Liebe; aber ich mag sie tatsächlich. Du machst nichts falsch.

Ich weinte bereits bitterlich, und dabei hatten wir noch kein einziges Wort des angekündigten schmerzhaften Erinnerns gelesen.

Du konntest es eine Zeit lang vergessen, obwohl man niemals etwas ganz vergisst.
Und ich wusste, es würde zu dir zurückkommen. Mit aller Macht. Ich wusste nur nicht, wann. Dann fand man Kristina.
Du hast dich an den Spiegel erinnert. Geh ein Stück weiter …

Es ist Nacht, sie ist gekommen, deine Mutter zu töten. Eine kranke Frau, voller Hass. Sie hat ein Rasiermesser in der Hand.
Du hast die Schreie gehört. Isabel, du musst sie noch einmal hören.

Luise las, ich konnte die Worte nicht mehr sehen, aber ich hörte sie. Ich versank in den Strudeln meiner Erinnerung.

Kristina. Ich hatte Stimmen gehört, war aus meinem Zimmer hinunter in den Gang gelaufen. Besuch, so spät abends? Ich hatte mich leise verhalten. Ich schlich um die Ecke. Mein Vater und Galen waren noch im Institut.

Sie standen mit dem Rücken zu mir.

Im Spiegel sah ich ihr Gesicht und das meiner Mutter. Zwei, die aussahen, als wären sie eins. Ich hielt die Hand vor den Mund, nicht sicher, ob ich nicht vielleicht träumte.

Das Gesicht meiner Mutter drückte Sorge aus, das konnte ich sehen. Dann bemerkte ich das Messer, das die andere Frau vor sich hielt.

Es war kein richtiges Messer, wie ich es kannte, aber es machte mir Angst. Die andere sah so zufrieden aus, und bei ihren Worten wurde mir eiskalt. Sie rief etwas, dass meine Mutter das Leben führte, das ihr gehöre – sie würde es ihr wegnehmen. Wenn sie mit Katharina fertig wäre, gäbe es nur noch eine mit diesem Gesicht.

Meine Mutter sah den Angriff nicht kommen. Die andere fuhr mit der Klinge durch ihr Gesicht, über ihren Hals, bis das Blut über ihre Hände lief und sie auf dem Boden zusammenbrach. Das hatte ich gesehen, diese Todesbilder waren Wirklichkeit.

Ich schrie und weinte um meine Mutter, während der Blick der anderen Frau mich im Spiegel fand.

Sie sah mich an, und sie sah gar nicht mich. Das Messer, das keines war und doch solche Zerstörung anrichtete, blitzte auf.

Ich wich zurück, griff nach der Vase und hörte auf nachzudenken. Ich warf sie mit aller Kraft in den Spiegel, ich wollte, dass sie mich nicht mehr so ansah. Das Splittern erschreckte mich, das Blut rauschte wild in meinen Ohren. Sie drehte sich um, und ich konnte ihr Gesicht sehen. Und ihre Augen. Sie waren kalt.

Ich nahm eine große Scherbe auf, hielt sie vor mich. Ein böses Lächeln flog über ihr Gesicht. Sie deutete mit dem Rasiermesser auf mich, dann bewegte sie ihre Hand hin und her. Ich würde ihr ganz nahe kommen müssen, und ich musste dem Messer entgehen, das sie wie eine Sense durch die Luft bewegte. Ich ging in die Knie und stach der Frau die Scherbe in den Bauch.

Meine Hand blutete, und ich bekam ihr Blut ins Gesicht. Ich hörte nichts, es dröhnte. Sie machte den Mund auf. Erstaunen. Überraschung. Sie versuchte, nach der Wunde zu greifen. Dann kippte sie nach hinten.

Ich nahm eine weitere Scherbe und noch eine, sie durfte nicht zurückkommen.

Ich saß dort neben den Leichen und sah und hörte nichts mehr.

»Ich habe nur ihr Gesicht unversehrt gelassen«, sprach ich in meine Hände. Ich hatte Kristina Dissen getötet.

Du solltest dich immer beschützt fühlen. Denk schlecht von mir, und es ist die Wahrheit, aber denk nicht so schlecht von mir, dass ich nicht wenigstens einmal etwas Gutes und Richtiges getan habe.
Wir handelten. Kristina musste verschwinden, nur tat sie es nicht für immer. Für Katharina hoben wir an ihrem erklärten Lieblingsplatz ein Grab aus. Ich werde nicht mehr miterleben, was du tun wirst. Entscheide klug, Isabel. Aber das hast du immer getan.

Luise ließ den Brief sinken. »Es war sein Opfer. Er wusste, er würde sterben, es war für ihn nur noch eine Frage der Zeit. Er hat dich aus der Gleichung genommen. Seine Isabel«, sagte Luise voller Zärtlichkeit.

»Ich habe nicht gedacht, dass er Nelken gernhat«, sagte ich und wischte mir über die Augen.

Vincent Klee würde in Kürze auftauchen. Von Galen hatte ich längst nicht alles gewusst, richtiger, ich hatte kaum etwas über ihn gewusst. Aber er alles von mir. Ich wollte nicht, dass noch jemand alles von mir wusste. Ein wenig kam es mir so vor, als hätte ich meinen Halt verloren. Aber Galen war nicht mein einziger Halt, da waren noch Luise und Johnny und Rufus.

Den Termin mit Konstantin Höllrath würde ich erst mal nach hinten schieben, was ich brauchte, war eine Schulter zum Anlehnen, aber es musste nicht die eines Analytikers sein. Auch nicht die eines Polizisten.

»Ich kann ihm nicht nahe sein, ich müsste immer fürchten, etwas Falsches zu sagen. Vincent Klee«, fügte ich hinzu, was völlig unnötig war, denn Luise wusste, um wen es gerade ging.

»Das ist dein Opfer«, sagte sie und stieß den Atem aus. »Du weißt, wo Katharina ist, oder?«

Ich nickte.

Mir war eines klar. In dem Moment, in dem Augenblick, in dem ich die Gebeine freilegen würde, wäre nichts mehr wie zuvor. Musste ich es denn? Nein, musste ich nicht.

Und Kristina würde im Familiengrab bleiben.

»Wir haben noch ein Ende«, sagte Luise und las weiter.

Vincent Klee war nicht in Gefahr in dieser letzten Nacht, da wollte ich nur noch reden, nicht töten. Ich musste ihn dazu bringen zuzuhören, und ich habe nichts zu verlieren. Sterben oder sterben, Isabel. Das ist sie, meine Wahl.
Ich werde schießen, aber nicht auf den Polizisten.
Wenn du mich das nächste Mal siehst, wird mein Herz aufgehört haben zu schlagen … Vergiss nicht, worum ich dich bat.

»Werde ich nicht«, versprach ich und legte eine Hand auf mein Herz.

Ich war in Auflösung begriffen. Johnny tappte rastlos durch sämtliche Räume.

Luise hatte mich nur angeschaut und den Brief eingesteckt. Sie umarmte mich und danach Johnny. »Natürlich werde ich dich föhnen, wenn du nass bist«, sagte sie und weinte in sein Fell.

Ich sah meine beste Freundin weinen, und das war schon immer ziemlich ansteckend gewesen.

»Hilfst du mir, Galens Beerdigung zu organisieren?«, unterbrach ich ihr Leiden.

»Ich denke, das geht«, sagte sie zuversichtlich.

»Und kommst du mit, ihn von der Rechtsmedizin abzuholen?«

»Ich denke, das geht gar nicht, außer … Was könnte man tun, um den Leichenwagen riechbar zu machen?«

Sie meinte es ernst.

»Ich verstreue Rosenblätter und träufle Duftöle im Innenraum.« Natürlich kompletter Blödsinn.

»Ja? Glaubst du, das nimmt den Leichengeruch? Also, ich weiß nicht.«

Sollte ich das behaupten? Besser nicht. Ich sagte nichts und sprach ein anderes Thema an. »Er bräuchte auch Kleidung. Ich dachte an eine schöne Stoffhose. Und ein tolles Hemd. Keine Krawatte, die konnte er nicht leiden.«

»Isabel … schaffst du das denn? Du musst ihn auch waschen und … solche Sachen.«

Was ihrer Meinung nach unter »solche Sachen« fiel, wollte ich nicht wissen. Waschen würde ich ihn, seine Haare kämmen und mich mit Galen unterhalten, als wäre er nur mal kurz eingenickt.

Er hatte völlig recht, ich brauchte jemanden, der seine Arbeit übernahm. Jemand Realistischen. Luise Sonnenschein würde den Bestatterberuf revolutionieren, indem sie die Farbe des Leichenwagens in Bunt verwandeln würde. Und nicht nur das …

»Was ist in dem Karton?« Endlich kam ich dazu, sie das zu fragen.

»Das Ouija-Brett. Ich hab es wiedergefunden. Ich brauche ja nicht immer nur Karten zu legen, ich könnte mit den Geistern der Verstorbenen kommunizieren. Galen ist verstorben, und …«

»Nein! Du bist gut mit deinen Karten, da zeigen und offenbaren sich Dinge. Warum solltest du das tauschen wollen, und vielleicht gibt das Brett oder was auch immer keine Auskunft.«

»Ehrlich, denkst du, ich bin wirklich gut?« Luise beobachtete mich.

»Na ja, bis auf die verschwommenen Beschreibungen. Also manchmal weiß man nicht genau … eher total ungenau …«

»Isabel!«

Ich packte das Brett schnell wieder ein.

Es ging mir besser, und es lag ausgerechnet am Ouija-Brett. Luise und ich hatten es nicht ausprobiert, ich hatte es kaum richtig angefasst. Aber wir konnten zusammen lachen.

Mein Leben würde weitergehen, während Galens Asche schon bald in einer Urne in einer Steinmauer auf dem Friedhof zu finden sein würde. Ich schuldete ihm etwas und könnte diese Schuld doch nie begleichen.

Blieb noch Vincent Klee, dem ich nicht das Geringste schuldete. Es traf sich ganz gut, dass Luise gegangen war, und zwar wirklich gegangen. Sie hatte mir erklärt, ich könnte das übersinnliche Brett gern behalten, hatte sich aufgerichtet, mich innig umarmt und war dann losgestiefelt.

Ich stand in der Tür und stand da auch noch, als Vincent Klees Wagen vorfuhr.

Er sah mich an, erleichtert und ein wenig traurig. Der Fall war abgeschlossen, bald würde er mich und Schalkenmehren vergessen haben. Ich wünschte es mir und wünschte es mir nicht.

Seine Berührung löste ein Gefühl in mir aus, das ich mit aller Macht negieren musste. Die Schauspielerin Isabel, und ich hoffte, ich würde überzeugen. Ich bat ihn herein, und wir schwiegen eine Weile, bis die Weile sich auszudehnen drohte und er seine Einleitung begann.

»Er hat dich gebeten, ihn zu beerdigen, aber er hat dich noch um etwas anderes gebeten.« Vincent setzte sich, lehnte jedoch jede Bewirtung ab. Ich hatte aus Höflichkeit gefragt, ich wollte einfach, dass er ganz schnell wieder ging. Weil ich nicht wusste, wie lange ich diese unbeteiligte Maske bewahren konnte.

»Ich bin mir beinahe sicher, du wirst es wissen, aber falls nicht … Galen hatte nur einmal die Absicht, mich zu töten, und zwar in der Nacht, als du mein Leben gerettet hast. Gestern wollte er dafür sorgen, dass ich dich in Frieden lasse. Ich kenne die Geschichte, Isabel. Katharinas Geschichte. Ich kannte sie schon vorher. Aber es ist Kristina, die im Familiengrab liegt.«

»Ja«, sagte ich wahrheitsgemäß, weil er Mittel und Wege haben würde, eine Exhumierung zu veranlassen. Das wollte ich auf keinen Fall provozieren. Galen hatte die Tötung gestanden. Katharinas Aufenthaltsort hätte er nie preisgegeben. Dann würde ich es auch nicht.

»Meine Mutter ist an einem schönen Ort«, sagte ich. »Sie wird nicht zurückkommen.« Und mir gelang ein Lächeln.

Danke

Bestattungsinstitut Rech, am Bischofsplatz in Mainz: Ich ließ mir einiges erzählen und war ziemlich beeindruckt von einem schwarzen Sarg mit geschliffenen Swarovski-Kristallelementen. So facettenreich wie das Leben eines jeden Verstorbenen.

Einen Bestatter zu seinen guten Bekannten zu zählen, mag morbide klingen, Aufmerksamkeit erregt man ganz sicher, doch es gibt einem auch die Möglichkeit, vor der Zeit einige Dinge zu regeln.

Meine Wahl wäre die Kremierung, doch bitte noch nicht ganz so schnell …

Mors certa, hora incerta – Der Tod ist gewiss, ungewiss (ist) seine Stunde.

INA MAY
Tod am Chiemsee
OBERBAYERN KRIMI
emons: